U0033344

穩紮穩打！新日本語能力試驗

Japanese-Language Proficiency Test

N2文法

- 循序漸進、深入淺出
- 句型接續及活用一目瞭然
- 詳細剖析類似句型其中異同
- 進一步學習兩個句型以上複合用法
- 足夠的排序練習以及長文例句，提升閱讀能力

目白JFL教育研究会 —— 編著

はじめに

日本語能力試驗 N2 考試，所涵蓋的範疇很廣。除了要學習複合助詞外，亦有形式名詞，以及初級時沒出現過的副助詞等為基礎而發展出來的句型表現…等。其中，還有許多語意相近的句型表現。市面上有許多將相近表現羅列一起的書籍，其目的是為了讓學習者可以了解語意相近的句型，究竟哪裡不同。但若將這樣的分類方式套用在第一次學習 N2 文法的學習者身上，只會使學習者更加混亂，導致更多的誤用情形。

本書的特色，有以下幾點：

(1) 以剛進入中高級階段的學習者為對象，不以語意相近句型加以比較，而是採用釐清各個句型的基本意義、用法、接續以及活用的分類方式。因此編寫內容時，是按照各個句型的文法特性，加以排序。

(2) 本書總共分成六大篇章，每篇章約五個小單元，計有三十個單元。每個單元裡皆有詳細標示各個句型的「接續」、「翻譯（意思）」以及「說明」。若文法項目品詞上的性質需要，也會列出「活用」的部分。

(3) 本書在編寫時，特別重視句子構造與銜接。每個單元盡量以相同的品詞或型態來分類，依句型需要也會列舉「其他型態」。例如：基本型態為「～に対して」，其他型態則有「～に対しては 、～に対しても 、～に対しての 、～に対しまして 、～に対する」。

(4) 書中有些句型則是設有「進階複合表現」，例如：「S かどうか＋について」、「V た方が ＋に決まっている」、「ついでだ＋と思えば」。 這是為了讓學習者可以靈活運用已經學習過的多個句型，將其串聯起來合併使用，以增進學習者的寫作能力及句子構造能力。當然，「進階複合表現」的部分難度較高，建議學習者在第一次閱讀本書時，可以先跳過。待全書讀畢後，複習時再來閱讀此部分，一定會更加清楚。

(5) 本書的例句，刻意撰寫句型結構、詞彙較為複雜的句子，除了比較符合實際文章上的用例外，也可以提升學習者對於長文閱讀的能力。才不會出現有單字、句型都了解，但置於文中就有看不懂的情形。

(6) 每個句型都設有「排序練習」，練習的目的只是讓學習者熟悉剛學到的句型，並不是要把學習者考倒，因此排序練習選擇較為簡單的例句。而每個單元後方的「單元小測驗」，則會將難易度提升，讓學習者可以評量自己學習的成效。

(7) 在眾多的中高階句型裡，難免有許多意思相近的用法，因此本書也特別增設「辨析」的部分，會比較前面章節所出現過的類似句型。例如：「～において」與「～で」、「～たら」與「～としたら」、「～わけがない」與「～はずがない」的異同。

最後，本書的編排，是依照難易度，由淺入深。且許多後面才出來的例句，會刻意使用先前已經學過的文法，讓學習者可以溫故知新。因此，建議學習者使用本書時，不要跳著看，最好是從第一單元開始閱讀，循序漸進。每個單元倘若能夠仔細研讀，相信要考過 N2 檢定，不是難事！

作者

< 第一篇 > 複合助詞

本篇將日文 N2 考試中常見的複合助詞及近似複合助詞的表現統整於此。

複合格助詞在句法上等同於格助詞，前方僅限接續名詞。本書將這類的句型統整在本篇一起介紹，將有助於學習者在句子接續上的釐清。當然，也有少許複合助詞前方是可以接續其他品詞的，這類的複合助詞也會一併於各單元中說明。

01 單元

「～に○○て」 I

02 單元

「～に○○て」 II

03 單元

「～を○○て」

04 單元

「～を～に／として」

05 單元

「～に○○て」 III

< 第二篇 > 助詞相關表現

第 6 單元到第 9 單元介紹使用到助詞的各種接續表現。所謂的接續表現，指的就是放置於句子中央，將前後兩個子句串連起來的表現。

第 10 單元雖然也是使用到助詞「に」的表現，但不同於前四個單元是「接續表現」，第 10 單元屬於放置於句尾的「文末表現」。各個句型的接續方式將會於各單元中詳細說明。

06 單元

接続表現「に～、」「は～、」

07 單元

接続表現「も～、」「を～、」「と～、」

08 單元

接続表現「から～、」

09 單元

接続表現「と～、」「に～、」

10 單元

文末表現「に～。」

< 第三篇 > 形式名詞

形式名詞為 N2 考試範圍內非常重要的一部分。其中許多都與說話者的心境、態度有關。

形式名詞在語法上就是一個名詞，因此接續上就跟一般的名詞一樣，前面為「名詞修飾形」。不過有少數接續上的例外，是起因於句型本身的語意。這些例外也都會於各單元中特別說明。

至於形式名詞「こと」的基本用法「ことにする」、「ことになる」以及「はず」等，屬於初級的範疇，因此本書割愛。

11 單元

「わけ」

12 單元

「こと」I

13 單元

「こと」II

14 單元

「もの」I

15 單元

「もの」II

< 第四篇 >　名詞相關表現

本篇將使用到名詞的句型放在一起學習。就如同第三篇學習到的：名詞的前面為「名詞修飾形」，少數接續上的例外將會在各單元中特別說明。

第 16 單元的句型都有「接續表現」以及「文末表現」兩種形式，統整於一個單元，學習上更有效率。

第 17 單元則是使用「～がある」形態的「文末表現」。若後面要接續其他成分，則比照動詞「ある」即可。

16 單元

「名詞だ。／名詞で～」

17 單元

文末表現「名詞がある」

18 單元

接続表現「～○○に、～」

19 單元

接続表現「～○○、～」

＜第五篇＞ 其他重要品詞

本單元介紹 N2 考試中，其他重要的接續助詞、接辭、複合語以及副助詞跟助動詞。學習時請務必留意各種品詞前方的接續方式。

< 第六篇 > 其他重要表現

第 26 單元為固定形式的「接續表現」，前方一定接續て形或た形。第 27 單元則為固定形式的「文末表現」，後方一定為否定的表現。

第 28~29 單元則是將使用到「限」字的表現，依語法形式區分為名詞的「限り」、動詞的「限る」、以及近似複合助詞形式的「に限って」。

最後一單元要學習的是特殊助動詞：「べき」。其用法與接續上較為特殊，因此特別成立一個單元。

26 單元

接続表現「て形～、」「た形～、」

27 單元

文末表現「～ない。」

28 單元

「限り＆限る」I

29 單元

「限り＆限る」II

30 單元

特殊助動詞「べき」

用語説明

動詞	[原形] 行く [て形] 行って [可能形] 行ける		[ない形] 行か（ない） [た形] 行った [条件形] 行けば		[ます形] 行き（ます） [意向形] 行こう
イ形容詞	[原形] 赤い [て形] 赤くて [語幹] 赤		[ない形] 赤くない [た形] 赤かった [条件形] 赤ければ		[副詞形] 赤く [意向形] 赤かろう
ナ形容詞	[原形] 静か [て形] 静かで [語幹] 静か		[ない形] 静かではない [た形] 静かだった [条件形] 静かなら（ば）		[副詞形] 静かに [意向形] 静かだろう
名詞	「原形」学生 [て形] 学生で [語幹] 学生		[ない形] 学生ではない [た形] 学生だった [条件形] 学生なら（ば）		
普通形	動詞	行く	行かない	行った	行かなかった
	イ形容詞	赤い	赤くない	赤かった	赤くなかった
	ナ形容詞	静かだ	静かではない	静かだった	静かではなかった
	名詞	学生だ	学生ではない	学生だった	学生ではなかった
名詞修飾形	動詞	行く	行かない	行った	行かなかった
	イ形容詞	赤い	赤くない	赤かった	赤くなかった
	ナ形容詞	静かな	静かではない	静かだった	静かではなかった
	名詞	学生の	学生ではない	学生だった	学生ではなかった

意志動詞：說話者可控制要不要做的動作，如「本を読む、ここに立つ」等。意志可以改成命令、禁止、可能、邀約…等。

無意志動詞：說話者無法控制會不會發生的動作，如「雨が降る、人が転ぶ、財布を落とす」等。有些動詞會因主語不同，有可能是意志動詞，也有可能是無意志動詞。如「私は教室に入る」為意志動詞，「冷蔵庫にミルクが入っている」則為無意志動詞。

自動詞：絕對不會有目的語 (受詞) 的句子。1. 現象句「雨が降る」「バスが来る」，或　2. 人為動作「私は 9 時に起きた」「私はここに残る」。注意：「家を出る」「橋を渡る」中的「～を」並非目的語 (受詞)。「出る、渡る」為移動動詞，故這兩者的を，解釋為脫離場所、經過場所。

他動詞：一定要有主語「は（が）」，跟目的語「を」的動詞。如「私はご飯を食べた」「（私は）昨日映画を見た」。(僅管日文中，主語常省略，但不代表沒有主語。)

名詞修飾：以名詞修飾型，後接並修飾名詞之意。

中止形：句子只到一半，尚未結束之意，有「て形」及「連用中止形」2 種。

丁寧形：即禮貌，ます形之意。

< 第一篇 > 複合助詞

01

第 01 單元：「～に〇〇て」I

01. ～に沿って
02. ～に基づいて
03. ～において
04. ～に応じて
05. ～にかけて
06. ～にわたって

第 1 單元到第 5 單元，我們要學習複合助詞，也就是由一個助詞搭配一個動詞て形所構成的表現。文法上，它有助詞的功能，同時也擁有動詞的各種活用形。第一單元主要是與格助詞「に」所構成的表現，因此前方就跟格助詞的文法接續一樣，只能接續名詞。關於更多基礎的複合助詞用法，請參考本系列參考書《穩紮穩打！新日本與能力測驗 N3 文法》第 2 單元。

第 01 單元：「～に◯◯て」Ⅰ

01. ～に沿って

接続：名詞＋に沿って
翻訳：① 沿著。② 按照。
説明：① 前面所接續的名詞，若是表達場所的名詞，則為「沿著」那個場所之意。
② 若前面所接續的名詞為「期待」、「方針」或「期望」等字眼時，則為「按照…方針」「符合…期待」之意。

①・目黒川に沿って、おしゃれな店がいっぱい並んでいる。
（沿著目黑川河畔，佇立著許多帶有時尚感的商店。）

・道に迷ったので、川に沿って山を下った。
（因為我迷路了，所以沿著河川下山。）

②・安全対策の基準に沿って、実施計画を立てる必要がある。
（有必要按照安全對策的基準守則來訂定施行計畫。）

・マニュアルに沿って、部品を組み立てます。
（按照說明書手冊來組裝零件。）

・お手元の資料に沿って、弊社の現状と課題についてご説明させていただきます。
（我將按照您手邊的資料，依序為您說明敝公司的現狀以及課題。）

其他型態：

～に沿った（名詞修飾）

・お客様のご希望に沿った保険プランをお作りします。
（我們為您製作符合客人您需求的保險方案。）

～に沿い（中止形）

・顧客（こきゃく）の要望（ようぼう）に沿（そ）い、新（あたら）しいホームページを開設（かいせつ）する。
（應客戶之要求，開設新的網頁。）

進階複合表現：

「～に沿って」＋「～てもらいたい」

・日本（にほん）で製品（せいひん）を販売（はんばい）するなら、日本（にほん）の基準（きじゅん）に沿（そ）って製造（せいぞう）してもらいたいです。
（如果要在日本販售商品，希望能夠按照日本的基準。）

排序練習：

01. この道に ＿＿ ＿＿ ＿＿ ＿＿ 着きます。
1. 行けば　2. バスターミナルに　3. まっすぐ　4. 沿って

02. 就職活動の時、＿＿ ＿＿ ＿＿ ＿＿ では通用しませんよ。
1. 沿った　2. だけ　3. 面接対応　4. マニュアルに

解01.（4 3 1 2） 02.（4 1 3 2）

02. ～に基づいて

接続：名詞＋に基づいて

翻訳：① 基於…。② 基於…。起因於…。

説明：① 以前述名詞為基本、根基或藍圖，來做後述事項。② 亦可放在句尾，以「～に基づきます／基づく。」的形式，作為文末表現。若前接表示「誤會」語意的字眼時，則表示「事發的原因」。後面接續名詞時，可使用名詞修飾形，有「～に基づく」與「～に基づいた」兩種，意思差別不大。

①・このドラマはあの有名な三億円事件に基づいて作られたものです。
（這部日劇是基於有名的三億元事件所製作而成的。）

・株主の合意に基づいて、これからの経営方針を決定する。
（基於股東們的共識，來決定今後的經營方針。）

②・変更・払い戻しの可否については、規約に基づきます。
（是否能變更或退費，一切按照規約條文。）

・この二つの国の戦争は、小さな誤解に基づいている。
（這兩國之間的戰爭，起因於小小的誤會。）

其他型態：

～に基づく（名詞修飾）

・請求代金は、この明細資料に基づくものです。
（根據這份明細資料向您請款。）

～に基づいた（名詞修飾）

・この治療法は、彼の長年の経験に基づいた効果的な方法だ。
（這個治療法，是基於他長年的經驗的有效方法。）

～に基づき（中止形）

・長年の経験に基づき、新入社員を教育する。
（基於長年來的經驗，來教育新進員工。）

～に基づきまして（丁寧形）

・この教科書(きょうかしょ)は、学習指導要領(がくしゅうしどうようりょう)の規定(きてい)に基(もと)づきまして、作成(さくせい)されました。
（教科書是基於學習指導要領的規範所編製而成的。）

進階複合表現：

「～に基づく」＋「そうだ（伝聞）」＋「が」

・この物語(ものがたり)は作者(さくしゃ)の体験(たいけん)に基(もと)づくそうだが、若干誇張(じゃっかんこちょう)もありそうです。
（這個故事聽說是基於作者的真實體驗，但似乎也稍有誇張。）

排序練習：

01. 論文を書くなら国が ____ ____ ____ ____ ほうがいい。
1.書いた　2.基づいて　3.データに　4.公示した

02. 住民基本台帳に ____ ____ ____ ____ 見ることができます。
1.日本の人口動態を　2.ホームページで　3.基づく　4.総務省の

解01.（4 3 2 1）　02.（3 1 4 2）

03. ～において

接続：名詞＋において
翻訳：於…。在…。
説明：此句型源自於中文的「於」，但現代日文使用上，幾乎不使用漢字。中文的「於」，可以用於表示「在某個地點」、「在某個領域」，也可以表示「在某段期間」當中。故此句型有① 表場所 ② 表領域 ③ 表時代、時間等用法。此外，有一點要特別注意的是，如果後面欲接續名詞（名詞修飾）時，並不是「～おく＋名詞」，必須使用「～における」或「～においての」的形式，兩者意思差異不大。另外，本句型沒有中止型「～におき」的講法。

①・本日（ほんじつ）の会議（かいぎ）は、第一会議室（だいいちかいぎしつ）において行（おこな）います。
（今日的會議將在第一會議室舉行。）

・新国立競技場（しんこくりつきょうぎじょう）において、2020 年東京（ねんとうきょう）オリンピックの開会式（かいかいしき）が行（おこな）われます。
（2020 年的東京奧運開會典禮，將會在新國立競技場舉辦。）

②・この業界（ぎょうかい）において、彼（かれ）の名（な）を知（し）らない人（ひと）はいない。
（在這個業界當中，沒有人不知道他的大名。）

・日本生物学会（にほんせいぶつがっかい）において、彼（かれ）より優（すぐ）れる学者（がくしゃ）はいないだろう。
（在日本生物學會中，應該沒有比他更優秀的學者了吧。）

③・これは 80 年代（ねんだい）において流行（はや）った曲風（きょくふう）だ。
（這是八零年代所流行的曲風。）

・バブル時代（じだい）において、不動産（ふどうさん）をたくさん抱（かか）えている企業（きぎょう）の業績（ぎょうせき）が絶好調（ぜっこうちょう）だったが、その後（ご）の資産価値下落（しさんかちげらく）により、大（おお）きなダメージを受（う）けた。
（在泡沫時代當時，擁有許多不動產的企業，業績絕佳，但之後因為資產價格下滑，因而承受了莫大的打擊。）

辨析：

「～において」比起格助詞「で」還要來得正式，屬於文書用語，因此日常生活中的動作並不適合使用「において」。

× **私は部屋においてテレビを見ました。**

其他型態：

～においての（名詞修飾）

・恋愛関係においての『恋人同士』の定義は何だと思いますか。

（您認為戀愛關係中的，「互為情侶」的定義是什麼呢？）

～における（名詞修飾）

・近年、上場企業における不祥事が相次ぎ、会計・監査不信が問題となっている。

（近幾年來，股票上市企業的失信醜聞事件相繼發生，導致社會對於會計以及監察機關的不信任。）

～においては（＋副助詞）

・近年、遺伝子の分野においては、画期的な発見が相次いでいる。

（近年，在遺傳基因研究領域，相繼有劃時代的發現。）

～においても（＋副助詞）

・今のような低金利時代においても、住宅ローンは「変動金利型」が主流でした。

（即使是像現在的低利率時代，房貸還是以「變動型利率」為主流。）

< 註：低利率時代使用固定型利率較為划算 >

進階複合表現：

「～において」＋「さえ」

・この問題は 21 世紀の今においてさえ、未だ解決できていないという。

（這個問題，就連 21 世紀的現今，仍舊無法解決。）

排序練習：

01. 代々木競技場に ＿＿ ＿＿ ＿＿ ＿＿ が行われました。
　1. 成人の日を　2. おいて　3. 祝う　4. 集まり

02. ＿＿ ＿＿ ＿＿ ＿＿ コンピューターだろう。
　1. 発明は　2. 最大の　3. 二十世紀　4. における

解01.（2 1 3 4）　02.（3 4 2 1）

04. ～に応(おう)じて

接続：名詞＋に応じて

翻訳：因應…。與…相應。去配合…。

説明：前方接續表「不同程度或種類」的詞彙，後方使用表「調整、改變」的詞彙，用來表達「因應前句的程度或種類，後句也會隨之調整，變化」。後面接續名詞時，可使用名詞修飾形，有「～に応じての」與「～に応じた」兩種，意思差別不大。

・この会社(かいしゃ)の給料(きゅうりょう)は、経験年数(けいけんねんすう)と能力(のうりょく)に応(おう)じて決(き)められる。

（這間公司的薪資，是應經驗年數與能力而定。）

・お客様(きゃくさま)のニーズに応(おう)じて、提供(ていきょう)するサービスをカスタマイズする。

（因應客戶的需求，我們會客製化所提供的服務。）

其他型態：

～に応じての（名詞修飾）

・当店(とうてん)の給料(きゅうりょう)は、売上(うりあげ)に応(おう)じての歩合給制度(ぶあいきゅうせいど)です。

（本店的薪水為因應個人銷售多寡的績效分紅制。）

～に応じた（名詞修飾）

・この音楽(おんがく)アプリは、その時(とき)の天気(てんき)に応(おう)じた曲(きょく)を流(なが)すことができます。

（這個音樂 APP 可以播放與當下天氣相符合的音樂。）

～に応じ（中止形）

・経験(けいけん)や能力(のうりょく)に応(おう)じ、給料(きゅうりょう)が変動(へんどう)することもある。

（因應經驗或能力，薪資也會變動。）

～に応じまして（丁寧形）

・当店(とうてん)ではお客様(きゃくさま)のご予算(よさん)に応(おう)じまして、お料理(りょうり)をご用意(ようい)させていただきます。

（本店會因應客戶的預算來提供料理。）

排序練習：

01.　この仕事は ＿＿ ＿＿ ＿＿ ＿＿ 必要です。

1.柔軟な　2.状況に　3.応じた　4.対応が

02.　＿＿ ＿＿ ＿＿ ＿＿ が支給されることもある。

1.補助金　2.に応じて　3.政府から　4.状況

解01.（2 3 1 4）　02.（4 2 3 1 or 3 4 2 1）

05. ～にかけて

接続：時間／場所名詞＋から、時間／場所名詞＋にかけて
翻訳：從…到…
説明：以「A から B にかけて」的型態來表示「從 A 點到 B 點的這段期間或空間」。
因此必須要有 A 跟 B 兩個時間點或地點。

・昨日、重い荷物を運んだので、肩から腕にかけて痛いです。
（昨天因為搬了很重的貨物，所以從肩膀到手腕一帶都很痠痛。）

・昨夜、東北地方から関東地方にかけて、大きな地震が相次いで起きた。
（昨晚從東北地方到關東地方一帶，相繼發生了大地震。）

其他型態：

～にかけての（名詞修飾）

・首都圏の電車は、朝 7 時から 8 時半にかけての時間帯が一番込む。
（首都圈的電車，從早上七點到八點半這一段時間最為擁擠。）

～にかけては（＋副助詞）

・寒さや乾燥が厳しくなる秋から冬にかけては、インフルエンザや、ノロウイルスが流行します。
（寒冷與乾燥很嚴重的秋天到冬天這一段期間，流行感冒與諾羅病毒最為盛行。）

辨析：

初級學過的「～から～まで」，在語感上是兩個很明確的起點與終點，但「～から～にかけて」在語感上，比較沒有這麼明顯兩個起點與終點。另外，後句部分的事件，不可為一次性的，必須是多次性、斷續性或連續性的事件。如下例，山田先生來訪是一次性的，故不可使用。

× **夜中から明け方にかけて、山田さんが訪ねてきました。**

○ **夜中に山田さんが訪ねてきた。**（半夜山田先生來訪。）

排序練習：

01. 明日は昼から ＿＿ ＿＿ ＿＿ ＿＿ やすい天気になるでしょう。
　1. 小雨が　2. 夕方に　3. かけて　4. 降り

02. 年末から年始に ＿＿ ＿＿ ＿＿ ＿＿ 行われ、それによる被害も多発します。
　1. インターネットの利用が　2. かけては　3. 急増し　4. ウェブサイト詐欺が

解01.（2 3 1 4）　02.（2 1 3 4）

06. ～にわたって

接続：名詞＋にわたって
翻訳：全部…、總共…。長達…。整整…。
説明：此句型源自於「渡る」（渡）一詞，用來表達「涵蓋整個廣範圍、全體」。因此跟「～から～にかけて」不同，不需要兩個時間點或地點。這個句型前方所接續的名詞，為一個表達完整期間或一個空間範圍。後面接續名詞時，可使用名詞修飾形，有「～にわたる」與「～にわたった」兩種，意思差別不大。

・この事件(じけん)の調査(ちょうさ)は 10 ヵ月(かげつ)にわたって行(おこな)われた。
（這個事件的調查，整整花了十個月。）

・昨夜(さくや)、関東(かんとう)の広(ひろ)い範囲(はんい)にわたって、大(おお)きい地震(じしん)がありました。
（昨晚，關東地區的廣域範圍，相繼發生了大地震。）

其他型態：

～にわたる（名詞修飾）

・20 年(ねん)にわたる研究(けんきゅう)がやっと学会(がっかい)で認(みと)められた。
（長達二十年的研究，總算被學會認可了。）

～にわたった（名詞修飾）

・一ヶ月(いっかげつ)にわたった試合(しあい)も今日(きょう)で終(お)わる。
（長達一個月的比賽，今天就會結束了。）

～にわたり（中止形）

・我(わ)が社(しゃ)は 20 年間(ねんかん)にわたり、抗(こう)がん剤(ざい)の研究開発(けんきゅうかいはつ)に努(つと)めてきた。
（我們公司二十年來，致力於抗癌藥物的研究開發。）

～にわたりまして（丁寧形）

・長(なが)きにわたりまして、お引(ひ)き立(た)て賜(たまわ)りましたことを深(ふか)くお礼申(れいもう)し上(あ)げます。
（承蒙您長期以來的關照，在此為您致上十二萬分的謝意。）

～にわたった。（文末表現）

・住民と役所との話し合いは、5年の長期にわたった。
（居民和政府機關的對話，長達了五年之久。）

排序練習：

01. この本は鈴木教授が ____ ____ ____ ____ である。
　1. わたって　2. 十年間に　3. 超大作　4. 書いた

02. 幅広い ____ ____ ____ ____ ホームページにてご提供いたします。
　1. 分野に　2. 無料で　3. 研究報告を　4. わたる

解01.（2 1 4 3）　02.（1 4 3 2）

01 單元小測驗

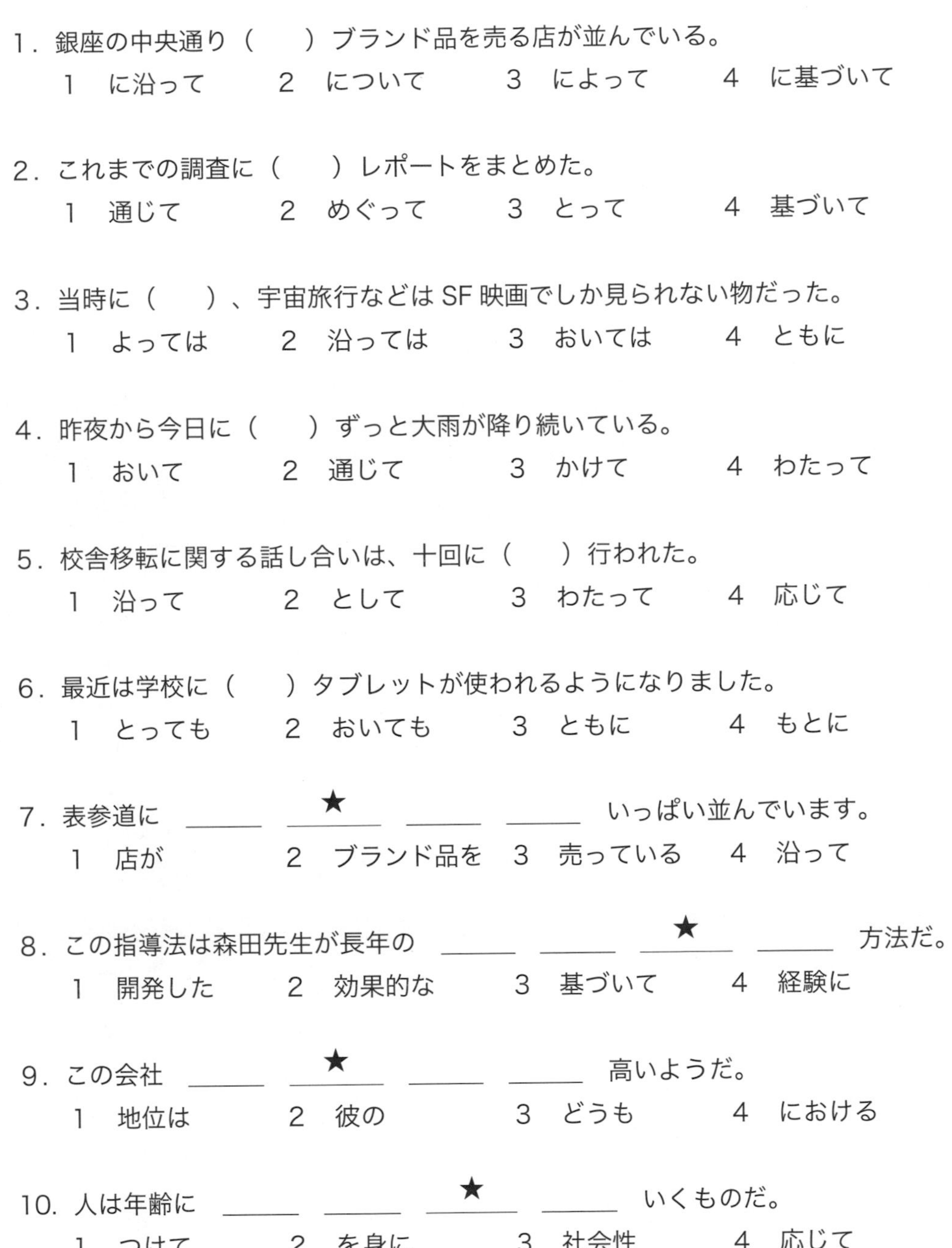

1．銀座の中央通り（　　）ブランド品を売る店が並んでいる。
　1　に沿って　　2　について　　3　によって　　4　に基づいて

2．これまでの調査に（　　）レポートをまとめた。
　1　通じて　　2　めぐって　　3　とって　　4　基づいて

3．当時に（　　）、宇宙旅行などはSF映画でしか見られない物だった。
　1　よっては　　2　沿っては　　3　おいては　　4　ともに

4．昨夜から今日に（　　）ずっと大雨が降り続いている。
　1　おいて　　2　通じて　　3　かけて　　4　わたって

5．校舎移転に関する話し合いは、十回に（　　）行われた。
　1　沿って　　2　として　　3　わたって　　4　応じて

6．最近は学校に（　　）タブレットが使われるようになりました。
　1　とっても　　2　おいても　　3　ともに　　4　もとに

7．表参道に ＿＿ ＿★＿ ＿＿ ＿＿ いっぱい並んでいます。
　1　店が　　2　ブランド品を　　3　売っている　　4　沿って

8．この指導法は森田先生が長年の ＿＿ ＿＿ ＿★＿ ＿＿ 方法だ。
　1　開発した　　2　効果的な　　3　基づいて　　4　経験に

9．この会社 ＿＿ ＿★＿ ＿＿ ＿＿ 高いようだ。
　1　地位は　　2　彼の　　3　どうも　　4　における

10．人は年齢に ＿＿ ＿＿ ＿★＿ ＿＿ いくものだ。
　1　つけて　　2　を身に　　3　社会性　　4　応じて

02

第 02 單元：「～に〇〇て」II

07. ～にこたえて
08. ～に代わって
09. ～に反して
10. ～に比べて
11. ～にして
12. ～として

本單元延續上個單元，也是介紹「～に〇〇て」的表現形式，僅有最後一個為「～として」。與上一單元的文法項目相同，每個句型都有許多不同的型態。

07. ～にこたえて

接続：名詞＋にこたえて

翻訳：回應…的期待。按照…的要求。

説明：此句型源自於「答える」一詞。漢字可寫作「答えて／応えて」。有別於「～に応じて」，這個句型前面多半是接續「期待」或「要求」等相關字眼，用來表達回應對方的期待或要求。

・観客の拍手にこたえて、歌手はアンコール曲を歌い始めた。
（回應觀眾們的掌聲，歌手開始唱起了安可曲。）

・周囲の期待にこたえて入賞した。
（他不負眾望地得獎了。）

其他型態：

～にこたえる（名詞修飾）

・ファンの応援にこたえる演出を成し遂げた。
（達成了不辜負粉絲熱烈捧場的演出。）

～にこたえ（中止形）

・顧客のニーズにこたえ、高品質かつ安全な製品を提供いたします。
（我們提供符合客戶需求的，高品質且安全的產品。）

～にこたえまして（丁寧形）／におこたえして（謙譲形）

・今回は皆様のリクエストにこたえまして／におこたえして、生産中止になったこのモデルを数量限定で再発売いたします。
（這次因應廣大客戶的需求，將以數量限定的方式，再度發售這已停產的型號。）

排序練習：

01. 選手団は ＿＿ ＿＿ ＿＿ ＿＿。

1. 手を　2. 振った　3. こたえて　4. 応援に

02. 皆様の ＿＿ ＿＿ ＿＿ ＿＿ 開催いたします。

1. 特別セールを　2. して　3. おこたえ　4. ご要望に

解01.（4 3 1 2）　02.（4 3 2 1）

08. ～に代わって

接続：名詞＋に代わって
翻訳：代替…。
説明：此句型源自於「代わる」（替代）一詞。可用於人或者事物上，意思分別為「代替某人做某事」或是「某件事物取代了…的地位」。

・出張中の部長に代わって、私がご挨拶させていただきます。
（今天由我來代替出差中的部長，來向各位致意。）

・加入電話に代わって、無料通話アプリが使われるようになった。
（免費的通訊軟體，取代了一般的家用電話。）

其他型態：

～に代わる（名詞修飾）

・ブルーレイに代わる保存メディアを開発します。
（我們要開發可以取代藍光光碟的儲存媒體。）

～に代わり（中止形）

・海外に行った教授に代わり、助手が講義をした。
（助教代替去國外的教授講課。）

排序練習：

01. 入院中の ＿＿ ＿＿ ＿＿ ＿＿ 私が担当します。
　1．代わって　2．課長に　3．プロジェクトは　4．この

02. 電子書籍は ＿＿ ＿＿ ＿＿ ＿＿ ようになった。
　1．代わって　2．読まれる　3．紙ベースの　4．本に

解01.（2 1 4 3）　02.（3 4 1 2）

09. ～に反して

接続：名詞＋に反して
翻訳：① 與…相反。② 違反。
説明：此句型源自於「反する」（反對，相反）一詞，有兩種用法。① 用於表示「其結果與期待、預測的相反」，因此前方多接續「予想」、「期待」等名詞；② 用於表示「違背法律、規則」等，前面名詞多為「命令」、「規則」等。後面接續名詞時，可使用的名詞修飾形有「～に反する」與「～に反した」兩種，意思差別不大。

①・皆の予想に反して、大統領に当選したのはドナルド・トランプ氏だった。
（與大家的預期相反，當選總統的是唐納・川普。）

・専門家の予想に反して、景気は回復し始めた。
（與專家的預測相反，景氣開始回溫了。）

②・駅の構内は禁煙だが、規則に反してタバコを吸っている人もいる。
（車站內是禁止吸煙的，但是還是有人違反規則在吸菸。）

・あの国は国際公約に反して、隣国へ出兵した。
（那個國家違反了國際公約，向鄰國進軍。）

其他型態：

～に反する（名詞修飾）

・正義に反することは、絶対に認めない。
（違反正義的事情，我絕對不認可。）

～に反した（名詞修飾）

・最近では常識に反した判決が多いです。
（最近違背常識的判決很多。）

～に反し（中止形）

・我々の期待に反し、新商品はあまり売れなかった。
（與我們的預期相反，新商品並不暢銷。）

～に反する。（文末表現）

・このようなやり方は創業者の理念に反する。
（這樣的做法，有違創業者的理念。）

進階複合表現：

「～反して」＋「まで」

・自分の良心に反してまで、あの議員候補に投票することはできない。
（我無法做到甚至要違反自己的良心，而去投票給那議員候選人。）

排序練習：

01. 政府の ＿＿ ＿＿ ＿＿ ＿＿ 良くなっていない。
　1．予測に　2．反して　3．今年は　4．経済が

02. 約束に ＿＿ ＿＿ ＿＿ ＿＿ 許されることはないでしょう。
　1．行動を　2．取っている　3．反した　4．人が

解01.（1 2 3 4）　02.（3 1 2 4）

10. ～に比べて

接続：名詞＋に比べて／動詞の＋に比べて
翻訳：與…相比。
説明：此句型源自於「比べる」（比較）一詞。這個句型的語意接近「より」，兩者可互換。當然，除了可以與物品、東西（單一名詞）做比較之外，亦可以與一件事情 (句子) 做比較。另外，由於格助詞「に」前面必須接續名詞，因此，如果前面是要接續動詞句的話，必須使用形式名詞「の」，將其名詞化。

・スマホはガラケーに比べて、月額料金が高いです。
（智慧型手機比起傳統手機，月租費還要貴。）

・店でDVDを借りるのに比べて、動画配信サービスは便利だが、欠点もある。
（比起在店內租 DVD 影片，使用網路影音串流服務比較方便，但仍然有缺點。）

其他型態：

～に比べ（中止形）

・今年の首都圏における中古マンションの成約件数は去年に比べ、約 10%増加した。
（今年首都圏的中古大樓成交件數與去年相比，約增加了十個百分點。）

～に比べると（条件形）

・先月の売り上げに比べると、今月は赤字だ。
（與上個月的營收相比，本月為紅字。）

排序練習：

01. 試験問題は ＿＿ ＿＿ ＿＿ ＿＿ なった。
1. 比べて　2. 易しく　3. 昨年に　4. だいぶ

02. 新築の家を ＿＿ ＿＿ ＿＿ ＿＿ 中古住宅を買ってリフォームしたほうが安いです。
1. に　2. 比べて　3. の　4. 買う

解 01.（3 1 4 2）　02.（4 3 1 2）

11. ～にして

接続：名詞＋にして
翻訳：到了…（的層級、階段）。
説明：用於表達「到達某個高的程度」。也就是說，後述的動作，不是輕易可以達成的，要一直到…這個很高的程度才有辦法做得到／達成。亦可表達「即使到了這個很高的程度，也很難做得到／達成。因此，後句多半為「能力表達」的字眼。另外，此句型沒有其他的型態，若改成名詞修飾形「～にする」（參照 N3 書第 135 項文法）或加上副助詞的型態「～にしては」（參照第 47 項文法），則與本文法項目學習到的意思不同。

・30歳にしてはじめて好きな人ができました。
（人生到了三十歲，才第一次遇到真愛。）

・子曰く、三十にして立つ、四十にして惑わず、五十にして天命を知る。
（子曰：三十而立、四十不惑、五十知天命。）

・デビュー１０周年にして、はじめて東京ドームのステージに立つことが出来た。
（出道十週年才第一次登上東京巨蛋的舞台。）

排序練習：

01. 運転免許 ＿＿ ＿＿ ＿＿ ＿＿ ようやく取れた。
　1. ３０歳　2. して　3. を　4. に

02. これは天才料理人 ＿＿ ＿＿ ＿＿ ＿＿ 出せる味だ。
　1. 初めて　2. 彼女　3. にして　4. である

解01.（３１４２）02.（４２３１）

12. ～として

接続：名詞＋として
翻訳：① 作為…。② 就…而言。以…的立場來看…。
說明：① 前面接續「表身份」的名詞，表達「在做某事時，是以 ... 的立場、或以 ... 的名目來做的」。② 前面接續「表人物或組織」的名詞，敘述此人物或組織，對某事的態度或意見。此用法多用於表此人物或組織與其他人物或組織的對比，故常與表對比的「は」共用。

①・ロペスさんは以前(いぜん)に一度(いちど)、留学生(りゅうがくせい)として日本(にほん)に来(き)たことがある。
（羅佩斯先生以前曾經以留學生的身份來過日本。）

・魔法(まほう)は、いつか科学(かがく)として認(みと)められる日(ひ)は来(く)るだろうか。
（不知是否有朝一日，魔法被認同是一門科學的日子會不會來臨。）

②・今度(こんど)の事件(じけん)について、会社(かいしゃ)としては遺憾(いかん)に思(おも)っています。
（這次的事件，公司的立場感到很遺憾。）

・他(ほか)の人(ひと)はどう思(おも)っているか分(わ)からないが、私(わたし)としてはその案(あん)に大賛成(だいさんせい)です。
（別人怎麼想的我不知道，但我自己對這件事非常贊成。）

其他型態：

～としての（名詞修飾）

・名門(めいもん)としての体面(たいめん)を気(き)にしているのか、あの事件(じけん)の全貌(ぜんぼう)は未(いま)だ公表(こうひょう)されていない。
（不知道是不是為顧及名門的體面，那個事件的全貌到現在都還沒公開。）

～としては（＋副助詞）

・あなたは秘書(ひしょ)としては、なかなか有能(ゆうのう)な人(ひと)だ。
（你做為一個秘書，是很有能力的人。）

～としても（＋副助詞）

・彼(かれ)は俳優(はいゆう)だが、歌手(かしゅ)としても人気(にんき)がある。
（他雖然是個演員，但作為一個歌手也非常有人氣。）

進階複合表現：

「～として」＋「なら」

・あなたと付き合うことはできないけど、友達としてならたまに会ってもいいよ。
（我無法跟你交往，但如果是當朋友的話，偶爾見見面到無妨。）

辨析：

「として」與副助詞「も」複合，形成「～としても」的形式已於上述其他型態介紹，但請注意，不要跟表示假定條件句的「～（句子だ）としても」搞混喔。

・たとえ億万長者だとしても、愛は必要だと思う。
（我想，就算是億萬富翁，也是需要愛情的。）

排序練習：

01. サービス料 ____ ____ ____ ____ 頂戴いたします。
1. を　2. して　3. 千円　4. と

02. 私 ____ ____ ____ ____ には賛成できません。
1. は　2. その提案　3. して　4. と

解01.（4 2 3 1）　02.（4 3 1 2）

02 單元小測驗

1．国際シンポジウムに参加している先生（　　）、今は助手が授業をしている。
1　に反して　　2　に代えて　　3　について　　4　に代わって

2．学生の望みに（　　）、あの学校は登校時間を朝の 10 時に変更した。
1　加えて　　2　かけて　　3　とって　　4　こたえて

3．ニュースでは、経済は今年で回復すると言っていた。しかし、ニュースに（　　）不況が続いている。
1　反して　　2　伴って　　3　通して　　4　対して

4．この辺りは都心に（　　）地価がずっと低い。
1　こたえて　　2　比べて　　3　かけて　　4　加えて

5．私はかつて交換留学生（　　）京都へ行ったことがあります。
1　にかけて　　2　を込めて　　3　として　　4　に応じて

6．人間７０歳（　　）はじめてわかることがたくさんある。
1　として　　2　にして　　3　をして　　4　もして

7．山田は ＿＿＿ ＿＿＿ ＿★＿ ＿＿＿ 発表した。
1　新作を　　2　こたえて　　3　期待に　　4　ファンの

8．秀才の彼女に ＿＿＿ ＿＿＿ ＿★＿ ＿＿＿ 私に解けるわけがない。
1　問題なんだから　　2　して　　3　凡才の　　4　解けない

9．今年は ＿＿＿ ＿＿＿ ＿★＿ ＿＿＿ 気温が低くなっていますね。
1　に　　2　夜の　　3　去年　　4　比べて

10．貴族 ＿＿＿ ＿★＿ ＿＿＿ ＿＿＿ 公表されなかった。
1　あるので　　2　面目が　　3　スキャンダルは　　4　としての

<第一篇>複合助詞

03

第 03 單元：「～を〇〇て」

13. ～を通じて
14. ～を通して
15. ～をめぐって
16. ～を込めて
17. ～を兼ねて
18. ～を除いて

本單元介紹 N2 中，「～を〇〇て」表現。前方亦只能接續名詞。特別需要留意的，就是 13「～を通じて」與 14「～を通して」的異同。兩者在句法上有些不同。

13. ～を通じて

接続：名詞＋を通じて
翻訳：① 通過、透過、藉由。② 整個…。
説明：① 用來表示藉由某「手段」來完成後句事情，屬於書面用語。 意思相當於表手段的格助詞「で」。② 用來表示整個「範圍」。意指在某期間內或範圍內，狀態一 直持續著。

①・この経験を通じて、その会社は一層大きく成長した。
（透過這個經驗，那間公司更是向上成長了。）

・テレビのニュース特集を通じて、その事件の全貌をはじめて知った。
（我是透過電視的新聞特別報導，才知道這件事情的來龍去脈。）

②・そこは四季を通じて穏やかな風が吹く島国です。
（那是個四季都是吹著和緩的風的島國。）

・住宅の購入は、生涯を通じて何回あるのだろうか。
（人一輩子究竟會買幾次房子呢？）

其他型態：

～を通じての（名詞修飾）

・代理店を通じての契約は、本社の判断により成立しない場合もありますので、ご了承ください。
（透過代理商店所簽的契約，依情況依照總公司的判斷，有可能不成立，請諒解。）

～を通じまして（丁寧形）

・この機会を通じまして、弊社についてのご理解を一層深めていただければ幸いに存じます。

（透過這個機會，期盼您能對敝公司有更深入的瞭解。）

排序練習：

01. 第三者 ____ ____ ____ ____ 。
    1. 話を　2. 通じて　3. を　4. つけよう

02. 台湾の南部は一年を ____ ____ ____ ____ にいいところです。
    1. 暮らす　2. の　3. 暖かいので　4. 通じて

解01.（3 2 1 4）　02.（4 3 1 2）

14. ～を通して

接続：名詞＋を通して
翻訳：① 通過、透過、藉由。② 整個…。
説明：此為上一個文法項目「を通じて」的類義語，亦有兩種用法，兩者意思差距不大，在大多數的情況下也能互換。

①・社長に面会なさる場合は秘書課を通してお申し込みください。
（若您要與社長面會，請透過秘書課申請。）

・労働者側の要望は、組合を通して経営者側に伝えられる。
（勞方的要求與希望，可以透過工會傳達給資方。）

②・室内の温水プールでは、一年を通して泳ぐことができます。
（室內的溫水游泳池，一整年都可以游泳。）

・その医者は生涯を通して、ガンの特効薬の研究を続けてきた。
（那位醫生一輩子都在研究癌症的特效藥。）

其他型態：

～を通しての（名詞修飾）

・去年一年を通しての売上は前年比で３割増となっています。
（去年一整年的營業額與前年相比增加了三成。）

辨析：

就文法上，「を通して」屬於格助詞「を」再加上動詞「通す」的結構，因此亦可作為放在句尾的文末表現，如「～を通してください」。但「を通じて」則屬於一個複合格助詞，因此不能放在句尾作為文末表現。

○ **その件はマネージャーを通してください。**　（那件事，請透過經紀人。）

× **その件はマネージャーを通じてください。**

排序練習：

01. 山田さんとは ____ ____ ____ ____ しかない。

　1. 付き合いで　2. の　3. 通して　4. 仕事を

02. この会社に ____ ____ ____ ____ 経験させていただきました。

　1. 十年間を　2. 色々と　3. いた　4. 通して

解01.（4 3 2 1）　02.（3 1 4 2）

15. ～をめぐって

接続：名詞＋をめぐって
翻訳：關於…。
説明：此句型源自於「巡る」(循環、圍繞)一詞。用於表示「圍繞著某個話題討論…」。意思包含「從開始到結論整個過程」的涵義，因此後面多接續「議論する」等字眼。後面接續名詞時，可使用名詞修飾形，有「～をめぐっての」與「～をめぐる」兩種，意思差別不大。

・進学旅行(しんがくりょこう)をめぐって、さまざまな意見(いけん)が飛(と)び交(か)っている。
（圍繞著學習旅行的話題，各式各樣的意見四起。）

・原子力発電所(げんしりょくはつでんしょ)の建設(けんせつ)をめぐって、対立(たいりつ)している。
（圍繞著核能發電廠建設的議題，意見對立。）

其他型態：

～をめぐっての（名詞修飾）

・死刑廃止(しけいはいし)をめぐっての論争(ろんそう)が話題(わだい)になっている。
（關於廢除死刑的論爭蔚為話題。）

～をめぐる（名詞修飾）

・テレビで電力自由化(でんりょくじゆうか)をめぐる諸問題(しょもんだい)が取(と)り上(あ)げられている。
（關於電力自由化的各樣問題點，在電視被提出報導。）

～をめぐり（中止形）

・町(まち)の再開発(さいかいはつ)をめぐり、住民(じゅうみん)が争(あらそ)っている。
（關於城鎮的都市更新，住民們互相爭論著。）

辨析：

「～をめぐって」意思接近「について」與「に関して」，某些情況也可以互換。但「～をめぐって」不能是單方面的動作，一定要是兩人以上互相討論，爭論或對立才行。

× **私(わたし)は日本(にほん)の宗教(しゅうきょう)をめぐって研究(けんきゅう)しています。**

○ **私(わたし)は日本(にほん)の宗教(しゅうきょう)について／に関(かん)して研究(けんきゅう)しています。**（我研究關於日本宗教之事。）

另外，「～をめぐって」後面不可以接說話者的意志表現。

× **フランス革命(かくめい)をめぐって話(はな)し合(あ)ってください。**

○ **フランス革命(かくめい)について／に関(かん)して話(はな)し合(あ)ってください。**（請針對法國革命互相討論。）

排序練習：

01. マイナンバー制度 ＿＿ ＿＿ ＿＿ ＿＿ 出ています。
　1．批判が　2．めぐって　3．様々な　4．を

02. 相続 ＿＿ ＿＿ ＿＿ ＿＿ ついて、専門家に相談します。
　1．に　2．を　3．トラブル　4．めぐる

解 01.（4 2 3 1）　02.（2 4 3 1）

16. ～を込めて

接続：名詞＋をこめて
翻訳：帶著…。包含著…。充滿…。
説明：此句型源自於「込める」（把…裝入）一詞。用來表達「以真誠的心，全心全意來做後述的動作」。前接的名詞幾乎都是「 思い／ 憎み／ 感謝／ 祈り／ 願い」等表達心意、心情的字眼。

・このセーターは、母が心を込めて編んでくれたものだ。
（這個毛衣是媽媽帶著自己的愛心所編織給我的。）

・祈る時は、感謝の気持ちを込めて祈ることが大切です。
（祈禱的時候，帶著感謝的心情祈禱，是很重要的。）

排序練習：

01. 愛情 ＿＿ ＿＿ ＿＿ ＿＿ に料理を作った。
　1.彼の　2.を　3.込めて　4.ため

02. 被災地の復興 ＿＿ ＿＿ ＿＿ ＿＿ 込めて、歌声をお届けします。
　1.を　2.へ　3.の　4.願い

解01.（2 3 1 4）　02.（2 3 4 1）

17. ～を兼ねて

接続：名詞＋を兼ねて
翻訳：兼顧…。同時達到…。
説明：以「A をかねて、 B」的型態，來表達「說話者的主要的目的為 B，但做 B 的同時，也可以順便達成了 A 的效果」。

・運動不足の解消を兼ねて、自転車通勤をしようと考えています。
（我打算開始騎腳踏車通勤，也可以順便解消運動不足。）

・健康と趣味を兼ねて、ゴルフをやっています。
（我打高爾夫球，可以兼顧健康與興趣。）

其他型態：

～を兼ねた（名詞修飾）

・価値ある高級ブランド品の購入は趣味を兼ねた投資でもある。
（購買具有價值的高級名牌精品，也是一種兼顧到興趣的投資。）

進階複合表現：

「～を兼ねた」＋「たつもりで」

・タイピングの練習を兼ねたつもりで、ブログを書き始めました。
（我把它當作順便練打字，開始寫部落格了。）

排序練習：

01. 写生場所の ＿＿ ＿＿ ＿＿ ＿＿ 。
    1. あちこちを　2. 下見を　3. 兼ねて　4. 歩き回る

02. 今度の日曜日は彼女のご両親 ＿＿ ＿＿ ＿＿ ＿＿ 食事をすることになりました。
    1. との　2. ホテルで　3. 顔合わせを　4. 兼ねて

解 01.（2 3 1 4）　02.（1 3 4 2）

18. ～を除いて

接続：名詞＋をのぞいて
翻訳：除了…（以外）。
説明：此句型源自於「除く」（除去、除外）一詞。用於表達「把某人或某物作為例外不算在內」。

・日経ビジネスを除いて、本日の全紙一面であの暗殺事件が大々的に報じられている。
（除了日經商務報以外，今天全部報紙的頭版頭條都大大報導那件暗殺事件。）

・年末年始を除いて、我が社は年中無休です。
（除了年末年初以外，敝公司年終無休。）

其他型態：

～を除いては（＋副助詞）

・この仕事は楽だし、給料もいいし、社長が厳しいことを除いては文句ない。
（這個工作很輕鬆，薪水又好，除了社長很嚴格以外，我沒什麼特別的怨言。）

～を除けば（条件形）

・このレストランは店員さんの無愛想を除けば、いい店です。
（這間餐廳若撇開店員冷淡不談，是間好店。）

～を除き（中止形）

・この病院は第一日曜日を除き、日曜日も診療しています。
（這間醫院除了第一個星期日沒開以外，星期日也有看診。）

～を除きまして（丁寧形）

・いずれの商品でも一部地域を除きまして、配送料は当社にて負担させていただいております。
（所有的商品，除了某些地區以外，郵寄費用皆由本公司負擔。）

排序練習：

01. 正当な理由による ＿＿ ＿＿ ＿＿ ＿＿ 携帯してはならない。
    1. 除いて　2. 場合を　3. 刃物を　4. は

02. 一月一日は事務所も ＿＿ ＿＿ ＿＿ ＿＿ 休みです。
    1. 現場　2. も　3. 除いて　4. 一部を

解01.（2 1 4 3）　02.（1 2 4 3）

03 單元小測驗

1．駅の新設改札口（　　）さまざまな意見が出されている。
　1　にとって　　2　について　　3　によって　　4　をめぐって

2．私たちは、インターネット（　　）いろんな情報を知ることができる。
　1　を通じて　　2　に対して　　3　に通して　　4　をめぐって

3．塾のクラスメート（　　）、日本語能力試験の願書をもらった。
　1　によって　　2　に沿って　　3　にとって　　4　を通して

4．車を買ったので、ドライブを（　　）、ふるさとの両親の家に行った。
　1　除いて　　2　めぐって　　3　兼ねて　　4　込めて

5．リンリンさんを（　　）、クラス全員が合格した。
　1　除いて　　2　めぐって　　3　兼ねて　　4　込めて

6．駅前の再開発計画を ＿＿＿＿ 、あちこちで議論がなされている。
　1　対して　　2　めぐって　　3　関して　　4　ついて

7．愛 ＿＿＿ 弁当を作りました。
　1　に対して　　2　について　　3　をめぐって　　4　を込めて

8．この経験を ＿＿＿ ＿＿＿ ＿★＿ ＿＿＿ と思いますか。
　1　何だ　　2　得た　　3　通じて　　4　物は

9．この町では ＿＿＿ ＿＿＿ ＿★＿ ＿＿＿ 年配の方です。
　1　弟を　　2　私と　　3　除いて　　4　みんな

10．犬 ＿＿＿ ＿＿＿ ＿★＿ ＿＿＿ 寄り道をした。
　1　兼ねて　　2　公園に　　3　散歩を　　4　の

04

第 04 單元：「～を～に／として」

19. ～を～として / にして
20. ～を中心に
21. ～を始め
22. ～をきっかけに
23. ～をもとに
24. ～を抜きに

本單元為同學介紹以「A を B に（して）／A を B として」形態的常用表現。「～を」為目的語 (受詞)，中文經常使用「把 / 以…」來翻譯。因此本單元的句型，大多可以譯為「以…為…」「把…當作是…」。

19. ～を～として／にして

接続：名詞＋を　名詞＋として／にして
翻訳：以…為…。把…當作是／作為是…。
説明：我們在第 12 項文法項目，單獨學了「として」的用法，中文意思「作為…」。這裡搭配格助詞「を」使用，以「～を～として」的型態來表達「把…作為…」，亦可替換為「～を～にして」的型態。前者較強調將某物作為後述事項時的「用途」，後者較強調將某物作為後述事項時的「轉變、轉化」。

・お客様(きゃくさま)の笑顔(えがお)を励(はげ)みとして／にして頑張(がんば)ります。
（我以顧客的笑容為激勵，努力工作。）

・電気(でんき)をエネルギーとして／にして生(い)きる微生物(びせいぶつ)が発見(はっけん)されました。
（有種靠電力維生的微生物被發現了。）

其他型態：

～を～として

・大学教授(だいがくきょうじゅ)をリーダーとして、教科書(きょうかしょ)の編纂(へんさん)が行(おこな)われている。
（以大學教授為領導，進行了教科書的編寫。）

～を～とする（名詞修飾）

・区民(くみん)センターで、国際交流(こくさいこうりゅう)を目的(もくてき)とする集(あつ)まりが開(ひら)かれた。
（在區民中心，舉辦了一個以國際交流為目的的集會。）

～を～とした（名詞修飾）

・移民問題(いみんもんだい)をテーマとしたテレビ番組(ばんぐみ)が放送(ほうそう)された。
（電視上播放了一個以移民問題為主題的節目。）

排序練習：

01. この祭りは、住民の ＿＿ ＿＿ ＿＿ ＿＿ 始められた。
    1. して　2. 社会参加を　3. 目的　4. と

02. 蚊は人間の血以外に ＿＿ ＿＿ ＿＿ ＿＿ のでしょうか。
    1. 何を　2. いる　3. 食料に　4. して

解01.（2 3 4 1）　02.（1 3 4 2）

20. ～を中心に

接続：名詞＋を中心に／として
翻訳：把…作為中心。以…為中心。
説明：用於表達「將某物或某事當作是中心、核心，來進行後述的事項」。亦可替換為「～を中心にして／として」，較為書面上的用語。若後面接續名詞時，可使用名詞修飾形，有「～を中心とする」與「～を中心とした」兩種，意思差別不大。

・当社は、乳製品を中心に、食品分野で業績を伸ばしてきた。
（本公司以乳製品為中心，在食品領域當中業績持續成長。）

・東京を中心に、関東地方は台風の影響で風が強くなっています。
（以東京為中心，關東地區受到颱風的影響，風勢變強。）

其他型態：

～を中心にして

・昔、大阪とその近郊を中心にして、商業が栄えた。
（以前商業以大阪及其近郊為中心，發展起來的。）

～を中心として

・門前町とは、昔、寺院や神社を中心としてできた町である。
（所謂的門前町，指的就是以前以寺院或神社為中心所成形的城鎮。）

～を中心とする（名詞修飾）

・アジアを中心とする外国人留学生のアルバイト実態を把握することで、違法就労の防止ができます。
（藉由掌握以亞洲為中心的外國留學生打工實態，可以防止非法就業。）

～を中心とした（名詞修飾）

・若年層を中心とした個人による投資の現状調査が今月初めに発表されました。
（在本月初發表了以年輕族群為中心的個人投資現狀調查。）

排序練習：

01. 当店は ____ ____ ____ ____ チェーン展開している焼きそばの専門店です。
1. 中心　2. 東京　3. に　4. を

02. この店は ____ ____ ____ ____ スポーツ専門店です。
1. スキー用品　2. としたた　3. 中心　4. を

解01.（2 4 1 3）　02.（1 4 3 2）

21. ～を始め

接続：名詞＋を始め
説明：以「～を始め」的形式，來舉一個最具代表性的例子，並藉以表達其所屬的其它每個都是。因此後面常跟著「たくさん、みんな、いろいろ」等表數量之多的詞語。

・東京には、上野公園を始め、桜の名所がたくさんある。
（東京有許多賞櫻花的名勝，以上野公園最具代表性。）

・社長を始め、社員一同が総力をあげてお客様のご期待に応えるよう頑張っております。
（本公司社長到員工，從上到下總動員努力來達成客戶的期待。）

其他型態：

～をはじめとして

・このレストランには女優の福元さんを始めとして、色々な有名人がやってくるそうだ。
（聽說這個餐廳會有許多有名人來光顧，例如女明星福元小姐。）

～をはじめとする（名詞修飾）

・この店では、パソコンを始めとする電子機器を扱っている。
（這間店專門販售以電腦為主的電子器材。）

辨析：

亦可將「～を始め」替換為「～を始めとして」的型態，意思差異不大。但「～を始めとして」後方不可以接續「～てください」或「～ましょう」、「～ませんか」等對於聽話者的要求、命令等表現。

○ **担任の先生を始め、学校の皆さんにもよろしくお伝えください。**
（請向級任老師及學校各位傳達問候之意。）

× 担任の先生を始めとして、学校の皆さんにもよろしくお伝えください。

排序練習：

01. 彼は ＿＿ ＿＿ ＿＿ ＿＿ イタリア語も話せます。
　1. フランス語　2. や　3. 英語を　4. 始め

02. 英語をはじめ ＿＿ ＿＿ ＿＿ ＿＿ 皆さんの体験談を募集します。
　1. 外国語の　2. 学び方に　3. ついて　4. とする

解01.（3 4 1 2） 02.（4 1 2 3）

22. ～をきっかけに

接続：名詞＋をきっかけに
翻訳：以…作為契機。
説明：用來表示某個行動的發端或動機。亦可替換為「～をきっかけとして」或「～がきっかけで」的構造，三者意思差不多。「～をきっかけに／として」強調說話者的主動性，利用此契機，來做了後述事項；「～がきっかけで」則是較強調事情成為契機的自然性，說明某件事情自然地成為了一個契機，而引發了後述的結果。另外，它也有文言一點的講法「～を契機／機に」。

・合コンでの出会いをきっかけに、二人の交際が始まった。
（兩人以聯誼中的邂逅為契機，開始交往了。）

・大学入学をきっかけに、引っ越した。
（以大學入學為契機，我搬家了。）

其他型態：

～をきっかけとして

・病気をきっかけとして、父は運動をするようになった。
（爸爸因為生病，而開始運動了。）

～がきっかけで

・主人の心ない一言がきっかけで、離婚しました。
（因為老公輕率的一句話，我們兩個離婚了。）

～を契機に（文語）

・テロ事件を契機に、空港のチェックが厳しくなった。
（以恐怖攻擊事件為契機，機場的安檢變嚴格了。）

排序練習：

01. 定年を ＿＿ ＿＿ ＿＿ ＿＿ 、田舎でのんびりした生活を始めた。
    1. 都会を　2. 離れ　3. きっかけ　4. に

02. ある日本人と ＿＿ ＿＿ ＿＿ ＿＿ で、日本へ留学に行った。
    1. きっかけ　2. 友達に　3. なった　4. ことが

解01.（3 4 1 2）　02.（2 3 4 1）

23. ～をもとに

接続：名詞＋をもとに
翻訳：把…作為基本。以…作為基礎。
説明：此句型源自於「もと（基）」（基底，基本）一詞。用來表達「以前述項目為基本、素材，來進行創作或生產某物」。也因此後面多會接續含有創作、生產語意的字眼，如「書く、作る、作成する」…等。與「～に基づいて」意思相近。此句型亦可替換為「～をもとにして」的形式。

・この小説は事実をもとに、書かれた。
（這個小說是根據事實所編寫的。）

・調査の結果をもとに、報告書が作成された。
（以調查結果為基礎，製作報告書。）

其他型態：

～をもとにして

・この曲は、昔からこの地方に伝わる民謡をもとにして作られている。
（這個曲子是以在這地方代代相傳的民謠為基礎所編寫的。）

～をもとにした（名詞修飾）

・これは実際にあった事件をもとにした映画です。
（這是一部以實際發生過的事件為藍圖所拍的電影。）

排序練習：

01. 皆さんの ＿＿ ＿＿ ＿＿ ＿＿ のデザインを決定します。
　1．新商品　2．に　3．もと　4．意見を

02. このオペラは童話 ＿＿ ＿＿ ＿＿ ＿＿ 作られたものです。
　1．を　2．に　3．して　4．もと

解01.（4 3 2 1）　02.（1 4 2 3）

24. ～を抜きに

接続：名詞＋をぬきに

翻訳：① 不管，不考慮。② 沒有，不是。③ 如果不把…考慮在內，則無法…。

説明：①「抜く」就是「拔除」的意思。因此「～をぬきにして」的情況就是「把前面提到的東西拔除／排除不管，來談論下面的事情」之意。亦可使用副助詞「は」來取代「を」，以表示強調。② 若使用名詞加上「～ぬきで」的型態，則除了可以表達與 ① 相同的語意外，亦可用於表達「在某物品中，不要加入某項成分」或「做事時，忽略某人直接進行」。③ 若使用～（を）ぬきには／ぬきにしては～，後加動詞可能形的否定，則表示「若排除前項事物，則無法達到後句的目的」。

① ～を抜きにして

・今日は仕事の話を抜きにして、楽しく飲もう。
（今天不要管工作的事，大家開心地來喝吧！）

・冗談は抜きにして、もっと真面目に考えてください。
（不要開玩笑，請你認真地思考。）

② ～抜きで

・冗談抜きで、ちょっと大切な相談があるの。
（不是在跟你開玩笑，我有重要的事情要與你商量。）

・寿司はわさび抜きで、お願いします。
（壽司請不要加芥末。）

・どうせ来ないだろうから、彼抜きでやりましょう。
（反正他大概也不會來了，我們就不管他，開始做吧。）

③ ～（を）抜きには／抜きにしては～（動詞可能形）ない

・今回の再開発計画は彼の協力抜きには成功できない。
（這次的都更計畫，沒有他的幫忙是無法成功的。）

・世界の歴史は戦争を抜きにしては語れない。

（要談論世界史，就一定得談論到戰爭。）

排序練習：

01. ごめん、急用ができました ＿＿ ＿＿ ＿＿ ＿＿ で楽しんでください。
   1.抜きで　2.みんな　3.私　4.ので

02. 彼の ＿＿ ＿＿ ＿＿ ＿＿ 今回の計画の実行はありえなかっただろう。
   1.は　2.援助を　3.にして　4.抜き

解 01.（4 3 1 2）　02.（2 4 3 1）

04 單元小測驗

1．私は３年前に胃を手術したのをきっかけに、健康に（　　）。
　1　不安がっている　　2　自信たっぷりだ
　3　困ることはない　　4　注意するようになった

2．山川氏の調査結果を（　　）、今後の方針を決めようと思う。
　1　込めて　　2　もとに　　3　始め　　4　通じて

3．投票の結果、山田氏を会長と（　　）ことに決定しました。
　1　する　　2　なる　　3　とる　　4　える

4．午前中は文法を勉強する。午後は会話（　　）勉強することになっている。
　1　を込めて　　2　ばかりに　　3　に向けて　　4　を中心に

5．社会奉仕を（　　）作られた団体が、不正に資金を流用していたとは。
　1　始めとして　　2　抜きにして　　3　目的として　　4　契機に

6．この国の発展は、近隣諸国との協力を（　　）にしてはあり得ない。
　1　始め　　2　抜き　　3　目的　　4　中心

7．震災が ＿＿＿ ＿＿＿ ＿★＿ ＿＿＿ あるのでしょうか。
　1　別れて　　2　ことって　　3　しまう　　4　きっかけで

8．この会社は ＿＿＿ ＿＿＿ ＿★＿ ＿＿＿ 分野で業績を伸ばしてきた。
　1　食品の　　2　して　　3　調味料を　　4　中心と

9．現代では、テレビや ＿＿＿ ＿＿＿ ＿★＿ ＿＿＿ な家電製品が、家庭生活に欠かせないものとなっている。
　1　冷蔵庫を　　2　様々　　3　とする　　4　始め

10．日本では、多くの ＿＿＿ ＿＿＿ ＿★＿ ＿＿＿ 辞める。
　1　機に　　2　出産を　　3　会社を　　4　女性が

05

第 05 單元：「～に〇〇て」Ⅲ

25. ～に従って
26. ～につれて
27. ～に当たって
28. ～に際して
29. ～に先立って
30. ～に伴って
31. ～に加えて

本單元介紹其他 N2 常見的「～に〇〇て」表現。這單元的東西比較特別一點。照理說，格助詞的前方只能加名詞。如果要加動詞句，應該要配合一個形式名詞。但本單元提出的前五項，前面都可以直接接續動詞原形，不需要形式名詞喔。

25. ～に従って

接続：動詞原形／名詞＋に従って
翻訳：① 隨著。② 遵照…。按照…。
説明：此句型源自於「従う」（遵從）一詞。前面接續動詞時，與接名詞時的語意不太一樣。分別為下列兩項：① 接續動詞或動作性名詞（する動詞的語幹），以「動詞／動作性名詞＋にしたがって」的型態，來表達「隨著前面動作的進行後句也跟著產生變化」。因此前、後句所接的動詞多為「變化語意的動詞」（也就是多為無意志的表現）。② 接續名詞時，以「名詞＋に従って」的型態，來表達「遵循或依照前述的規定、慣例或指示，來做後述動作」。

①・慢性腎臓病は年を取るに従って、発生率も高くなります。
（慢性腎臟病會隨著年齡的增加，發生率也變高。）

・物価上昇に従って、銀行への預金の金利も上がります。
（隨著物價的上升，存銀行的存款利息也會上升。）

②・軍人は国の命令に従って行動する。
（軍人遵照國家的命令行動。）

・矢印に従って、前に進んでください。
（請按照箭頭符號往前進。）

其他型態：

～に従い（中止形）

・電車が都心から離れるに従い、緑が多くなってきた。
（隨著電車遠離都心，綠色植物越來越多。）

排序練習：

01. 再開発が ＿＿ ＿＿ ＿＿ ＿＿ 急速に広がっています。
1. 自然破壊も　2. 従って　3. に　4. 進む

02. 社員の採用は ＿＿ ＿＿ ＿＿ ＿＿ 。
1. した　2. 従い　3. 慣例に　4. 公開募集に

解 01.（4 3 2 1）　02.（3 2 4 1）

26. ～につれて

接続：動詞原形／名詞＋につれて
翻訳：隨著…。
説明：此句型源自於「つれる」（帶領）一詞。當作一般動詞時，前方必須使用格助詞「を」，以「人を連れて～に行く」的形式來表達「帶領某人去某處」。但此句型為複合格助詞的用法，因此必須使用「～につれて」的固定形式，用於表示「隨著前句的變化，後句也隨之而改變」。

・工業化が進むにつれて、手づくりの技術を持つ人が減ってきた。
（隨著工業化的發展，擁有手工技藝的人變少了。）

・町の発展につれて、農地はビル街やアパート街に変わった。
（隨著城鎮的發展，農地變成了充滿大樓及公寓的街道。）

辨析：

「～につれて」的語意跟「～に従って」很像，兩者幾乎都可以互換。但如果前句為「雙方向變化詞語」，如下例的「增減」，則只可使用「に従って」。

○ 売上高の増減（双方向変化）に従って、ボーナスも変わってくる。
（隨著營業額的增減，獎金也會隨之變化。）

× 売上高の増減（双方向変化）につれて、ボーナスも変わってくる。

另外，「～につれて」的後句，也與「～に従って」一樣，不可以接續有意志的動詞，都是無意志的。

× 年を取るにつれて、引退することに決めた。（意志）

○ 年を取るにつれて、記憶力が衰えてくる。
（隨著老去，記憶力也衰退了。）

此外，「～につれて」是從動詞「つれる」來的，因此語意有「後句的變化，是被前句的變化帶著跑」的語意。「隨著前句的變化，後句也跟著變化」。因此前後兩句都必須是變化語意的動詞。例如下例的「二十歲」並不是變化語意的動詞，因此不可使用，因此必須改為有變化語意的「大人になる」。

× **二十歳につれて、自分のやりたいことがだんだんわかってきた。**

○ **大人になるにつれて、自分のやりたいことがだんだんわかってきた。**
（隨著成長為大人，漸漸知道自己想做什麼了。）

其他型態：

～につれ（中止形）

・景気が悪くなるにつれ、失業者が増えてきた。
（隨著景氣惡化，失業者也增加了。）

排序練習：

01. 年を ＿＿ ＿＿ ＿＿ ＿＿ いろいろな機能が低下する。
　1. に　2. 体の　3. つれて　4. 取る

02. 人生の選択肢は時間＿＿ ＿＿ ＿＿ ＿＿ 減っていく。
　1. が　2. に　3. 経つ　4. つれ

解01.（4 1 3 2）　02.（1 3 2 4）

27. ～に当たって

接続：動詞原形／名詞＋に当たって
翻訳：當…的時候，要做…。
説明：此句型源自於「当たる」一詞。用於表達欲做「非日常性事務」的某事前，以積極的態度去面對、處理。語意與初級學過的「動詞原形／名詞の＋時」很接近。

・マンションを購入するに当たって、建物の構造が耐震、免震、制震のどれか注意して調べておきましょう。
（購買公寓大樓時，要注意查清楚建築物的構造為耐震、免震還是制震構造。）

・新学期に当たって、親はテキストに一通り目を通し、 学習の内容を知っておくと、子どもに対してより適切なアドバイスができるでしょう。
（新學期開始前，父母若先將教科書整體看過，了解學習內容，就可以給孩子更切實的學習建議。）

其他型態：

～にあたり（中止形）

・事業計画を実行するに当たり、開発許可申請の手続きを行います。
（要實行事業計畫前，先辦理開發許可申請的手續。）

辨析：

由於此句型的語意為「在做重要行動之前，或正面臨關鍵時刻時，要以一種較積極的態度去面對時」，因此不使用於負面的情況。若欲使用於負面狀況，可使用下一個即將要學的句型「～に際して」。另外，「～に当たって」為正式用語，故不會用於一般日常生活中。一般日常生活的瑣事，使用「～時」即可。

× **父の死に当たって、故郷に帰った。**（負面的情況不可使用）

○ **父の死に際して、故郷に帰った。**
（父親過世之際，回了故鄉。）

× 学校へ行くに当たって、朝食を買った。（日常生活瑣事不可使用）

○ 学校へ行く時、朝食を買った。

此外，此句型並沒有名詞修飾型「～に当たる＋名詞」的形式。因為「～に当たる」的語意為「相當於 ...」之意，與此句型欲表達的意思不同。

例：海上保安庁に当たる海巡署。（台湾の海巡署は日本の海上保安庁に当たる。）
（相當於海上保安廳的海巡署。）

排序練習：

01. ＿＿ ＿＿ ＿＿ ＿＿ ご挨拶を申し上げます。
1. 開会　2. 一言　3. 当たって　4. に

02. 日本で ＿＿ ＿＿ ＿＿ ＿＿ 当たって、部屋探しを始めた。
1. 生活を　2. 始める　3. の　4. に

解01.（1 4 3 2）　02.（3 1 2 4）

28. ～に際して

接続：動詞原形／名詞＋に際して
翻訳：當…之際。當…的時候。當…之前。
説明：用於表達「當某件特殊的事情發生／或面臨某個特殊狀況時…」之意。語意與上個句型「～に当たって」接近。但亦可使用於負面狀況，因此例句一可以替換為「～に当たって」，但例句二就不可替換。另外，亦有「動詞原形／名詞（の）＋際に（は）」的表達形式。

・試合を始めるに際して、今のお気持ちをお聞かせください。
（比賽開始前，請告訴我您現在的心情。）

・倒産に際して、自殺まで考えましたが、私を支えてくれる人がいたから頑張れたと思います。
（破產時，我甚至想過要自殺，但我想因為就是有支持我的人在，我才撐得下去。）

其他型態：

動詞原形＋際に（は）

・社内を見学する際には、写真撮影はご遠慮ください。
（參觀公司內部時，請勿攝影。）

名詞＋の際に（は）

・非常の際は、このパネルを破って外に避難して下さい。
（緊急時，請打破這個板子，至戶外避難。）

～に際しては（＋副助詞）

・薬の服用に際しては、必ず添付文書を読んでください。
（服用藥物之前，一定要閱讀附帶的說明文件。）

～に際しまして（丁寧形）

・当施設のご利用に際しまして、以下の内容をお読みいただき、ご予約の際はご同意を得たものとさせていただきます。
（使用本設施前，請詳讀下列內容，在您預約時，就等同您已同意條文內容。）

辨析：

「～Aに際してB」，有「在做A之前，做B」的含義在。就有如例句一，一定是先講完心情，才開始比賽，因此例句一不可替換為「～際に」，不可能同時比賽同時講述心情。

○ **試合を始めるに際して、今のお気持ちをお聞かせください。**
（比賽開始前，請分享一下現在的心情。）

× **試合を始める際に、今のお気持ちをお聞かせください。**

而「～A際にB」，則有「A、B兩件事是同時性的意思」。也因此「其他型態」部分的例句一並無法替換成「～に際して」，因為拍照跟公司內部參觀，是同時性的，並不是拍了之後才開始參觀。

○ **社内を見学する際には、写真撮影はご遠慮ください。**
（參觀公司內部時，請勿攝影。）

× **社内を見学するに際して、写真撮影はご遠慮ください。**

「其他型態」部分的例句三，就可以兩者替換使用。可以表達「先看完說明書，收起來後再拿藥出來吃。」亦可表達「說明書跟藥物同時拿出來，服用的時候閱讀。」

○ **薬の服用に際して、必ず添付文書を読んでください。**

○ **薬の服用の際は、必ず添付文書を読んでください。**
（服用藥物時，請務必閱讀附屬說明。）

排序練習：

01. 「転居届」とはご転居 ＿＿ ＿＿ ＿＿ ＿＿ 書類のことです。
　1. 自筆でご記入　2. いただく　3. に際して　4. 転居者の方に

02. 飲食店を ＿＿ ＿＿ ＿＿ ＿＿ ならないことをまとめてみました。
　1. やらなければ　2. に際して　3. まず　4. スタートさせる

解01.（3 4 1 2）　02.（4 2 3 1）

29. ～に先立って

接続：動詞原形／名詞＋に先立って
翻訳：在…之前。先於…。
説明：此句型用於表達「要做某個動作 (或某個動作發生) 之前…先行…」。主要用於說明要進行某個大型的計畫，行事或節目前，為使此事件順利進行，而去做後述的「先行預備動作」或「先行步驟」。

・試合に先立って、歓迎のスピーチが行われた。
（比賽之前，先發表歡迎的致詞。）

・新しい電車路線が開通するに先立って、試運転が開催されました。
（在新的電車路線開通前，先開始了試營運。）

其他型態：

～に先立つ（名詞修飾）

・映画の公開に先立つ試写会には、多くの有名人が訪れた。
（電影上映前的試映會，有許多有名人來訪。）

～に先立ち（中止形）

・開店に先立ち、関係者だけのパーティーが行われた。
（開幕之前，舉行了一個只有相關人員的派對。）

排序練習：

01. 12 月に ＿＿ ＿＿ ＿＿ ＿＿ 11 月初旬に模擬試験が行われる。
    1. 当校では　2. 行われる　3. 能力試験　4. に先立って

02. レストランを ＿＿ ＿＿ ＿＿ ＿＿ 飲食店へ修行に行ってもらいました。
    1. 開業する　2. に先立って　3. 友人の　4. スタッフに

解 01.（2 3 4 1） 02.（1 2 4 3）

30. ～に伴(ともな)って

接続：動詞原形の／名詞＋に伴って
翻訳：伴隨著…。
説明：此句型源自於「伴う」（伴隨）一詞。前接動作性名詞或動詞句，表示「隨著前句的發生，後句也跟著隨之產生變化或發生的事情」。請注意接續上與前五個文法項目不同，前方接續動詞時，需要有形式名詞「の」。

・石川県(いしかわけん)では北陸新幹線(ほくりくしんかんせん)の開通(かいつう)に伴(ともな)って、伝統工芸品(でんとうこうげいひん)をアピールするイベントが複数(ふくすう)開催(かいさい)されています。
（隨著北陸新幹線的開通，石川縣舉行了數個展示他們傳統工藝品的活動。）

・個人旅行(こじんりょこう)の訪日外国人(ほうにちがいこくじん)が増(ふ)えるのに伴(ともな)って、格安航空会社(かくやすこうくうがいしゃ)が注目(ちゅうもく)されている。
（隨著來日本自助旅行的外國人增多，廉價航空受到注目。）

其他型態：

～に伴い（中止形）

・人工知能(じんこうちのう)の発展(はってん)に伴(ともな)い、10年後(ねんご)には人間(にんげん)の仕事(しごと)がなくなる可能性(かのうせい)がある。
（隨著人工智慧的發展，十年後人類將會失去工作。）

～に伴う（名詞修飾）

・人口増加(じんこうぞうか)に伴(ともな)う住宅問題(じゅうたくもんだい)は深刻化(しんこくか)している。
（人口增加所伴隨而來的住宅問題越來越嚴重。）

辨析：

此句型的語意接近之前學過的 25「～に従って」與 26「～につれて」，大部分的情況也都可以替換。只不過「～に伴って」的前句與「～につれて」一樣，一定得是「變化表現」。若不是變化表現，就只可使用「に従って」（従って用法②）

× この会社(かいしゃ)は売上高(うりあげだか)に伴(ともな)って、ボーナスが支払(しはら)われる。

○ **この会社は売上高に従って、ボーナスが支払われる。**

（這間公司按照營業額來支付獎金。）

重組練習：

01. 学生数が ＿＿ ＿＿ ＿＿ ＿＿ 学生の質も多様化してきた。

　1．に　2．伴って　3．の　4．増える

02. 経済の発展 ＿＿ ＿＿ ＿＿ ＿＿ が、失ったものも多い。

　1．に伴って　2．なった　3．豊かに　4．生活は

解01.（4 3 1 2） 02.（1 4 3 2）

31. ～に加えて

接続：動詞原形の／名詞／イ形容詞の／ナ形容詞なの＋に加えて
翻訳：加上…。除了…以外，還…。
説明：此句型源自於「加える」（加上、添加）一詞。用於表達「除了原本就有的以外，再加上 ...」。前面可接續名詞或動詞句。請注意接續上與前五個文法項目不同，前方接續動詞時，需要有形式名詞「の」。

・今日は台風の影響で、大雨に加えて、落雷や突風にも注意が必要です。
（今天由於受到颱風的影響，除了大雨以外，還要注意打雷與突然的強風。）

・自宅で電力を作れば、電気代が安くなるのに加えて、毎月、売電収入が得られる。
（在自己家生產電力，除了電費會變便宜以外，還可以得到每個月賣電的收入。）

・今日は暑いのに加えて、湿度も高いので、熱中症等にお気を付けください。
（今天很熱，再加上濕度也很高，請小心別中暑了。）

・この店は賑やかなのに加えて、テーブルも小さく、なかなか落着きません。
（這間店很熱鬧，再加上座位又很小，很難放鬆。）

其他型態：

～に加え（中止形）

・映画の成功に加え、新曲もヒットし、彼の人気は急上昇している。
（電影成功，又加上新歌大賣，他的人氣正飆高當中。）

排序練習：

01. 今学期から行政法規の ＿＿ ＿＿ ＿＿ ＿＿ 授業も始まります。
　1. 経済学と　2. 会計学の　3. 授業　4. に加え

02. 家が広いのに加え、＿＿ ＿＿ ＿＿ ＿＿ こなしていくことができなくなった。
　1. 私も　2. 高齢に　3. なって　4. 家事を

解 01.（3 4 1 2）　02.（1 2 3 4）

05 單元小測驗

1．お別れに（　　）一言ご挨拶を申し上げます。
　1　加えて　　2　答えて　　3　際して　　4　反して

2．科学が進歩するに（　　）今までできなかったこともできるようになった。
　1　とって　　2　対して　　3　かんして　　4　つれて

3．新年を迎えるに（　　）、今年の計画を立てた。
　1　かけて　　2　とって　　3　当たって　　4　めぐって

4．新薬の輸入＿＿＿＿慎重な調査が行われている。
　1　にかけて　　2　につけて　　3　に先立ち　　4　にこたえて

5．新しくできた駅の近くではどんどん人口が増加している。
　それに＿＿＿＿デパートや病院もでき、便利になってきた。
　1　反して　　2　ついて　　3　比べて　　4　伴って

6．社会が多様化していくに＿＿＿＿、変わった考え方の持ち主が増えてきた。
　1　従って　　2　ともに　　3　こたえて　　4　比べ

7．先日、＿＿＿　＿＿＿　＿★＿　＿＿＿　時の同級生を訪ねた。
　1　際　　2　行った　　3　小学校の　　4　京都へ

8．鈴木さんは　＿＿＿　＿＿＿　＿★＿　＿＿＿　である。
　1　人　　2　聡明な　　3　加えて　　4　美しさに

9．太郎は　＿＿＿　＿＿＿　＿★＿　＿＿＿　なった。
　1　従って　　2　成長する　　3　無口に　　4　に

10．文明が　＿＿＿　＿＿＿　＿★＿　＿＿＿　使わなくなった。
　1　自分の体を　　2　につれて　　3　人間は　　4　発達する

06

第 06 單元：「に～、」「は～、」

32. ～にしたら／にすれば
33. ～にかけては
34. ～につき
35. ～はもちろん
36. ～はともかく

第 6 單元到第 9 單元，我們要學習使用到助詞的接續表現。所謂的接續表現，指的就是放置於句子中央，將前後兩個子句串連起來的表現。本單元介紹使用到「に」與「は」的表現，前方都只能接續名詞。

32. ～にしたら／にすれば

接続：名詞＋にしたら

翻訳：對…而言。以…的立場來說。

説明：用於表達說話者「站在他人的立場來敘述若是他人，可能會有怎樣的心境」。因此，後方多半是表困惑、辛苦、擔心…等心境的詞語。可以使用「～にしたら」或「～にすれば」，兩者意思相同。

・子供の騒ぎ声は子供がいない人にしたら迷惑です。
（小孩的喧鬧聲，對於沒有小孩的人而言，很困擾。）

・これから留学しようとする子供の母親にしたら、「本当に一人で行って大丈夫なのだろうか」という心配は常にあるはずです。
（對即將要去留學的小孩的母親而言，應該一直都會擔心著「真的他一個人去，沒問題嗎」。）

其他型態：

～にすれば

・先生は気軽に宿題を出すけど、学生にすれば大変なんです。
（老師出功課出得輕鬆，但站在學生的角度來看，很辛苦。）

辨析：

此句型與「にとって」的語意類似，但「にとって」的後句，多接續評價性質，價值觀判斷的表現，但「にしたら」則是接續這個人的感受或是心情。

○ **この指輪は私にとって、大切な宝物です。**（這戒指對我而言是重要的寶物。）

× **この指輪は私にしたら、大切な宝物です。**

排序練習：

01. タバコの煙や匂いは ＿＿ ＿＿ ＿＿ ＿＿ 苦痛だ。
 1. したら　2. 人　3. 吸わない　4. に

02. 私は早く独立したい ＿＿ ＿＿ ＿＿ ＿＿ かもしれません。
 1. 心配　2. すれば　3. 親に　4. けど

解01.（3 2 4 1）　02.（4 3 2 1）

33. ～にかけては

接続：名詞＋にかけては
翻訳：在這方面，（不輸別人）。
説明：此句型用於表達「別的方面不說，但在某一方面，這個人是最棒的」。因此後面多接續對於此人的技術或能力的評價。

・情報の収集能力にかけては飯田さんの右に出るものはいない。
（在情報收集能力這方面，沒人能比飯田先生厲害。）

・中国人とインド人とアラビア人は、商売の才能にかけては世界三大民族だと言われています。
（中國人、印度人與阿拉伯人，在做生意的才能上，堪稱是世界三大民族。）

排序練習：

01. 足の ＿＿ ＿＿ ＿＿ ＿＿ 全国で一番だ。
1.速さ　2.彼は　3.かけては　4.に

02. 田中さんは事務処理の ＿＿ ＿＿ ＿＿ ＿＿ テクニックを持っている。
1.能力に　2.素晴らしい　3.は　4.かけて

解01.（1 4 3 2）　02.（1 4 3 2）

34. ～につき

接続：名詞＋につき

翻訳：由於…。

説明：用來表示理由，語意相當於「～ので」，不過「～につき」由於屬書面用語，因此多半使用於告示，通知文書等。另外，此句型並非 N3 句型「～について」（關於…）的中止形，兩者請勿搞混了。

・工事中につき、立ち入り禁止。
（施工中，請勿進入。）

・本日は定休日につき、休ませていただきます。
またのご来店をお待ちしております。
（由於今天是公休日，因此歇業。歡迎您再度光臨。）

排序練習：

01. この機械はただいま ____ ____ ____ ____ になれません。
　1. つき、　2. ご使用　3. に　4. 調整中

02. 改装中 ____ ____ ____ ____ 。
　1. いたします　2. につき　3. しばらく　4. 休業

解 01.（4 3 1 2）　02.（2 3 4 1）

35. ～はもちろん

接続：名詞＋はもちろん
翻訳：…是當然的，就連…。
説明：此句型源自於「勿論（もちろん）」（理所當然）一詞。用於表達「前者是一定的、無庸置疑的。此外，還有…」。也因此，經常以「A はもちろん、B も」的型態使用。另外，若使用於書面上，可使用較生硬的表現「～はもとより」（元より）。

・東京オリンピックには、日本人はもちろん世界中から選手が集まります。
（東京奧運，除了日本人以外，也會有全世界的選手到來。）

・留学で大事なことは勉強はもちろん、現地の人との触れ合いも大切だと思います。
（留學，讀書固然重要，但我認為跟當地人的交流也很重要。）

其他型態：

～はもとより（生硬表現）

・中国はもとより、今では西洋にも風水は伝わり、世界中の大富豪は生活の中に風水を取り入れているそうです。
（中國人就不用提了，現在風水都流傳至西洋，聽說全世界的富豪都會將風水應用在日常生活中。）

排序練習：

01. 帰宅後、 ____ ____ ____ ____ ちゃんとしなければなりません。
    1. 予習も　2. 復習　3. は　4. もちろん

02. 京都や ____ ____ ____ ____ お寺や神社が残っている。
    1. 日本全国に　2. 古い　3. 奈良は　4. もちろん

解 01.（2 3 4 1）　02.（3 4 1 2）

36. ～はともかく

接続：名詞＋はともかく（として）
翻訳：先不管…。先不論…。
説明：此句型用於表達「先別管前述的問題，目前先把焦點擺在後述部分／後述部分才是重點」，因此必須以「A はともかく（として）、B」的型態使用。

・彼女(かのじょ)の焼(や)いたクッキーは、見(み)た目(め)はともかく、味(あじ)は申(もう)し分(ぶん)ない。
（她烤的餅乾，先不論外觀如何，味道沒得挑剔的棒。）

・予算(よさん)の問題(もんだい)はともかくとして、企画(きかく)の内容(ないよう)を決(き)めるのが先(さき)だ。
（暫且不管預算問題，先決定企劃內容才是。）

進階複合表現：

「～かどうか」＋「～はともかくとして」

・旅行(りょこう)に行(い)くかどうかはともかくとして、今(いま)は観光(かんこう)シーズンだから、まずホテルを確保(かくほ)しておかないと。
（先不管去不去旅行，因為現在是觀光季，所以首先要先確定有飯店。）

「疑問詞～か」＋「～はともかくとして」

・結果(けっか)がどう出(で)るかはともかくとして、やれることは全部(ぜんぶ)やったんだから、悔(く)いはないよ。
（先不管結果最後如何，能做的我都已經做了，不會後悔。）

排序練習：

01. 他人の ＿＿ ＿＿ ＿＿ ＿＿ を決めなさい。
1. まず自分が　2. どうするか　3. ともかく　4. ことは

02. やれるか ＿＿ ＿＿ ＿＿ ＿＿ みたいです。
1. やって　2. ともかく　3. は　4. どうか

解 01.（4 3 1 2）　02.（4 3 2 1）

06 單元小測驗

1. 昼休み（　　）、事務所は２時まで休みます。
   1　につき　　2　にして　　3　につれ　　4　につけ

2. 帰国子女は英語力（　　）、誰も彼らの足元には及ばない。
   1　はともかく　　2　にかけては　　3　にとっては　　4　にしたら

3. 私は一人暮らしを始めました。両親（　　）心配かもしれませんが。
   1　にしても　　2　にかけては　　3　について　　4　にしたら

4. 性格（　　）、能力があるかどうかが知りたい。
   1　はともかく　　2　といっても　　3　について　　4　にしても

5. この映画は子供は（　　）大人も十分楽しめるように作られています。
   1　というと　　2　とにかく　　3　もとより　　4　ともかく

6. 日本は車の技術（　　）世界をリードしている。
   1　にわたって　　2　にかけては　　3　をめぐって　　4　について

7. 犬はかわいいが ＿＿ ＿＿ ＿★＿ ＿＿ こともある。
   1　迷惑な　　2　動物嫌いな　　3　すれば　　4　人に

8. 鈴木さんはカナダ ＿＿ ＿＿ ＿★＿ ＿＿ フランス語も話せる。
   1　していたので　　2　留学を　　3　もちろん　　4　英語は

9. 本社移転 ＿＿ ＿＿ ＿★＿ ＿＿ 変わりました。
   1　に　　2　つき　　3　が　　4　電話番号

10. この計画は ＿＿ ＿★＿ ＿＿ ＿＿ 価値があるかどうかをもう一度考えてみよう。
   1　ともかくとして　　2　かどうかは
   3　まずやる　　4　実行できる

07

第07單元：「も～、」「を～、」「と～、」

37. ～もしないで
38. ～もかまわず
39. ～を問わず
40. ～といった

此單元使用與助詞「も」「を」「と」的相關表現，「を」為格助詞，前方原則上接續名詞，而這裡的「といった」用於列舉，前面亦是接續名詞。本單元唯獨「も」比較特殊，前方可接續的表現較多元，務必注意每個句型前方的接續方式。

37. ～もしないで

接続：動詞 ~~ます~~ ＋もしないで
翻訳：不做，而去做…。
説明：用於表達「不做前句事項，而去做後句事項」。意思接近「～ないで」，但「～もしないで」多半帶有抱怨及責備的語氣。此句型除了當作接續表現外，亦有文末表現的用法，表達帶有抱怨及責備的語氣來強調「連做都不做」。

・息子は風邪を引いても薬を飲みもしないで、一人で寝て治そうとする。
（我兒子就算感冒了，也不去吃藥，而只是跑去睡覺想要讓病自己治癒。）

・何事も自分で調べもしないで他人に聞くのはよくないと思う。
（什麼事情都不自己查，就去問他人，我覺得這樣不太好。）

・体や頭を使いもしないでお金を稼げる仕組みができてしまったために、今は能力がある人たちはものづくりをしなくなっています。
（因為現在已經有了不用頭腦跟身體就可以賺錢的方法，因此有能力的人都不去從事生產了。）

其他型態：

～もしない。（文末表現）

・せっかく作ったケーキなのに、彼は食べもしない。
（我專程做的蛋糕，他連吃都不吃。）

進階複合表現：

「～もしない」＋「のに」

・見もしないのに、なぜ受信料を支払わなくてはいけないのか。
（明明就看也不看，為什麼還非得付頻道費用！）

排序練習：

01. 挨拶をしたのに、彼は ____ ____ ____ ____ しまった。
    1. も　2. 行って　3. しないで　4. 振り向き

02. 調べも ____ ____ ____ ____ 良くないです。
    1. のは　2. 出す　3. 結論を　4. しないで

解01.（4 1 3 2）　02.（4 3 2 1）

38. ～もかまわず

接続：動詞原形の／名詞／イ形容詞の＋もかまわず
翻訳：不在意、不理會、無視。
說明：此句型源自於「かまう」（在意）一詞，並使用其文言的否定「～ず」而來。用於表達「在正常社會通念下，應該要注意或在意的事，但對方卻沒注意或不在意，去做了後面的事情（導致影響到別人）」。因此多半都是抱怨的口氣。

・あの記者は家族が止めるのもかまわず、戦地へ取材に行った。
（那位記者無視家人的阻止，仍執意要去戰地採訪。）

・隣の人は夜遅いのもかまわず、洗濯機や掃除機をかけたりします。
（隔壁的人不管是不是已經深夜，仍洗衣服以及使用吸塵器。）

・人の迷惑もかまわず、電車の中で携帯電話で話している人がいる。
（有人不理會他人，自顧自在電車中講手機。）

・場所もかまわず、人前で平気でいちゃいちゃする男女のことをバカップルと言う。
（不看看自己在什麼場所，在別人面前一副無所謂地打情罵俏的男女，就稱做蠢情侶。）

排序練習：

01. 彼女は ＿＿ ＿＿ ＿＿ ＿＿ ように泣いた。
1．子供の　2．かまわず　3．人目　4．も

02. 彼女は親が ＿＿ ＿＿ ＿＿ ＿＿ 追って家を出て行った。
1．恋人を　2．反対する　3．もかまわず　4．の

解01.（3 4 2 1）　02.（2 4 3 1）

39. ～を問わず

接続：名詞＋を問わず

翻訳：不管…。不問…。無論…。不分…。

説明：此句型源自於動詞「問う」（詢問），並使用其文言的否定「～ず」而來。用於表達「前述事項不是重點，也不是必要條件」。因此前面經常接續正反語意的詞，例如男女、有無、晝夜…等。

・京都は季節を問わず、観光客で賑わっている。
（京都無論是什麼季節，都充滿著觀光客。）

・この映画は老弱男女を問わず、家族全員で楽しんでいただけます。
（這電影不分男女老少，適合闔家觀賞。）

・健康食品のマーケットについて少し調べてみたら、昨年度にはなんと年間 1 兆 8,000 億円規模に達するそうです。ここで明らかなのは、男女を問わず、40 歳を過ぎると何かと健康が気になってくるという事実です。
（我稍微針對健康食品的市場調查了一下，發現去年度居然高達一兆八千億規模之多。在這裡了解到了一件事就是無論男女，只要過了四十歲，就會對健康問題很在意。）

進階複合表現：

「かどうか」＋「を問わず」

・大阪府で自転車を利用される方は、府民かどうかを問わず、自転車保険への加入が義務付けられました。
（在大阪府使用自行車的人，無論是否為府民，都必須強制加入自行車保險。）

排序練習：

01. 環境保護の ____ ____ ____ ____ 呼んでいる。
　1. 国内外を　2. 関心を　3. 問わず　4. 問題は

02. このアルバイトは ____ ____ ____ ____ 応募できる。
　1. 誰でも　2. 問わず　3. 年齢を　4. 経験や

解 01.（4 1 3 2）　02.（4 3 2 1）

40. ～といった

接続：名詞＋といった＋名詞

翻訳：像是…之類的…。

説明：此句型以「個体性名詞（下位語）＋といった＋總稱性名詞（上位語）」的形式來表達「舉例」。與初級學到的「A や B などの」的語意類似，因此也可使用「～や～といった」或「～とか～と（か）いった」的型態來表達，在「といった」前面所列舉出來的例子也可以是兩項以上。

・民法(みんぽう)とか、心理学(しんりがく)といった科目(かもく)は、どこの大学(だいがく)にもあります。
（像是民法呀，心理學之類的科目，不管是哪間大學都有。）

・男性(だんせい)の草食化(そうしょくか)という現象(げんしょう)は、日本(にほん)だけでなく、中国(ちゅうごく)や台湾(たいわん)といったアジア各国(かっこく)でも話題(わだい)となっています。
（男性的草食化現象，不只在日本，連在中國與台灣等亞洲各國都引起話題。）

・昔(むかし)録音(ろくおん)したカセットテープや古(ふる)いレコードといったアナログソースは、CD 化(か)することで音質(おんしつ)の劣化(れっか)を気(き)にせずに保存(ほぞん)しておくことができます。
（以前錄音的錄音帶或者是老舊的黑膠唱片這類的類比音源，可以透過錄製成 CD 保存，而不用擔心音質劣化。）

排序練習：

01. レストラン ＿＿ ＿＿ ＿＿ ＿＿ では全面禁煙が望ましい。
1. 駅構内　2. ところ　3. といった　4. とか

02. 私の父は ＿＿ ＿＿ ＿＿ ＿＿ 苦手です。
1. 機械が　2. パソコンとか　3. スマホと　4. いった

解01.（4 1 3 2）　02.（2 3 4 1）

07 單元小測驗

1. 山本さんは国籍を（　　）、どんな人とでもいい友達になれる。
　1　問わず　　2　除いて　　3　もとに　　4　中心に

2. 聞き（　　）しないで冷蔵庫の中のものを勝手に食べたのはよくない。
　1　は　　2　と　　3　も　　4　に

3. 彼は、けがをした足が痛むのもかまわず、＿＿＿＿。
　1　大事なミーティングに欠席した　　2　工事現場を見てまわった
　3　医者に足をみてもらった　　4　骨折していることがわかった

4. 高校の社会や経済（　　）科目では、市場経済、労働問題、社会保障などについての概略を学ぶ。
　1　につける　　2　にして　　3　として　　4　といった

5. 売上高の増減（　　）、ボーナスも変わってくる。
　1　に従って　　2　につれて　　3　を問わず　　4　を除いて

6. いつ来る（　　）はともかく、大きな地震は必ずまた来るだろう。
　1　か　　2　かどうか　　3　を　　4　をどうか

7. 年を取るとお肉を敬遠し、＿＿＿　＿＿＿　＿★＿　＿＿＿　好む傾向があるようです。
　1　したものを　　2　あっさりと　　3　いった　　4　魚や野菜と

8. 子供がスーパーの中を　＿＿＿　＿★＿　＿＿＿　＿＿＿　夢中になっている母親がいる。
　1　買い物に　　2　のもかまわず
　3　他人に迷惑をかけている　　4　走り回って

9. 犯人の　＿＿＿　＿＿＿　＿★＿　＿＿＿　制圧しろ。
　1　を　　2　暴動を　　3　問わず　　4　生死

10. 難関大学　＿＿＿　＿★＿　＿＿＿　＿＿＿　とは、かなり優秀だね。
　1　大して勉強　　2　受かる　　3　だったのに　　4　もしないで

< 第二篇 > 助詞相關表現

08

第 08 單元：「から～、」

41. ～から言うと／すると／見ると
42. ～からして
43. ～からには
44. ～からといって

「から」當作格助詞使用時，表示起點，前方接續的是名詞，意思為「從…」。當作接續助詞使用時，表示原因、理由，前方接續的是句子。本單元的前兩項文法正是格助詞的用法，後兩項則是接續助詞的用法，務必注意其前方的接續。

第 08 單元：「から～、」

41. ～から言うと／すると／見ると

接続：名詞＋から言うと

翻訳：從…的立場，觀點來講（來看）的話…。以…來看。

説明：此句型用來表達「從某個特定的著眼點來判斷或者評價一件事情」。這個句型在から的後方，可以使用「言う」、「する」、「見る」三個動詞，接續的部分也可以使用「～と」「～ば」「～て」的型態。也就是，總共可以有八種型態：「～から言うと、～からすると、～から見ると」、「～から言えば、～からすれば、～から見れば」以及「～から言って、～から見て」，唯獨不可使用「からして」，因為「からして」的語意不同於這裡的表現，詳見 42 項文法。

・今期の会社の経営状態から言うと、いつ倒産してもおかしくない。
（從這一期的公司營運狀態來看的話，什麼時候倒閉也不奇怪。）

・彼の実力からすると、東大の合格は無理だろう。
（以他的實力，要考上東大應該沒辦法吧。）

・他人から見ると幸せそうでも、実際どうかは本人しかわからない。
（在他人眼中看起來或許很幸福，但實際只有本人才知道。）

其他型態：

～から言えば／すれば／見れば（条件形）

・現代社会の状況から言えば、少子高齢化はますます進むだろう。
（就現代社會的狀況來說，少子高齡化應該會越來越嚴重。）

～から言って／見て（中止形）

・けがの状態から言って、彼は今回の試合に出るのは無理でしょう。
（看他的受傷狀態，應該這次的比賽無法參賽了。）

進階複合表現：

「～ということ」＋「～からすると」

・電波は国民の共有財産であるということからすると、広い意味では民放も公共性があるということになります。
（如果從「電波是國民的共有財產」這個觀點來看的話，在廣義的解釋下，民營電視台也是具有公共性質的。）

排序練習：

01. 梅雨は ＿＿ ＿＿ ＿＿ ＿＿ 必要なものだ。
 1. うっとうしいが　2. すれば　3. 米を作る　4. 農家から

02. 部屋の ＿＿ ＿＿ ＿＿ ＿＿ 殺されたようだ。
 1. 食事の最中に　2. 住人は　3. から見て　4. 状況

解 01.（1 3 4 2） 02.（4 3 2 1）

42. ～からして

接続：名詞＋からして
翻訳：單從…來看就（可判斷其他面）。光看這一點，就知道…。
説明：此句型用於表達「說話者從些微的事情中觀察，進而推測得知整體」。單從一小點，就可查覺出其他部分應該也相同。

・子供たちの服装からして、一般よりは少し裕富な家庭の子供たちのように見えます。
（單從小孩的服裝來看，應該就是比一般還要富裕家庭的孩子。）

・このレストランは肉も野菜も最高級品。食器からして芸術品みたいなすごいのを使っているし、一目で特別メニューであることが分かります。
（這餐廳的肉跟蔬菜都是最高級品。光看餐具就知道是用很好的，有如藝術品一般，一眼就知道菜單是很特殊的。）

排序練習：

01. 彼の ＿＿ ＿＿ ＿＿ ＿＿ 入らない。
  1.気に　2.態度　3.して　4.から

02. 「ブラックハウス」というドラマを今 ＿＿ ＿＿ ＿＿ ＿＿ なんか気味が悪い。
  1.から　2.して　3.最初の音楽　4.見ていますが

解01.（2 4 3 1）　02.（4 3 1 2）

43. ～からには

接続：動詞普通形＋からには

翻訳：既然…就要 / 就得…。

説明：此句型用於表達「因為有前述的因素，因此…」。後方多半會加上說話者強烈的決心、意志或希望。

・試合に出るからには自分の役割を果たし、それが「勝利」につながるように頑張りたいです。

（既然要出賽，就要做好自己被分派到的任務 / 角色，盡量努力使其能因此勝利。）

・サラリーマンを辞めて独立すると決めたからには、仕事は自分で見つけなければいけません。

（既然決定要辭去當一個上班族自己創業，案子工作就得自己找。）

排序練習：

01. 約束した ＿＿ ＿＿ ＿＿ ＿＿ いけない。

　1. は　2. には　3. から　4. 守らなくて

02. コンテストに ＿＿ ＿＿ ＿＿ ＿＿ 一生懸命に練習をしました。

　1. 勝ちたい　2. には　3. との思いで　4. 出るから

解 01.（3 2 4 1）　02.（4 2 1 3）

44. ～からといって

接続：動詞普通形／名詞だ／イ形容詞／ナ形容詞だ＋からといって

翻訳：雖說…但也不（見得）…。

説明：此句型用於表示與一般的社會通念的認知相反。意指「並不會因為擁有前方敘述的條件，就必然會導致後方的結果」。也因此，後方也多半會與「（必ずしも）～とは限らない」（句型 156）「（必ずしも）～わけではない」（句型 57）一起使用。在此，請同學先死記「～とは限らない」與「～わけではない」的意思為「不見得」。待往後學習到時，再仔細了解其異同即可。

・大学院を出たからといって、就職が有利になるわけではない。
（雖說是研究所畢業的，但不見得找工作上就會有利。）

・お金持ちだからといって、お金から解放されて自由であるとは限らない。
（雖然是有錢人，但不見得就是可以不為錢而苦而感到自由。）

・この国は、外国からの野菜や果物などの植物類の持ち込みを規制しています。物価が高いからといって、日本から生野菜を持ち込むことは避けた方が賢明です。
（這個國家有管制從外國進口的蔬菜水果等植物類的物品進入，儘管物價高， 但最好避免從日本帶生鮮蔬菜進入，才是明智之舉。）

其他型態：

だからといって、～（接続詞）

・確かにいいアイディアだ。だからといって、簡単に採用はできない。
（這的確是個好主意。雖這麼說，但還是無法輕易採用。）

排序練習：

01. お金が ____ ____ ____ ____ は限らない。

　1. 幸せに　2. あるから　3. なれると　4. といって

02. 価額が高い ____ ____ ____ ____ とは限りませんよ。

　1. からと　2. 優れた物　3. より　4. いって

解01.（2 4 1 3）　02.（1 4 3 2）

08 單元小測驗

1. さっきの態度から（　　）、あの人は謝る気は全然なさそうだ。
   1　すると　　2　いると　　3　あると　　4　くると

2. この会社の新製品は、その発想（　　）とてもユニークだ。
   1　をして　　2　をもって　　3　からは　　4　からして

3. 引き受けた（　　）、最後まで責任をもってやるべきだ。
   1　からして　　2　からには　　3　からいって　　4　から見て

4. 暑い（　　）裸のままで寝てしまうと、風邪を引きますよ。
   1　といったら　　2　のもかまわず　　3　からして　　4　からといって

5. そこまではっきり言う（　　）、よほど自信があるようだね。
   1　からいえば　　2　から見て　　3　からして　　4　からには

6. （　　）だからといって、漢字が上手に書けるわけではない。
   1　イギリス人　　2　韓国人　　3　中国人　　4　フランス人

7. 動物に ＿＿＿ ＿＿＿ ＿★＿ ＿＿＿ 善良な国だと分かる。
   1　態度　　2　タイ人の　　3　からして　　4　対する

8. 日本に来た ＿＿＿ ＿★＿ ＿＿＿ ＿＿＿ 日本語が上達した。
   1　頃から　　2　ばかりの　　3　ずいぶん　　4　見れば

9. フランス語を習い始めて５年目になる小林さんは、＿＿＿ ＿＿＿ ＿★＿ ＿＿＿ あの人のスピーチは実に見事だった。
   1　自分ではまだまだ　　2　見れば
   3　下手だといっているが　　4　まだ１年目の私から

10. 契約をした ＿＿＿ ＿★＿ ＿＿＿ ＿＿＿ 全て都合の良いようにはなりません。
   1　からには　　2　途中で嫌になった
   3　からといって　　4　義務が発生し

09

第 09 單元：「と～、」「に～、」

本單元使用「と」與「に」兩個助詞。照理說，「に」為格助詞，前方只能接續名詞，但本單元的用法，無論是「と～」還是「に～」，前面皆可直接接續動詞、形容詞，學習時需要稍微留意其接續。

45. ～としたら／とすれば

接続：普通形＋としたら／とすれば

翻訳：假設…。如果…。

説明：此句型為假設句的用法，與「たら」假定條件的語意相同。用來表達「目前情況（有可能）不是這樣，但如果是…的話」。後面接續說話者的意志、判斷或評價等表現。

・この絵が本物だとしたら、5,000 万円はするだろう。
（如果這幅畫是真的，那至少要價五千萬吧。）

・もし宝くじで３億円当たったとしたら、タワーマンションの最上階の部屋を買います。
（如果我中了三億樂透，我要去買超高層住宅的頂樓。）

・起業後の廃業率は 90% だと言われています。もしこの数字が正しいとしたら起業してもほとんどの場合は失敗するということです。
（據說創業後的歇業率高達 90%。如果這個數字是對的，那也就是說，大部分的創業都是失敗的。）

・次期社長は高橋さんだと予想していたが、違うようだ。
高橋さんでないとしたら、誰なのだろう。
（我原先預測下一任的社長應該是高橋，但似乎不是。如果不是高橋的話，那究竟會是誰呢？）

其他型態：

～とすれば（条件形）

・このことで皆さんの気持ちを傷つけたとすれば、申し訳ないと思っている。
（如果因為這件事傷害了各位的心，我感到很抱歉。）

辨析：

「たら」除了有假定條件的用法以外，也有「確定條件」的用法。但本句型「としたら」就只能用於「假定條件」。

- **假定条件：宝(たから)くじが（○ 当(あ)たったら／○ 当(あ)たったとしたら）マンションを買(か)います。**
  （如果中了彩巻，我要買公寓大樓。）

- **確定条件：3 時(じ)に（○ なったら／ × なったとしたら）出(で)かけます。**
  （到了三點我要出門。）

排序練習：

01. あの人が、今も ____ ____ ____ ____ なっているでしょう。
    1. もう　2. すれば　3. 90 歳に　4. 生きていると

02. 19 時間の ____ ____ ____ ____ 「ビジネスクラス」を利用した方が楽です。
    1. 行く　2. アメリカへ　3. 移動で　4. としたら

解 01.（4 2 1 3）　02.（3 2 1 4）

46. ～とともに

接続：動詞原形／名詞／イ形容詞／ナ形容詞＋とともに
翻訳：① 和…一起。② 隨著…。③ 雖然，但同時…。
説明：① 前方使用名詞時，可翻譯為「與…一起」，為附上，添加，或是和某人一起做…的意思。屬於書面上的用語。② 前方使用動詞或動作性名詞（する動詞的語幹）時，語意為「隨著前方變化，後句也跟著變化」。③ 若使用形容詞時，多半都只能用表達感情的字眼，如「うれしい、かなしい」等，意思為「有…心境，同時也有後面的心境…」。

①・姉（あね）から手紙（てがみ）とともに荷物（にもつ）が届（とど）いた。
（姊姊寄的包裹，和信件一起送達了。）

・幹部候補（かんぶこうほ）として、社長（しゃちょう）とともに事業運営（じぎょううんえい）に携（たずさ）わっていただきます。
（我作為一個儲備幹部，與社長一起經營事業。）

②・４月（がつ）になったら新生活（しんせいかつ）が始（はじ）まるとともに、自宅（じたく）を購入（こうにゅう）する人（ひと）も多（おお）いです。
（到了四月，隨著新生活的開始，也有很多人買了自己的房子。）

・ポイントカードのポイントは、店（みせ）の閉店（へいてん）とともに失効（しっこう）します。
（集點卡的點數，隨著商店的倒閉失效。）

③・彼氏（かれし）と別（わか）れて悲（かな）しいとともに、ほっとする気持（きも）ちもあった。
（和男朋友分手很傷心，但同時也鬆了一口氣。）

・大学（だいがく）を卒業（そつぎょう）して、うれしいとともにさびしい気持（きも）ちもある。
（大學畢業了，雖然高興，但同時也感到很寂寞。）

排序練習：

01. コンサートの ＿＿ ＿＿ ＿＿ ＿＿ は立ち上がった。
  1. 観客　2. と　3. ともに　4. 終了

02. チャイムが ＿＿ ＿＿ ＿＿ ＿＿ に教室から飛び出した。
  1. 一斉　2. 子供たちは　3. と共に　4. 鳴る

解01.（4 2 3 1）　02.（4 3 2 1）

47. ～にしては

接続：動詞普通形／名詞／イ形容詞／ナ形容詞＋にしては
翻訳：以…而言，算是…。
説明：此句型用於表達「與常理或推測不符，實際上的情況是…」。「A にしては B」，以 A 為基準，原本應該是…但卻與想像中的 180 度恰恰相反。語意相當於「のに」，且此多半帶有說話者感到驚訝或者失望的語氣。

・この辺（あた）りは、都心（としん）にしては静（しず）かだ。
（這附近以都心而言，算是很安靜。）

・よく遅刻（ちこく）する彼（かれ）にしては、今日（きょう）はずいぶん早（はや）く来（き）ている。
（常遲到的他，今天還來得真早。）

・社長（しゃちょう）は忙（いそが）しいにしてはよく旅行（りょこう）に行（い）きます。
（社長這麼忙，卻還蠻常去旅行的。）

・猛勉強（もうべんきょう）したにしては点数（てんすう）が伸（の）びなかったな。
（明明就狂讀書，但分數卻沒什麼增長。）

其他型態：

～それにしては（接続詞）

・今日（きょう）は日曜日（にちようび）だ。それにしては混（こ）んでいないね。
（今天是星期日，但以星期日的基準來衡量，卻不怎麼擁擠。）

排序練習：

01. 一年 ＿＿ ＿＿ ＿＿ ＿＿ よく知っているね。
1. しなかった　2. にしては　3. 勉強　4. しか

02. 平日 ＿＿ ＿＿ ＿＿ ＿＿ いるね。
1. 混んで　2. しては　3. デパートが　4. に

解 01.（4 3 1 2）　02.（4 2 3 1）

48. ～にしても

接続：動詞普通形／名詞／イ形容詞／ナ形容詞＋にしても

翻訳：雖說…沒錯，但也太。

説明：此句型用於表達「聽話者雖然知道了解，並且同意，也接受了前述事項，但雖說如此，程度未免也太超過」。因此後方多會與表達過頭、過度的「～すぎる」並用。後面也多半會接續難以接受、批判、責難的語氣。

・子供のいたずらにしても少し度がすぎているように思いますね。
（雖說這是小孩的惡作劇，但未免也過頭了。）

・えっ、全部で100円？生産終了商品の在庫処分にしても値段が安すぎますね。
（什麼，總共才一百元？雖然說是停產商品清庫存，但也太便宜了吧！）

・この本は内容がいいにしても値段が高すぎます。
（這本書的內容雖好，但也太貴了吧。）

・水を膝にこぼされました。店員が外国人で、日本語がわからないにしても失礼すぎます。英語ででも謝ってほしかったです。
（我被店員用水潑到了膝蓋。雖然說他是外國人不懂日文，但也太失禮了，至少也得用英文道個歉吧！）

其他型態：

それにしても（接続詞）

・今日は日曜日だ。それにしても混みすぎだ。
（今天是星期日，但以星期日的基準來衡量，也太擁擠了吧。）

排序練習：

01. 場所が ____ ____ ____ ____ 、もう少しなんとかしてほしいです。
　1. しても　2. 建物が　3. 田舎で　4. 古いに

02. いくら彼の ____ ____ ____ ____ 食べてくれないなんてひどすぎる。
　1. 合わない　2. 一口も　3. にしても　4. 口に

解01.（3 2 4 1）　02.（4 1 3 2）

49. ～に関わらず

接続：動詞普通形／名詞／イ形容詞／ナ形容詞＋に関わらず
翻訳：無論…都…。
説明：此句型源自於動詞「関わる」(關係)，用於表達「無關於前述事項的條件如何，都不會影響或改變後句的成立」。前面接續的，通常會是正反對立關係的詞語。語意類似 39「～を問わず」，但「～を問わず」前方只能接續名詞。另，若以副詞形「～にかかわりなく」，則用於修飾後方動詞。

・値段の高い安いに関わらず、本当に必要なものだけを買うようにしています。
（無論價格貴或便宜，我都只買真正需要的東西。）

・イベントに参加するしないに関わらず、会費は納入してください。
（無論是否參加活動，都請繳納會費。）

・給与以外の所得がある場合は、金額の多寡に関わらず申告をしなければなりません。
（如果你有薪資以外的所得，無論金額多寡，都必須申告。）

其他型態：

～に関わりなく（副詞形）

・歳月人を待たず、年月は人の都合に関わりなく過ぎていきます。
（歲月不待人，時間無論如何都會流逝。）

進階複合表現：

「～かどうか」＋「に関わらず」

・趣味かどうかに関わらず、創作性のあるものであれば著作物として保護されます。
（無論是否做興趣的，只要是有創作性質的東西，都受到著作權的保護。）

排序練習：

01. 新宿駅の ＿＿ ＿＿ ＿＿ ＿＿ 、いつも混んでいます。
    1. 曜日　2. 関わらず　3. ホームは　4. に

02. 彼は人の ＿＿ ＿＿ ＿＿ ＿＿ 頼んでくる。
    1. 都合に　2. なく　3. 関わり　4. 仕事を

解01.（3 1 4 2）　02.（1 3 2 4）

50. ～にもかかわらず

接続：動詞普通形／名詞／イ形容詞／ナ形容詞＋にもかかわらず

翻訳：雖然…但是…。明明就…卻…。

説明：此句型用來表達「前面的事項為事實。但事態的發展卻令人出乎意料之外，與從這個事實推測到的應有的結果相反」。因此後方多接續說話者驚訝、意外、不滿或責罵的語氣。

・一生懸命勉強したにもかかわらず、試験に落第した。
（雖然拼了命在讀書，但卻沒有考上。）

・店内は大雨にもかかわらず混み合って、しばらく待っていましたが、タイミングが良かったようで 10 分ほどで席に着くことができました。
（雖然在下雨，但店內卻很壅擠，雖等了一會兒，但似乎是時機恰好，十分左右就坐到位置了。）

・昨夜来た配達員は、寒いにもかかわらず素敵な笑顔を絶やさない感じの良い青年でした。
（昨天晚上配送的員工，雖然寒冷，但仍然保持微笑，是個感覺很好的青年。）

進階複合表現：

「～はず」＋「～にもかかわらず」

・毎日しっかりと睡眠時間は取れているはずなのにもかかわらず、いくら寝ても眠くて困っています。
（明明就每天都有充足的睡眠，但是卻怎麼睡，還是很睏，實在令人煩惱。）

排序練習：

01. 大雨 ____ ____ ____ ____ 大変な混雑だった。
　1. バーゲン会場は　2. も　3. かかわらず　4. に

02. 見た ____ ____ ____ ____ と言い張った。
　1. 彼は　2. 見なかった　3. にも　4. かかわらず

解01.（4 2 3 1）　02.（3 4 1 2）

09 單元小測驗

1．子供が独立していくのは、喜びである（　　）寂しくもある。
　1　としたら　2　とともに　3　とすると　4　となると

2．この子は小学生（　　）ずいぶんしっかりしているね。
　1　にすると　2　にしては　3　にするなら　4　にしてから

3．彼は夏休み中（　　）毎日図書館で勉強している。
　1　をもとにして　2　にもかかわらず　3　に沿って　4　とすれば

4．いくら頭に来た（　　）、殴ったのはやり過ぎだ。
　1　にしても　2　にしては　3　にしたら　4　にすれば

5．その話が本当だ（　　）、うれしいです。
　1　に関わりなく　2　にもかかわらず　3　としたら　4　とともに

6．明日の試合は晴雨（　　）、行います。
　1　に関わらず　2　にもかかわらず　3　にしても　4　とともに

7．イギリスに ＿＿ ＿＿ ＿★＿ ＿＿ 英語は上手ではない。
　1　していた　2　にしては　3　留学　4　彼の

8．今日は ＿＿ ＿★＿ ＿＿ ＿＿ させられた。
　1　出勤　2　休日　3　かかわらず　4　にも

9．一生、この病気 ＿＿ ＿★＿ ＿＿ ＿＿ 、気が楽になりました。
　1　悟ったとき　2　のだと　3　生きていく　4　とともに

10．彼女と別れる ＿＿ ＿＿ ＿★＿ ＿＿ なったからだと思う。
　1　理由がなく　2　理由がある
　3　とすれば　4　それは付き合う

10

第 10 單元：「に～。」

51. ～に過ぎない
52. ～に違いない
53. ～に耐えない
54. ～に他ならない
55. ～に決まっている

本單元不同於前四個單元是用來接續兩個句子的「接續表現」，這裡介紹的是放置於句尾的「文末表現」。

除了第 54 項「～に他ならない」前方只能接續名詞、第 53 項「～に耐えない」前方只能接續動詞外，其他的句型跟上個單元一樣，「に」的前面可以直接接續動詞、形容詞。

第 10 單元：「に～。」

51. ～に過ぎない

接続：動詞普通形／名詞／イ形容詞／ナ形容詞である＋に過ぎない
翻訳：只不過…
説明：此句型用來強調其程度之低，帶有說話者對事物貶低的語氣。因此也常常與「ただ」、「単なる」、「ほんの」等表程度低的副詞併用。

・東日本大震災より大きい地震が、２年後にまた来るというのは単なるうわさに過ぎない。
（兩年後會發生比 311 東日本大地震更大的地震，只不過是個謠言而已。）

・同性愛者はみんな淫らであるというのは、性的少数者に対する偏見に過ぎない。
（同性戀者每個人都很不檢點，這只不過是對性別少數者的偏見。）

・金融緩和に乗り出した中央銀行は、インフレ目標を達成するためにやるべきことをやったに過ぎない。
（決定開始量化寬鬆政策的中央銀行，也只不過是為了達到通膨目標，而做了該做的事而已。）

排序練習：

01. 英語ができる ＿＿ ＿＿ ＿＿ ＿＿ に過ぎません。
1. といっても　2. 会話が　3. できる　4. 簡単な

02. 社長が辞任する ＿＿ ＿＿ ＿＿ ＿＿ うわさに過ぎない。
1. という　2. 単なる　3. ことは　4. など

解 01.（1 4 2 3）　02.（4 1 3 2）

52. ～に違(ちが)いない

接続：動詞普通形／名詞／イ形容詞／ナ形容詞＋に違いない
翻訳：一定…沒錯！
説明：此句型用來表達「說話者藉由某些根據，來推測某件事情」，帶有說話者十足把握的含義。比起「きっと～と思います」的肯定程度更高。若使用於書面上，可使用「～に相違ない」。

・彼(かれ)の実力(じつりょく)からすれば、塾(じゅく)に頼(たよ)らなくても合格(ごうかく)するに違(ちが)いない。
（以他的實力來看，就算不依靠補習，還是一樣能考上。）

・時間(じかん)が多(おお)くのことを解決(かいけつ)してくれる。
あなたの今日(きょう)の悩(なや)みも解決(かいけつ)してくれるに違(ちが)いない。
（時間會解決許多事。一定也會解決你今天的煩惱。）

・この豚肉(ぶたにく)を使(つか)って餃子(ぎょうざ)を作(つく)れば絶対(ぜったい)に美味(おい)しいに違(ちが)いないと思(おも)う。
（我想，用這個豬肉來做水餃，一定會很好吃。）

其他型態：

～に相違ない（文語）

・地質(ちしつ)の状況(じょうきょう)から判断(はんだん)すると、日本(にほん)は昔(むかし)、ユーラシア大陸(たいりく)と繋(つな)がっていたに相違(そうい)ない。
（從地質的狀況來判斷，日本以前一定是跟歐亞大陸連在一起的。）

辨析：

若使用「～に相違ない＋名詞」的形式，則意思並非本句型所表達的「推測」之意，而是表示「為…無誤」。

例：上記(じょうき)の者(もの)は、印鑑登録者本人(いんかんとうろくしゃほんにん)に相違(そうい)ないことを保証(ほしょう)します。
（在此保證上述者，為印鑑登記者本人無誤。）

進階複合表現：

「～のは～からだ」＋「～に違いない」

・社長が会社の上場をあきらめたのは、他の役員からの反対があったからに違いない。
（社長之所以會放棄公司上市，一定就是因為有其他的董事反對。）

排序練習：

01. 3年前の事件がなければ、彼はもう ____ ____ ____ ____ 違いない。
  1. に　2. なって　3. 部長に　4. いた

02. 奥多摩に ____ ____ ____ ____ 山奥へ帰らなければならない。祖母には、辛い仕事に違いない。
  1. 買った日用品を　2. 毎日　3. かついで　4. 住んでいる祖母は

解01.（3 2 4 1）　02.（4 2 1 3）

53. ～に耐えない

接続：動詞原形＋に耐えない

翻訳：看／聽不下去。不忍看／聽下去。慘不忍睹，不堪入目。

説明：此句型源自於「耐える」（忍耐）一詞，用於表達說話者認為「前述情況太嚴重不忍看，或者是程度太糟糕不值得看」，前面多半只能使用「見る」、「聞く」等少數幾個動詞。漢字可寫為「耐えない／堪えない」。

・トラック衝突の事故現場はまったく見るに耐えない有り様だった。
（卡車相撞的現場，實在一片慘狀不忍目睹。）

・このテレビ局のドラマは質が悪く、見るに堪えないものばかりだった。
（這個電視台的連續劇品質很差，盡是一些不耐看的東西。）

・同じ歌でも、ある歌手が歌うとスケールが大きく、強いインパクトを持っているが、別の歌手が歌うと聞くに堪えない。
（同樣一首歌，有些歌手唱起來就整個聲勢浩大，給人強烈的印象，但別的歌手唱，就實在聽不下去。）

進階複合表現：

「～に耐えない」＋「～ほど」

・戦争の話を聞きましたが、それは聞くに堪えないほど悲惨な話でした。
（這是戰爭的故事，是一個讓人不忍聽下去的悲慘故事。）

排序練習：

01. あの人はいつも人の悪口 ____ ____ ____ ____ 堪えない。
　1. に　2. で　3. 聞く　4. ばかり

02. いつも冷静な____ ____ ____ ____ に耐えない。
　1. 見る　2. とは　3. 取り乱す　4. 彼女が

解01.（4 2 3 1）　02.（4 3 2 1）

54. ～に他ならない

接続：名詞＋に他ならない

翻訳：無非是。正是…。

説明：用於表達「說話者強烈的斷定，認為除此之外，沒有別的了」。屬於書面用語，通常使用於評論類型的文章。不同於 52「～に違いない」與 55「～に決まっている」等說話者綜合某些情報所得推測出結果後，再進行斷定。此句型「～にほかならない」有「事實擺在眼前，就是這個道理，沒有別的了」的含義。此替換後語感上會有差異。

・現在のお米の品質と供給の安定は、農家の人達の努力の結果に他なりません。

（現在稻米的品質以及安定的供給，無非就是農民們努力的結果。）

・その計画は机上の空論に他ならないことは、すでに専門家たちによって証明された。

（專家們早已證明，那個計畫只是桌上的空談。）

進階複合表現：

「～のは～からだ」＋「～に他ならない」

・彼が増税に反対したのは選挙に勝ちたかったからに他ならない。

（他反對增稅，無非就是為了贏得選舉。）

排序練習：

01. 君のその ＿＿ ＿＿ ＿＿ ＿＿ 他ならない。
    1. 単なる　2. に　3. 理想論　4. 意見は

02. 合格したのは、彼の ＿＿ ＿＿ ＿＿ ＿＿ 。
    1. 結果に　2. 努力の　3. ならない　4. 他

解 01.（4 1 3 2）　02.（2 1 4 3）

55. ～に決まっている

接続：動詞普通形／名詞／イ形容詞／ナ形容詞＋に決まっている
翻訳：一定…沒錯。當然，這還用說嗎。
説明：表示說話者很有自信地斷定某事，就是那樣沒錯。多用於口語上的表現。語意類似 52 的「～に違いない」，只不過「～に違いない」的斷定，多半是有根據的，而「～に決まっている」則是比較偏向情緒性的，較沒根據的斷定。

・昨日ここに来たのは彼だけだから、犯人は彼に決まっている。
（昨天來這裡的，就只有他，犯人一定就是他啊。）

・彼女が行くなら山田さんも行くに決まっているだろう。
（如果她要去的話，山田也一定會去的啊。）

・同じ物ばかり食べるのは体に悪いに決まっています。
（都一直吃一樣的東西，對身體一定是不好的。）

・電気自動車なんだから静かに決まっていると思っていたのですが、結構うるさいです。
（因為這是電動車，所以一定很安靜的吧。我一直這樣以為，但實際上卻是蠻吵的。）

進階複合表現：

「～なんて～からだ」＋「～に決まっている」

・働く意味なんてお金が欲しいからに決まっているだろう。
（工作的意義，當然就是為了錢啊，不然勒。）

「～たほうがいい」＋「～に決まっている」

・不動産屋に就職するなら宅建の資格があるほうがいいに決まっている。
（要去房仲店工作，當然最好要有不動產經紀人執照啊。）

排序練習：

01. そんな ____ ____ ____ ____ よ。
 1. 決まっています　2. うまい　3. うそに　4. 話は

02. あんな ____ ____ ____ ____ に決まっている。
 1. 失敗する　2. やり方　3. では　4. いい加減な

解01.（2 4 3 1） 02.（4 2 3 1）

10 單元小測驗

1．彼は、昨日ここで起こったことを知っているに（　　）。
　1　違いない　　2　限らない　　3　耐えない　　4　過ぎない

2．彼の取った報復行為は、まだまだ序の口（　　）。
　1　に限る　　2　に耐えない　　3　に過ぎない　　4　を問わない

3．いくら指導のためだと言っても、体罰は暴力に（　　）。
　1　当たらない　　2　決まってない　　3　他ならない　　4　他ない

4．彼は大嘘つきだから、彼の言うことは聞く（　　）。
　1　に過ぎません　　2　に耐えない　　3　に限りません　　4　しかない

5．今の実力ではN1の試験を受けても合格できない（　　）。
　1　に決まっている　　2　はもちろん　　3　に過ぎない　　4　に耐えない

6．記載事項が事実に（　　）ことを確認します。
　1　違いない　　2　相違ない　　3　過ぎない　　4　他ない

7．私たち人類は、＿＿＿　＿＿＿　＿★＿　＿＿＿　に過ぎない。
　1　無数にある　　2　生物種の　　3　たった一つ　　4　地球上の

8．食べたいものを我慢して、毎日　＿＿＿　＿＿＿　＿★＿　＿＿＿　でしょう。
　1　痩せたいからに　　2　をしているのは　　3　決まっている　　4　激しい運動

9．学生の能力を　＿＿＿　＿★＿　＿＿＿　＿＿＿　に他ならない。
　1　やれない　　2　教師の怠慢　　3　のは　　4　伸ばして

10．今まであなたの　＿＿＿　＿＿＿　＿★＿　＿＿＿　映画はありますか。
　1　つまらない　　2　ほど
　3　見るに堪えない　　4　見た映画の中で

< 第三篇 > 形式名詞

11

第 11 單元：「わけ」

56. ～わけだ
57. ～わけではない
58. ～わけがない
59. ～わけにはいかない

從本單元開始連續 5 個單元，將介紹 N2 考試中很重要的項目：形式名詞。所謂的形式名詞，其實在文法上，它就是一個名詞，因此接續上也跟一般的名詞一樣。只不過一般名詞所表達的是「實質的意思」，而形式名詞表達的，則是「文法上的語意」。本單元介紹「わけ」的相關用法。「わけ」當作一般名詞時，意思是「理由」，但這裡是其形式名詞的用法，可不能翻譯為「理由」喔。

56. ～わけだ

接続：名詞修飾形＋わけだ
翻訳：① 也就是說…。② 難怪…。
説明：① 說話者將一件事換句話說，用另一種角度來詮釋。② 說話者從前面的敘述，認定某事情（結果）為「理所當然」。此用法常常用於兩人之間的對話。表示 B 聽了 A 講之後，B 就恍然大悟了。

①・彼は皆勤賞をもらった。つまり一日も休まなかったというわけだ。
（他得到了全勤獎。也就是說他一天都沒有休息。）

・100 ページの本だから、一日に 10 ページずつ読めば１０日で終わるわけだ。
（這是一百頁的書，也就是說，一天讀十頁，十天就看完了。）

・このマンションは３億円もするのだから、普通のサラリーマンの月給だと 80 年、働き詰めに働かないと買えないわけだ。
（這個華廈一間三億日圓，也就是說如果是普通上班族的月薪，就要八十年拼死拼活才買得起。）

②・A:「電車が遅れているらしい。」　B:「それでみんな来ていないわけだ。」
（A: 電車很像誤點了。　B: 難怪大家都還沒來。）

・A:「これは上級者向けの問題です。」　B:「どうりで、難しいわけだ。」
（A: 這是適合程度高階者的題目。　B: 難怪這麼難。）

・遊んでばかりいるのだから、お金がなくなるわけだ。
（一天到晚都在玩，難怪錢會花光光。）

進階複合表現：

「～わけだ」＋「～だから」

・元々(もともと)が違(ちが)う環境(かんきょう)で育(そだ)った他人同士(たにんどうし)なわけだから、違(ちが)う価値観(かちかん)を持(も)っているのも当(あ)たり前(まえ)のことだ。

（也就是因為原本就在不同的環境下長大的，會擁有不同的價值觀也是理所當然。）

排序練習：

01. 最近円安に ＿＿ ＿＿ ＿＿ ＿＿ わけだ。
    1. なっている　2. 輸入品も　3. 高く　4. なっているから

02. 一個５００円なら、今持っている ＿＿ ＿＿ ＿＿ ＿＿ 、クラス全員の分は買えないですね。
    1. ２０個買える　2. わけ　3. 一万円札で　4. だから

解 01.（4 2 3 1）　02.（3 1 2 4）

57. ～わけではない

接続：名詞修飾形＋わけではない

翻訳：並非…。也不見得就是…。並不是說 ... 啦，（只不過 ...）。

説明：用於對「前句論述的否定」，僅是告訴對方「此一敘述並不完全正確」（並非強烈地全盤否定，僅是推翻前述的論點而已）。如第一句「並非所有的日本人都很努力工作」，意指「還是有部份日本人努力工作，但有部分不努力工作」。前方也可使用否定句，形成「～ないわけではない」，則語意變成對此否定句的推翻。

・日本人全員がよく働くわけではない。
（並不是所有的日本人都很努力工作。）

・人間は仕事をするために生まれてきたわけではない。
（人，並不是為了工作而出生的。）

・東京 NO.1 の人気焼肉店も、すべての部位が美味しいわけではない。
（東京排名第一的人氣燒烤店，也不見得就是所有的部位都很好吃。）

・料理が嫌いなわけではないが、片付けは苦手なので、あまりしません。
（並不是討厭料理，只是不擅長善後，所以我很少做菜。）

其他型態：

～わけではなく（中止形）

・決して会社を辞めるわけではなく、長期休暇をもらうだけだよ。
（我絕對不是要辭去工作，只是放個長假而已。）

～わけでもない（＋副助詞）

・旅したからって、何かが変わるわけでもない。
（雖說去旅行，但也不見得就會有什麼改變。）

～ないわけではない（前接否定句）

・君の意見が分からないわけではないが、現時点ではこの計画は止めた方がいいと思う。
（並不是不了解你的意見，只是我覺得現在這個時間點，這個計畫還是先停止比較好。）

～ないわけでもない（前接否定句＋副助詞）

・私も社長ですから、儲かりたい気持ちが分からないわけでもないが、自社の収益が人命より優先されるということがあってはならないと思っている。
（我自己也是社長，所以可以懂你想要賺錢的心態。但我認為不可以為了公司的利益，而危害到人命。）

排序練習：

01. いくら一生懸命に働いても、＿＿ ＿＿ ＿＿ ＿＿。
1．ではない　2．上がる　3．わけ　4．給料が

02. 結婚したくない ＿＿ ＿＿ ＿＿ ＿＿ 独身生活を楽しみたい。
1．が　2．もう少し　3．ではない　4．わけ

解01.（4 2 3 1）　02.（4 3 1 2）

58. ～わけがない

接続：名詞修飾形＋わけがない
翻訳：當然不會…阿！怎麼可能會…呢，開什麼玩笑阿。
説明：與 57 的「わけではない」用法不同，這裡是用於「對前句的強烈全盤否定」，且多半帶有說話者的情緒。前方亦可以接續否定句，用於表達強烈的肯定。

・水なしで１カ月も生きられるわけがない。
（沒有水，不可能可以活一個月。）

・人を殴るなんて、うちの子がそんなことをするわけがない。
（我家的小孩絕對不可能打人。）

・都心のど真ん中にあって、駅から徒歩３分のマンションが安いわけがない。
（在都心的正中間，且從車站走路三分鐘的房子，怎麼可能會便宜。）

・あなたみたいに、女のためなら家族も平気で捨てられる男が好きなわけがない。
（我怎麼可能喜歡你這種可以為了女人就輕易拋家棄子的男人。）

其他型態：

～ないわけがない（否定形）

・あんなに美人なんだから彼氏がいないわけがない。
（這樣的美女，怎麼可能沒有男朋友。）

辨析：

「わけがない」幾乎可以跟 N3 學到的「はずがない」替換。はず的詳細相關用法請參考姊妹書『穩紮穩打！新日本語能力試驗 N3 文法』(想閱文化) 。

・水なしで１カ月も生きられるはずがない。
（沒有水，怎麼可能活一個月。）

其他型態：

～っこない（話し言葉）

・こんな分厚い本、一晩で読めっこない／読めるわけがないよ。

（這麼厚的書，一晚怎麼可能讀得完。）

無論是「わけがない」或是「はずがない」，其口語形式皆為「動詞ます形＋っこない」，但III類動詞（する動詞）無法使用此形式。

進階複合表現：

「～わけがない」＋「～じゃない↓（下降語調）」

・子供も生まれたばかりだし、車のローンもまだ残ってるし、住宅ローンを払えるわけがないじゃない。もう少し様子を見よう。

（小孩也剛出生，車貸也還沒繳完，怎麼可能還付得起房貸，不是嗎？在看看情況吧。）

排序練習：

01. 彼のような勉強家が ____ ____ ____ ____ 間違いです。
   1. ないから　2. わけが　3. 何かの　4. 落第する

02. 宝くじなんて____ ____ ____ ____ おいたほうがいい。
   1. そのお金を　2. ないから　3. 当たりっこ　4. 貯めて

解01.（4 2 1 3）　02.（3 2 1 4）

59. ～わけにはいかない

接続：動詞原形／動詞ない形＋わけにはいかない
翻訳：① (受限於社會常規)，不能…。② 不得不…。
説明：① 前接肯定句，表達「說話者有想要去做的心情，但受限於某些因素 (從社會常識來思考)，又不能去做」。意思不同於動詞可能形，例如「酒が飲めない」是指「不勝酒量」，但「酒が飲むわけにはいかない」則是「受限於明日考試或其他因素，今天不能喝」。② 前接否定句，則為「就社會通念上、人際關係，或我的心裡上，有義務得去做此事」，「不想做也不行」。意思接近「なくてはいけない」、「なければならない」。經常與 44 「～からと言って」併用。由於是動作，因此前方只能接動詞。

①・重要な会議があるので、病気でも会社を休むわけにはいかない。
(因為有重要的會議，所以即使生病也不能請假。)

・夫が浮気しても、子どもがいる以上、そう簡単に離婚するわけにはいかない。
(即使老公外遇，但因為有小孩，所以我不能這麼輕易離婚。)

・会社を辞めたいが、家族がいるので辞めるわけにはいかない。
(我想辭掉工作，但因為有家人，所以不能辭。)

②・食費が高いからといって、食べないわけにはいかない。
(雖說餐費很貴，但也不能說就不吃。)

・息子に半年ぐらい前から約束していたから、新しいゲーム機を買ってやらないわけにはいかない。
(因為半年前就答應兒子了，所以不能不買新的電動玩具給他。)

・会社を辞めたが、働かないわけにはいかないから、とりあえずアルバイトの面接を受けた。
(我辭去了工作，但因為不能不工作，所以還是先去面試了打工。)

進階複合表現：

「～わけにはいかない」＋「～にもかかわらず」

・国境警備局では、テロ対策を緩めるわけにはいかないにもかかわらず、パスポートをチェックする職員が不足している。

（國境警備局，不能放緩恐怖攻擊的對策，雖然如此，但現在檢查護照的人員卻人手不足。）

排序練習：

01. 試験の前だから、遊んで ＿＿ ＿＿ ＿＿ ＿＿ 。

 1. いかない　2. いる　3. には　4. わけ

02. 税金が ＿＿ ＿＿ ＿＿ ＿＿ 。

 1. 払わない　2. いかない　3. 高くても　4. わけには

解01.（2 4 3 1）　02.（3 1 4 2）

11 單元小測驗

1．あいつが料理を作れる（　　）がないでしょう。カップラーメンにお湯さえ入れたことがないんだから。

1　もの　　2　わけ　　3　こと　　4　ところ

2．嫌われる（　　）。いつも人の悪口ばかり言っているから。

1　わけがない　　2　わけではない　　3　わけにはいかない　　4　わけだ

3．あいつにそんな難しい問題が分かる（　　）。

1　ことがない　　2　わけがない　　3　はずである　　4　わけである

4．友達と約束をしたから、行かない（　　）にはいかないよ。

1　もの　　2　こと　　3　はず　　4　わけ

5．行きたくない（　　）ではないが、今日はあまり調子がよくないんです。

1　もの　　2　こと　　3　はず　　4　わけ

6．イギリスとは時差が８時間あるから、日本が１１時ならイギリスは（　　）わけだ。

1　３時な　　2　３時だ　　3　３時に　　4　３時

7．私は普段あまり料理を ＿＿ ＿＿ ★＿＿ ＿＿ ない。やる時間がないだけだ。

1　料理が　　2　わけでは　　3　嫌いな　　4　しないが

8．カラオケに ＿＿ ＿＿ ★＿＿ ＿＿ にはいかない。

1　なので　　2　明日から試験　　3　行くわけ　　4　誘われたが

9．いくら好きだって、一度に ＿＿ ＿＿ ★＿＿ ＿＿。

1　10本も　　2　バナナを　　3　食べられ　　4　っこない

10．ろくに ＿＿ ＿＿ ★＿＿ ＿＿ わけがない。

1　受かる　　2　勉強も　　3　しないで　　4　大学に

< 第三篇 > 形式名詞

12

第 12 單元：「こと」I

60. ～ことから
61. ～ことだから
62. ～ことなく
63. ～ことなしに
64. ～ことに

關於形式名詞「こと」，其實 N5-N4 就曾經學習過「ことになる」「ことにする」「ことができる」等，將動詞句名詞化的用法。N3 更是介紹了表示為了達成某目的的最佳方法：「ことだ」，以及表輕微命令的「こと」，詳細相關用法請參考姐妹書『穩紮穩打！新日本語能力試驗 N3 文法』（想閱文化） 第 17 單元。這裡則是延續 N3 所學習過的，再介紹更多 N2 需要學習的形式名詞「こと」用法。由於份量較多，因此分成兩個單元。

第 12 單元：「こと」I

60. ～ことから

接続：動詞普通形／名詞である／イ形容詞／ナ形容詞である＋ことから
翻訳：由於…。
説明：這個句型的「から」是直接加在名詞「こと」後面的，因此我們就可以得知這裡的「から」屬於「格助詞」，也就是「從」的意思。所以這個句型的意思就是「從… 這件事，而得到了…的結果」。這個句型我們多半使用於說明「事物名稱的由來」，或者是「事件判斷的依據」... 等。

・土が湿っていることから、雨が降ったことが分かった。
（從土壤很潮濕這個狀態，我們可以得知有下過雨。）

・９月は夜が長く月が美しいことから、「長月」と名付けられていた。
（九月就是因為夜晚很長，且月亮很美，因此有了「長月」的名稱。）

・ここは桜の名所であることから、春には花見客が大勢やってくる。
（這裏由於是櫻花名勝，因此春天會有許多賞花客來訪。）

・彼は世界的な有名人であることから、今回のような大きなニュースとなってしまいました。普通の人だったら誰も相手にしません。
（由於他是世界知名的人，才會像這次這樣演變成這麼大的新聞事件。如果他只是個普通人，根本沒人會鳥他。）

排序練習：

01. この湖は、立ち枯れた白樺が ＿＿ ＿＿ ＿＿ ＿＿ と名付けられた。
1. から　2. 白樺湖　3. こと　4. 残る

02. この駅では発車ベルがうるさい ＿＿ ＿＿ ＿＿ ＿＿ 音楽を使うようになった 。
1. ベルの代わりに　2. ことから　3. 苦情が出た　4. という

解 01.（4 3 1 2）　02.（4 3 2 1）

61. ～ことだから

接続：名詞（人）＋のことだから

翻訳：由於…。

説明：這個句型的「から」，前面接的是一個常體句「～だ」，因此我們可以藉此得知這裡的「から」並不是格助詞，而是接續助詞。因此這裡的「から」，要翻譯成「因為」，而不是「從」。在使用上，這個句型的前方所接續的，只能是「人」，會以「（某人）のことだから」來呈現。意思就是「因為前述的這個人，以他平時的為人，或他本身的特徵，是說話者與聽話者雙方都了解的。因此說話者，可以藉由他平時的這些特質，來預測到後面他應該會採取的行動」。也就是說，後句所接續的，多為說話者所預測（未發生）的結果。

・彼のことだから、きっとうまくやるだろう。
（你不用太擔心他，一定會很順利的。）

・親切な林さんのことだから、頼めば手伝ってくれるよ。
（因為林先生很親切，你去拜託他，他一定會幫忙的。／
從林先生很親切的個性，這個事實來推測出，如果你去請求，他一定會幫忙。）

・子供好きな彼のことだから、いいお父さんになるでしょう。
（他那麼愛小孩，一定會是個好爸爸的。）

・あの 100 年に一度のリーマン級の金融危機さえ乗り切った社長のことだから、今回の乱高下でもきっと勝ち残るに違いない。
（因為社長連那百年一次的雷曼級金融危機都挺了過來，這次的股價大震盪，
也一定可以贏到最後！）

辨析：

當你想要講述這個人的特徵時，可以將敘述這個人的部分，擺在這個人的前方，使用名詞修飾的方式來形容。如上例：林先生很親切，我們不會分兩句來講「林さんは親切だ」「林さんのことだから～」，而是會直接講「親切な林さんのことだから」。同理「彼は子供が好きです」→「子供好きな彼」。

另外，這個句型，也可以把「から」的部份省略掉，以「～のことだ、」的型態來使用。

其他型態：

名詞＋のことだ

・<u>彼のことだ</u>、きっとうまくやるだろう。
（你不用太擔心他，一定會很順利的。）

排序練習：

01. いつも ____ ____ ____ ____、もうすぐ現れるだろう。
1. 彼の　2. から　3. ことだ　4. 遅刻する

02. 年配の方が電車に乗ってきたら、 ____ ____ ____ ____ 譲るはずだ 。
1. ことだから　2. きっと席を　3. 山田さんの　4. 親切な

解01.（4 1 3 2）　02.（4 3 1 2）

62. ～ことなく

接続：動詞原形＋ことなく

翻訳：① 在不…的狀況之下，做…。② 不…而…。

説明：本句型的意思跟「～ないで」的語意很接近，有①「在某狀況之下，做／發生某事」的用法，亦有 ②「不做 A，取而代之做 B」的用法。此句型偏向為書面上的用語，因此不會用在講述一般日常生活瑣事。

①・父は私の花嫁姿を見ることなく、この世を去った。

（爸爸還沒機會看到我的新娘妝扮，就去世了。）

・生活のため、休日も休むことなく働いた父親が突然倒れてしまった。

（為了生活，連假日也沒休息而不停工作的父親，突然倒了下去。）

②・スウェーデンではディスタンスという授業形態があり、地元の多くの学生は大学へ行くことなく自宅でパソコンを使って授業を受けます。

（瑞典有一種稱做「Distance（遠距）」的授課型態，地方上的許多學生不用去大學，取而代之的是在家裡用電腦上課。）

・小さいころに、毎日家で勉強することなく、のびのびと遊んで過ごした子供は、勉強をする習慣が付きません。

（小時候每天在家沒有讀書，而是悠閒遊玩度日的小孩，不會養成讀書的習慣。）

排序練習：

01. 彼女は実の ＿＿ ＿＿ ＿＿ ＿＿ 、一生を終えた。
   1. なく　2. 会う　3. こと　4. 姉と

02. 彼は失敗を繰り返してもあきらめる ＿＿ ＿＿ ＿＿ ＿＿ なった 。
   1. 仕事を　2. 大金持ちに　3. ことなく　4. 続け

解 01.（4 2 3 1）　02.（3 1 4 2）

63. ～ことなしに

接続：動詞原形＋ことなしに
翻訳：如果不…就無法…。想要…，就一定要…。
説明：本句型的後句一定為可能表現的否定。以「Aことなしに、Bられない／ことはできない」的形態，來表達「為達成B這件事，A是不可或缺的條件」。前句，是達成後述事項的必要條件。

・努力(どりょく)することなしに、成功(せいこう)はあり得(え)ない。
（沒有努力，是不可能會成功的。）

・この薬(くすり)は主治医(しゅじい)の先生(せんせい)と相談(そうだん)することなしに使(つか)うことはできない。
（這個藥物如果沒有和主治醫師商量，是不能使用的。）

・現地(げんち)の人々(ひとびと)と触(ふ)れ合(あ)うことなしに、その国(くに)の文化(ぶんか)は理解(りかい)できないだろう。
（沒有和當地的人交流，是無法理解那個國家的文化的。）

・人口減少社会(じんこうげんしょうしゃかい)を迎(むか)え、様々(さまざま)な場面(ばめん)で助(たす)け合(あ)うことなしに、コミュニティーは支(ささ)えられない。
（迎接人口減少的社會，在各種場合如果沒有互相幫忙，是無法支撐社區的。）

排序練習：

01. リスクを ____ ____ ____ ____ 成功することはないだろう。
　1. こと　2. 事業が　3. なしに　4. 負う

02. 許可を得る ____ ____ ____ ____ 入ることはできない 。
　1. この　2. こと　3. なしに　4. 研究所に

解01.（4 1 3 2）　02.（2 3 1 4）

64. ～ことに

接続：動詞た形／イ形容詞／ナ形容詞な＋ことに
翻訳：令人感到…的是，…。
説明：此句型屬於較書面的用語。前面多接續表達「感情語意」的形容詞或動詞た形。
　　　如：「令人感到可惜 / 驚訝 / 有趣的是…」。

・残念なことに、私のお気に入りのテレビ番組が先月放送中止になった。
（很可惜的是，我很喜歡的電視節目上個月停播了。）

・彼女は 12 歳の時に大学に入りました。さらに驚いたことに、15 歳の時にオリンピックで金メダルを獲得した。
（她 12 歲的時候上了大學。更讓人吃驚的是，15 歲的時候就在奧運得到了金牌。）

・不思議なことにペットは飼い主に似てきます。性格はもちろん、顔つきも表情もそっくりで、ペットを見れば飼い主も容易に想像がつくくらいです。
（很不可思議的是，寵物會長得越來越像主人。性格也是，就連臉部表情都一模一樣，看到寵物就可以輕易想像出主人的樣子。）

・悲しいことに、貧困層ほどお金を稼ぐことがまるで悪いことかのように思ってしまう人が多い。
（令人感到悲傷的是，很多越是貧窮階層的人，越會覺得賺錢很像是一種罪惡。）

排序練習：

01. 残念なことに、＿＿ ＿＿ ＿＿ ＿＿。
　　1. コンサートの　2. 売り切れた　3. チケットは　4. そうだ

02. ＿＿ ＿＿ ＿＿ ＿＿ その隣の家もうちと同じ苗字なのです。
　　1. 家も　2. 隣の　3. ことに　4. 面白い

解 01.（1 3 2 4）　02.（4 3 2 1）

12 單元小測驗

1．山田さんの（　　）だから、困っている友達を放っておかないのだろう。
　1　もの　　2　こと　　3　はず　　4　べき

2．この町では子供が少なくなってきている（　　）から、学校の数も減っている。
　1　はず　　2　べき　　3　こと　　4　もの

3．面白い（　　）、昔のレコードが再び流行しているそうだ。
　1　ように　　2　ことに　　3　ものに　　4　わけに

4．鈴木さんはこの５年間休む（　　）日本語教室に通っていた。
　1　ことから　　2　ことはない　　3　ことなく　　4　ことか

5．誰しも他人を傷つける（　　）なしに生きてはいけない。
　1　こと　　2　わけ　　3　もの　　4　はず

6．いつも遅刻する ＿＿＿ ＿＿＿ ＿★＿ ＿＿＿ 現れるだろう。
　1　から　　2　ことだ　　3　鈴木さんの　　4　後で

7．驚いた ＿＿＿ ＿＿＿ ＿★＿ ＿＿＿ のが優等生の王さんとは。
　やる時間がないだけだ。
　1　あんな　　2　やった　　3　ことを　　4　ことに

8．年がら年中１日も ＿＿＿ ＿＿＿ ＿★＿ ＿＿＿ ついに倒れてしまった。
　1　ことなく　　2　李さんは　　3　働き続けていた　　4　休む

9．この火事は火の気のない ＿＿＿ ＿＿＿ ＿★＿ ＿＿＿ 見て捜査を始めた。
　1　警察は放火と　　2　ことから　　3　出火している　　4　場所から

10．今の状態を ＿＿＿ ＿＿＿ ＿★＿ ＿＿＿ 正確に予想することはできない。
　1　知ること　　2　なしに　　3　未来の　　4　状態を

13

第 13 單元：「こと」Ⅱ

65. ～ことだし
66. ～ことは～が
67. ～ことか
68. ～ないことはないが
69. ～ないことには

本單元延續上一單元所介紹的，
使用到形式名詞「こと」的句型。

第 13 單元：「こと」II

65. ～ことだし

接続：名詞修飾形＋ことだし

翻訳：因為…。（該做的都做了）反正也差不多了，就…吧。

説明：用來點出輕微的理由，暗指此並非主要的理由，這只是其中之一。「～し」原本就用於理由的並列，因此這個句型語意相當於「し」。只不過，藉由使用「こと」，可讓人感到較為客氣，圓滑的語氣。因此這裡的「ことだし」可以直接代換為「～し」。

・さて、歯(は)も磨(みが)いたことだし、寝(ね)るとするか。（＝歯(は)も磨(みが)いたし）
（那麼，牙也刷了，來睡覺吧。）

・昨日(きのう)、息子(むすこ)も大学(だいがく)の寮(りょう)から帰(かえ)ってきたことだし、今夜(こんや)は特別(とくべつ)に乾杯(かんぱい)しよう。
（昨天兒子也從大學的宿舍回來了，今晚就特別來乾杯吧！）

・今日(きょう)の仕事(しごと)は予想以上(よそういじょう)に早(はや)く片付(かたづ)いたことだし、たまにはのんびりしよう。
（今天的工作比預想中的還要快完成，偶爾也悠閒點吧。）

・空気(くうき)もきれいなことですし、山(やま)や景色(けしき)を眺(なが)めるにはもってこいですね。
（空氣也很乾淨，正好適合來眺望山與景色。）

排序練習：

01. 雨も ＿＿ ＿＿ ＿＿ ＿＿ なったからそろそろ帰りましょう。
　1. 4時に　2. 降っている　3. だし　4. こと

02. まだまだ若い ＿＿ ＿＿ ＿＿ ＿＿ 挑戦してください。
　1. 丈夫だから　2. ことだし　3. 体も　4. また来年

解 01.（2 4 3 1）　02.（2 3 1 4）

66. ～ことは～が

接続：名詞修飾形＋ことは～が
翻訳：懂是懂啦 / 會是會啦 / 去是去了啦，只不過…。
説明：前後兩個詞必須是同一個。說話者承認前述動作是正確的，只不過 ...（後接並不完善、理想等字眼）。若使用過去式，可以前後兩個動詞都使用た形，亦可前面動詞使用原形，後面動詞使用た形。

・彼の文章は読むことは読んだが、深く心にとどまることはなかった。
（他的文章我讀是讀了啦，只不過沒有深深的留在我心裡。）

・私は山田さんのことを知っていることは知っているが、あまり親しい仲ではないです。
（我是知道山田先生啦，只不過我們不是很熟的朋友。）

・ネットでの買い物は安いことは安いが、保障とかが付かない場合が多いので、買って開けてみたら傷ついているとか中身が違うとかの場合がよくあります。
（在網路上買東西，便宜是便宜，但幾乎都沒有保障。常常會有買來之後才發現裡面有缺陷，或者是送來的東西根本不是我訂的物品的情況發生。）

・あのマンションは駅から近くて、便利なことは便利だが、分譲価格が高いのでとても買えそうにない。
（那間房子離車站很近，雖然說很方便，但分售價格太高了，看樣子我實在是買不起。）

排序練習：

01. フランス語はわかる ____ ____ ____ ____ 早いと聞き取れないんです。
　1. んですが　2. 話し方が　3. 分かる　4. ことは

02. 昨日 ____ ____ ____ ____ が、店が閉まっていて何も買えなかった。
　1. スーパーへ　2、行った　3、ことは　4. 行く

解 01.（4 3 1 2）　02.（1 4 3 2）

67. ～ことか

接続：疑問詞＋名詞修飾形＋ことか
翻訳：你知道我有多…嘛！
説明：此句型的前方使用疑問詞，再以疑問句的方式，來表達說話者認為程度之高。句子雖然為疑問句，但意思其實是肯定句。表示程度之高不比一般，高到無法想像。因此多使用表達「感情語意」的動詞或形容詞。

・「うるさい！近所迷惑だ！家の中を走り回るな！」と子供にもう何回注意したことか。
（「吵死了，會吵到鄰居！不要在家裡跑！」，我不知道已經跟小孩唸過幾次了。）

・やっと村上先生の新作長編小説が発売された。
この日をどれほど待っていたことか！
（終於村上老師的最新長篇小說上市了。你知道我等這天等多久了嗎！）

・震災から８年の月日が流れました。大切な人を亡くした人、大切な人がまだ行方不明のままの人たちはどんなに悲しいことか、苦しいことか！
（從大地震至今，也已經八年的歲月了。那些失去重要的人的人，重要的人還下落不明的人，你知道他們會有多難過，多痛苦嗎！）

・物質的には裕福だと感じられる国ではあるのに、精神的には決して裕福だと言えない国を大人たちが作ってしまっていることがどんなに残念なことか。
（明明這就是一個讓人感到物資豐富的國家，但是大人們卻把這裡搞到精神上絕對談不上是豐富的國家，真是令人感到很可惜啊。）

排序練習：

01. １点差で優勝を逃した ＿＿ ＿＿ ＿＿ ＿＿ 。
　1. なんと　2. ことか　3. 悔しい　4. とは

02. 大学に受かった ＿＿ ＿＿ ＿＿ ＿＿ ことか。
　1. 時　2. どんなに　3. 喜んだ　4. 母が

解 01.（4 1 3 2）　02.（1 4 2 3）

68. ～ないことはないが

接続：動詞ない形／形容詞ない形＋ことはないが

翻訳：① 絕對不會做不到。② 並不是說不…啦，只不過…

説明：後面有沒有加逆接的「が」「けど」，語意皆不一樣。① 放在句尾作為「文末表現」（不使用が），表示說話者認為一定辦得到。但說話者用這種講法，是用來避免太直接的斷定。② 放在句中作為「接續表現」，後接表轉折語氣的「が」、「けど」，用來表達「婉轉的否定或拒絕」。例如② 的第一句，說話者打從心底就是不想吃。但人家問她說「你不吃阿？」說話者為了避免說得太直接而傷到人，只好說「不是不吃啦，只是我不怎麼喜歡」。

①・お酒やたばこをやめるのは難しいが、やめられないことはない。
（戒酒戒煙雖然困難，但並不是戒不掉。）

・この車は小さいが、5人ぐらい乗れないことはない。
（這個車雖小，但也不是說塞不了五個人。）

・A：論文は来月までには終わりそうにないんだけど。
（A：論文看樣子應該在下個月前是寫不完的。）

B：やる気があれば、できないことはないよ。
（B：如果有心，不會寫不完。）

②・食べないことはないが、あまり好きじゃない。
（不是不吃，而是不怎麼喜歡。）

・やろうと思えばやれないことはないが、他の仕事が忙しくてなかなか手が回らないんだ。
（只要有意思要做，不會辦不到。只不過因為其他的工作很忙，實在無法顧及。）

・A：「旅行に行かないんですか。せっかくだから、行けばいいのに。」
（A：你不去旅行嗎？很難得耶，你應該去的。）

B：「行きたくないことはないんですが、ちょっと体調が悪いので。」
（B：不是說不去啦，只是身體有點不舒服。）

排序練習：

01. やる気さえあれば、締め切り ＿＿ ＿＿ ＿＿ ＿＿ ない。

1. ことは　2. までに　3. 完成　4. できない

02. ＿＿ ＿＿ ＿＿ ＿＿ 、面倒くさいの。

1. けど　2. できない　3. ない　4. ことは

解01.（2 3 4 1）　02.（2 4 3 1）

69. ～ないことには

接続：動詞ない形／形容詞ない形＋ことにはない
翻訳：如果不去做…是沒有辦法做…的。
説明：此句型用於表達「前句為後句成立的必要條件」。意思與「～なければ、～なくては」接近。後句必須使用否定表現。

- とにかく何か食べないことには、お腹がすいて仕事ができない。
（總之，不先吃點什麼，肚子就餓到沒辦法工作。）

- 現場を見ないことには判断できない要素がありますので、電話だけで見積を提出するのは難しいです。
（因為有些不看到現場就無法判斷的因素，所以很難只在電話中就跟您報價。）

- とりあえずやってみないことには、何も始まらないし、やってみたらそれが良いのか悪いのかわかるはずです。
（總之，如果不先試試看，什麼也不會開始。試試看後應該就會知道到底是好還是不好。）

- 身体が健康でないことには、いい仕事はできるわけがない。
（身體如果不健康，工作怎麼可能做得好。）

辨析：

此句型與 63 的「ことなしに」語意接近。但「ことなしに～可能動詞ない」偏向講述一般性的常識，整體性的情況。而「ないことには～ない」較針對於目前單一事件作敘述。

排序練習：

01. やって ＿＿ ＿＿ ＿＿ ＿＿ 分からないでしょう。
1. できる　2. みない　3. かどうか　4. ことには

02. 実際に品物を ＿＿ ＿＿ ＿＿ ＿＿ 決められない。
1. 買わないか　2. 買うか　3. ことには　4. 見ない

解 01.（2 4 1 3）　02.（4 3 2 1）

13 單元小測驗

1．新型伝染病が広まっている。詳しい調査をしない（　　）、対策が立てられない。
　1　ことには　　2　ことでは　　3　ことが　　4　ことに

2．英語は話せる（　　）話せるが、即席スピーチは無理だ。
　1　ことは　　2　ことに　　3　ことが　　4　こと

3．スキーは（　　）が、もう何年もやってないからうまくできるのかなあ。
　1　できないことはない　　2　できるものはない
　3　できないべきはない　　4　できるはずはない

4．今まで何度たばこをやめようと思った（　　）。
　1　ことか　　2　ことだ　　3　ものか　　4　ものだ

5．雨もやんだ（　　）だし、さあ、出かけようか。
　1　こと　　2　もの　　3　わけ　　4　はず

6．やる気があれば、（　　）ことはないよ。
　1　できる　　2　できない　　3　できた　　4　できよう

7．実際に会って ＿＿＿ ＿＿＿ ＿★＿ ＿＿＿ 決められない。
　1　ことには　　2　みない　　3　かどうかは　　4　採用する

8．展覧会を見に ＿＿＿ ＿＿＿ ＿★＿ ＿＿＿ 行くか、分からないのよ。
　1　どうやって　　2　ことは　　3　行かない　　4　ないが

9．あの山小屋は不便な ＿＿＿ ＿＿＿ ＿★＿ ＿＿＿ 、泊まるのは難しい。
　1　小さいから　　2　ことだし　　3　建物も　　4　所にある

10．幸子が生まれた ＿＿＿ ＿＿＿ ＿★＿ ＿＿＿ ことか。
　1　時　　2　どんなに　　3　喜んだ　　4　母が

<第三篇>形式名詞

14

第 14 單元：「もの」I

70. ～ものだ
71. ～たものだ
72. ～形容詞ものだ
73. ～ものではない
74. ～というものだ
75. ～というものではない
76. ～というもの

本單元將介紹形式名詞「もの」的用法。由於份量較多，因此分成兩個單元。第 14 單元主要是基本用法，除了第 76 項「～というもの」為接續表現以外，其餘第 70 ～ 75 項皆為文末表現。

第 14 單元：「もの」 I

70. ～ものだ

接続：動詞原形／動詞ない形＋ものだ
翻訳：① 本來就是…。② 就該，就是…。
説明：形式名詞「もの」的意思為，①「一件事情、東西，它的理想狀態，或原本就應該要是這個樣子」，也就是事物的「本質」、「原本應該要有的樣子」，以及「一般常識」。因此除了講述事物的本質可以使用到「ものだ」外，② 訓誡某人時，也可以使用「ものだ」來告訴對方，身為一個人類，基本做人做事的道理（本質）是什麼。第 ② 種用法多用於「叮嚀人家、唸人家」的時候。

①・外貨の相場は毎日変動するものだ。
（外幣的價格本來就是每天都會變動。）

・年を取ると、目が悪くなるものだ。
（上了年紀，眼睛就是會變差啊。）

・自分の間違いは誰でも認めたくないものだ。
（人總是不想承認自己的錯誤。）

・子供は騒ぐものだと分かっていますが、どこまでなら許していいでしょうか。
（我是知道小孩子本來就會吵鬧，但吵到怎樣的程度是可以被原諒的呢。）

其他型態：

～もんだ（縮約形）

・人生、何があるか分からないもんだ。
（人生會發生什麼事，誰也不知道。）

辨析：

第一句例句是說明「外幣，本來就每天都會有高低起伏」。因此，「ものだ」講的並不是個人的意見，而是社會上的常識、道德上的規範。另外，「もの」所敘述的名詞，一定要是「總稱性名詞」，而不能是特定的人、事、物。

○ **子供は騒ぐものだ。**（小孩就是會吵鬧。）

× **田中さんは騒ぐものだ。**

②・約束をしたら、きちんと守るものだ。
（約定，就是要遵守！）

・今何時だと思ってるの。早く寝なさい。子供は 10 時前に寝るものだ。
（你以為現在幾點了，趕快睡！小孩子應該要十點前睡。）

・学校ではまじめに勉強するものだ。授業中に携帯をいじるな。
（在學校就應該好好用功，上課時不要玩手機。）

・他人の悪口は言わないものだ。
（做人，應該別講別人的壞話。）

排序練習：

01. 山田君、山田君。名前を ＿＿ ＿＿ ＿＿ ＿＿ だ。
1．もの　2．呼ばれたら　3．する　4．すぐ返事を

02. 若い人は電車の ＿＿ ＿＿ ＿＿ ＿＿ 。
1．ものだ　2．席を譲る　3．お年寄りに　4．中で

解 01.（2 4 3 1）　02.（4 3 2 1）

71. ～たものだ

接続：動詞た形＋ものだ

翻訳：① 以前還真是…阿。② 居然 ..!

說明：① 用於表達「說話者對於自己以前常常做過的事情感到有一絲絲懷念」。中文為「想當初阿，常常…阿」。由於是在「想當初」，所以前方動詞會使用過去式「～たものだ」，並配上「昔、学生時代、子供の時」等，表示過去的字眼。
② 若配合副詞「よく」以「よく（も）～たものだ。」的形態，則表示「說話者對於對方所完成的某事或某行為，感到欽佩、欣賞」或「感到如此誇張 (進而有些責罵的語氣)」之情。

①・懐かしい喫茶店だ。ここでよく彼女と待ち合わせをしたものだ。
（真是令人懷念的咖啡廳，想當年，經常跟女友在這裡約見面呢！）

・大学の受験勉強の時は毎日図書館に通ったものだ。
（想當初考大學的時候，每天都去圖書館啊。）

・あなたは子供のころ、よく泣きながら家に帰ってきたものよ。
（你小時候，常常哭哭啼啼的回到家。）

・子供のころ、悪戯ばかりして親や先生を困らせたもんだ。
（想當初小時候，常常惡作劇，讓父母以及老師感到很困擾啊。）

②・この就職難の時代によく就職できたものだ。
（在這種就業困難的年代，你居然可以找到工作啊。）

・時代背景を考えると、よくこんな立派な建物が完成したものだ。
（想想它的時代背景，就不禁感慨居然可以蓋出這麼棒的建築物。）

・取引先の社長によくもあんな失礼なことができたものだ。
（你居然向往來公司的社長講出這麼失禮的話！）

・よくここまで部屋を汚したものだね。
（你居然把房間搞得這麼髒！）

排序練習：

01. 子供のころはよく親しい ＿＿ ＿＿ ＿＿ ＿＿ 。
    1. この川で　2. ものだ　3. 遊んだ　4. 友達と

02. 素晴らしい！こんな ＿＿ ＿＿ ＿＿ ＿＿ ものだ 。
    1. 問題が　2. よく　3. 難しい　4. 解けた

解01.（4 1 3 2）　02.（3 1 2 4）

72. ～形容詞ものだ

接続：イ形容詞／ナ形容詞な＋ものだ
翻訳：真是…阿！
説明：用於表達說話者「以感慨地心境述說：實在是很 ...」時使用。前方只能接續形容詞、或使用動詞加上「～たい」的形式。

・もう１年経ったのか。時間がたつのは早いものだ。
（什麼！已經過了一年了啊，時間在過還真快啊。）

・人の縁とは不思議なものだ。
（人的緣分真的是很不可思議。）

・知らない国を旅して、現地の人々と触れ合うのは楽しいものだ。
（在陌生的國度旅行，和當地的人交流，實在是很快樂。）

・一度でいいからこんなきれいで透明な氷の上を歩いてみたいものだ。
（一次就好了，我好想在這樣乾淨又透明的冰上面走走看。）

排序練習：

01. 子供の成長を ＿＿ ＿＿ ＿＿ ＿＿。
　　1. ものだ　2. 見る　3. うれしい　4. のは

02. いつかはどんぶり ＿＿ ＿＿ ＿＿ ＿＿ ものだ。
　　1. いっぱいの　2. 食べて　3. みたい　4. プリンを

解01.（2 4 3 1）　02.（1 4 2 3）

73. ～ものではない

接続：動詞原形＋ものではない
翻訳：①不該…。不要…。②這還真不能 ..。
説明：①此句型用於「訓誡他人或者說教」時。語意與 70.「～ものだ」的否定「～ないものだ」接近，唯「～ものではない」的訓誡口氣較強烈，多半都是對方犯錯後，長輩訓誡用。若是以較粗鄙的口氣對朋友或晚輩講，可以使用「～もんじゃねえ」的講法。②若以「可能動詞られた＋ものではない」的結構，則表示「這還真是不能！」的心情。此用法都是用於負面性的。

①・他人の悪口を言うものではない。
（不要說別人的壞話！）

・罰が当たるから、食べ物を粗末にするものではない。
（不要浪費食物，會有報應的。）

・食べ物を口に入れたまま話すものじゃありません。
（不要邊吃東西邊講話！）

②・こんなまずい料理、食べられたもんじゃない。
（這麼難吃的料理，還真不是人吃的。）

・こんな下手な絵、人に見せられたものではない。
（畫得這麼爛的畫，還真的不能給人看。）

・夜になると隣の部屋からテレビの音がうるさくて寝られたもんじゃない。
（到了晚上，隔壁房間的電視聲就很吵，實在睡不著。）

其他型態：

～もんじゃない（縮約形）

・弱いものいじめをするもんじゃないよ。
（不要欺負弱小！）

14

～もんじゃねえ（通俗形）

・運転中にスマホなんていじるもんじゃねえよ。

（開車時不要玩手機！）

排序練習：

01. 人の失敗を ＿＿ ＿＿ ＿＿ ＿＿ 。

    1. ない　2. もの　3. では　4. 笑う

02. こんな ＿＿ ＿＿ ＿＿ ＿＿ じゃない。

    1. みかん　2. もん　3. 食べられた　4. 酸っぱい

解01.（4 2 3 1）　02.（4 1 3 2）

74. ～というものだ

接続：名詞／イ形容詞／ナ形容詞＋というものだ
翻訳：認為真的是…；覺得實在是…。這就叫做…啦！
説明：此句型用於表達「說話者針對某個事實，講出自己的客觀的感想或批判」。
由於「～という」為引用表現，所以接續上就比照「～という」，前面接續引用內容 (常體句) 即可。

- せっせと計画を立てている時、別のことが起こる。 それが人生というものだ。
（計劃趕不上變化。這就是人生啊。）

- 喧嘩しても、食事をして一晩寝てしまえば、いつの間にか仲直りできるのが兄弟というものだ。
（就算吵架，只要吃了飯、睡一晚，不知不覺中就又和好了，這就是兄弟啊。）

- 友達の家にただで泊めてもらっているのに、食事について文句を言うなんて図々しいというものだ。
（免費住在朋友家，又針對食物說三道四的，這就叫做不要臉！）

- 専門家の話を鵜呑みにして、安易に不動産投資をはじめてしまうのは無知というものだ。
（隨意聽信專家的話，輕易開始不動產投資，實在是無知啊。）

辨析：

不同於第 70 項文法「～ものだ」在講「世間的一般常識」，這裡的「というものだ」是在講「說話者針對一件事情的感想」，因此前方多半只接形容詞及名詞等敘述性的述語。

其他型態：

～ってもんだ（縮約形）

- お金がなくても家族が健康に暮らせれば、それが幸せってもんだ。
（就算沒有錢，只要家人健康地活著，這就是幸福。）

排序練習：

01. 困ったときにお互い ＿＿ ＿＿ ＿＿ ＿＿ ものだ。
1. 真の友情　2. のが　3. という　4. 助け合う

02. 温泉につかりながら酒を飲む、これ ＿＿ ＿＿ ＿＿ ＿＿ 。
1. という　2. 極楽　3. ものだ　4. こそ

解01.（4 2 1 3）　02.（4 2 1 3）

75. ～というものではない

接続：動詞原形／名詞／イ形容詞／ナ形容詞＋というものではない
翻訳：不見得就…。並不是說…就會(是)…喔。可不是…喔。
説明：第73項文法的「～ものではない」，用於「訓誡」他人；而本句型「～というものではない」，前方會搭配一個條件句，用於表達說話者認為「這個大家認知中會成立的條件：(只要…就會…)的一般說法」，可不見得正確喔。也就是說，此句型是用於「對前述條件句的推翻」。

・お金さえあれば幸せになれるというものではない。
（不是只要有錢就會幸福。）

・外国語の勉強は授業に来れば話せるようになるというものではない。
（學習外語，不是只要來上課，就自然會講。）

・商品は、ただ値段が安ければそれでいいというものではない。
（商品不是只要便宜就好。）

・会社は社長だけのものではない。また、今がよければ将来も安泰というものではない。
（公司不只是社長的東西，還有，就算現在不錯，也不保證將來一定安穩。）

其他型態：

～ってもんじゃない（縮約形）

・何だ！あいつのあの服は。高けりゃいいってもんじゃないよ。
（什麼啊，那傢伙穿那什麼衣服，可不是貴就好耶！）

排序練習：

01. ベテランだから仕事が ＿＿ ＿＿ ＿＿ ＿＿ よ。
　1. できる　2. じゃない　3. もの　4. という

02. この仕事は資格を持って ＿＿ ＿＿ ＿＿ ＿＿ ものではないよ 。
　1. できる　2. いれば　3. 誰でも　4. という

解01.（1 4 3 2） 02.（2 3 1 4）

76. ～というもの

接続：期間名詞＋というもの
翻訳：整個（很長的期間）…。最近這一週 / 一年 / 三年…等。
説明：前方多搭配「ここ／この」使用，且跟「というもの」之間，都是插入表一段時間的字眼。意思為在這整個期間中，都 ...(不是一般的狀況)。

・ここ一週間というもの、忙しくて、ちゃんと食事をしていない。
（這一個星期，忙得要死，連飯都沒有好好吃。）

・バブル崩壊後のここ 20 年というもの、日本の GDP は伸びていません。
（自從泡沫經濟崩盤後的這二十年來，日本的 GDP 都沒有成長。）

・ここ 10 年間というもの、風邪などで仕事を休んだことは一度もない。
（這十年來，我不曾因為感冒之類的原因請過一次假。）

・私にとってこの一年間というものは、本当にあっという間に過ぎ去ってしまった感じです。
（對我而言，這一年來，感覺上真的是一下子就過去了。）

排序練習：

01. ここ ＿＿ ＿＿ ＿＿ ＿＿ 睡眠もとっていません。
1. 一週間　2. ろくに　3. もの　4. という

02. この 1、2 年という ＿＿ ＿＿ ＿＿ ＿＿ 時間もなかった。
1. もの　2. 旅行を　3. 妻と　4. する

解 01.（1 4 3 2） 02.（1 3 2 4）

14 單元小測驗

1．中学生の頃は、よく隣の高校の人と野球を楽しく（　　）ものだ。
　1　やる　　2　やらない　　3　やった　　4　やって

2．先生に会ったら挨拶ぐらいする（　　）だ。
　1　もの　　2　はず　　3　さえ　　4　ところ

3．やれやれ、団体行動は＿＿＿＿ものだ。
　1　難しく　　2　難しくて　　3　難しい　　4　難しかれ

4．小さい子を一人で隣の町に（　　）。
　1　行かせるものではない　　2　行かされるものではない
　3　行かれるものではない　　4　行きたがるものではない

5．他人の意見も聞かずに自分の主張だけ通そうとするなんて、それはわがまま（　　）。
　1　とはいうものの　　2　というからだ
　3　というものなら　　4　というものだ

6、これは癌だからお医者さんのところに行けば、すぐによくなると（　　）ではない。
　1　いうもの　　2　いうべき　　3　いうところ　　4　いうはず

7．天気が暑ければ ＿＿＿ ＿＿＿ ＿★＿ ＿＿＿ ではない。
　1　というもの　　2　クーラーは　　3　暑いほど　　4　売れる

8．ここ ＿＿＿ ＿＿＿ ＿★＿ ＿＿＿ していない。
　1　というもの　　2　ろくな　　3　食事を　　4　一週間

9．家の中にいても ＿＿＿ ＿＿＿ ＿★＿ ＿＿＿ 便利になったものだなあ。
　1　なんて　　2　世界中の　　3　世の中も　　4　出来事が分かる

10. あんなに ＿＿＿ ＿＿＿ ＿★＿ ＿＿＿ できたものだ。
　1　大きかった　　2　よく　　3　会社の再建が　　4　負債の

15

第 15 單元：「もの」Ⅱ

77. ～ものだから
78. ～もの /(な) んだもの
79. ～ものか
80. ～ものの
81. ～ものなら
82. ～とはいうものの

本單元延續上一單元，介紹形式名詞「もの」的進階用法。這裡多半是配合其他的詞語所構成的接續表現（第 79 項文法「ものか」為文末表現），進而表達出不同的口氣及態度。

第 15 單元：「もの」II

77. ～ものだから

接続：名詞修飾形／名詞な＋ものだから

翻訳：就是因為…。

説明：本句型用來「說明理由」，語意接近初級學過的「～ですから」。不過，「～ものですから」藉由插入形式名詞「もの」，讓整句話聽起來感覺緩和許多，比較沒這麼強硬。因此當你做錯事，在說明理由尋求諒解時，多半會使用聽起來較緩和的「～ものですから」。如果只用「～ですから」來說明理由，聽起來口氣會比較直接。另外，口語對話時，亦可用成「～もんで、」的型態。

・人身事故で電車が遅れたものですから、遅刻してしまいました。
（因為人身事故導致電車誤點，所以遲到了。）

・遅くなってごめんなさいね、電車が遅れたもんだから。
（不好意思我遲到了，因為電車誤點了。）

・このエリアは入居者さんも外国の方の割合が高いものですから、ある程度英語は話せた方が良いと思います。
（這個地區的居民，外國人的比例很高，因此最好稍微會講一些英文。）

・中国では、どこへ行っても賑やかなものですから、大声で会話しないと聞こえないので、自然に大声で会話するようになってしまいます。
（在中國，因為去到哪裡都很熱鬧，如果講話不大聲點就會聽不到，因此自然而然講話就會變得很大聲。）

其他型態：

～もんで（縮約形）

・まだ学生なもんで、あまりお金がないんです。
（我還是只是個學生，沒有什麼錢。）

辨析：

由於「～ものですから」是用來辯解，說明理由的，因此多半含有「不得已，導致此狀況」的語意。也因此，它的後句不可以接續有要求、命令的表現。換句話說，也就是「～ものだから」全部都可以替換成「～だから」，但「～だから」，如果後句是要求、命令表現時，就不可以替換成「～ものだから」。

○**忙しいから、手伝ってください。**（因為太忙了，請你來幫忙。）

×**忙しいものですから、手伝ってください。**

排序練習：

01. 友達がいい ＿＿ ＿＿ ＿＿ ＿＿ 、その高いトースターを買っちゃいました。
 1．薦めた　2．ですから　3．もの　4．って

02. 私は ＿＿ ＿＿ ＿＿ ＿＿ 、そんな高級な時計は買えません。
 1．学生な　2．です　3．もの　4．から

解 01.（4 1 3 2） 02.（1 3 2 4）

78. ～もの／（な）んだもの

接続：① 普通形＋もの　② 名詞修飾形／名詞な＋んだもの
翻訳：因為…呀，因為…嘛。
説明：① 帶著撒嬌的語氣述說理由，因此多半為小孩或女性使用。多半用於個人上的理由，來為自己辯解。② 而「～んだもの」則是搭配「～んです」句形使用，有沒有「～んです」兩者語意上相差不大，但就口氣上，「～んだもの」含有「暗示對方與自己兩人都已知道這個理由，只是對話中再度點出這個理由」而已。由於此項文法為口語的表現，因此常常以「～（んだ）もん」的型態出現，也常常與「だって」併用。

①・今日の授業行かなかったよ。あの先生の話、つまらないもの。
（我今天沒有去上課喔。那個老師講話很無聊啊。）

・「芸能人って結構整形している人多いよね。」
「まあ、売れている芸能人ならお金があるもんね。」
（「藝人很像很多人都有整型。」「也是啦，夠紅的藝人，他們有錢啊。」）

・無理して苦手な人のいいところを見つけようと思っても、なかなか見つからないよね。だって苦手なものは苦手だもの。
（即使勉強要去找出自己不喜歡的人的優點，也很難找得到。 因為不喜歡的人就是不喜歡啊。）

・投資のことはどうだっていい。だって私は貯金も資産もない普通の OL だもん。
（投資的事我根本無所謂啦。因為我是個沒有存款也沒有資產的普通上班女郎啊！）

②・「えっ、そんなにいっぱい食べるの。」
「うん、お腹が空いてるんだもん。」
（「什麼？你要吃這麼多喔。」「啊（你也知道）人家很餓啊。」）

・今回の旅行は彼女の私を置いて会社の同僚と行くんだもの、
浮気なんてしちゃダメよ。
（你這次旅行是把身為女朋友的我丟在家，跟同事去的呀，不可以亂搞喔。）

・「どうしてあの人とキスしたの。」「だって、好きなんだもん。」
（「你為什麼跟那個人親吻？」「啊（你也知道）人家喜歡他呀。」）

・弟（おとうと）はまだ学生（がくせい）なんだもん。姉（あね）の私（わたし）が働（はたら）くしかないもん。
（因為（你也知道）我弟弟還是個學生啊。只好身為姊姊的我去工作囉。）

排序練習：

01. 昨日のパーティー行かなかったよ。 ＿＿ ＿＿ ＿＿ ＿＿ 。
　1. なかった　2. だって　3. もん　4. 誘われ

02. どうして来なかったの。だって、 ＿＿ ＿＿ ＿＿ ＿＿。
　1. んだ　2. 起きられない　3. 朝早く　4. もん

解01.（2 4 1 3）　02.（3 2 1 4）

79. ～ものか

接続：名詞修飾形＋ものか
翻訳：絕對不…！才不…勒！
説明：此為說話者很強硬的否定口吻。多半口氣不太好，都有不爽的語氣在，口語對話時，亦經常使用「～もんか」的型態。也因為是不好的口氣，所以經常使用常體的型態「～ものか」。但若是對著前輩或長輩講話，針對（與此長輩無關的）事情抱怨，還是可以使用敬體的型態「～ものですか」的型態，語調下降。

・お前みたいな最低なやつと誰が結婚するもんか。
（誰要跟你這樣差勁的人結婚啊！）

・会計をしながら、もう二度とここでパンなんか買うものか、と思って店を出た。
（一邊結帳，一邊想著「以後絕對不要來這裡買麵包！」，然後就離開了店家。）

・「あの店、おいしい？」「おいしいもんか。食べられたもんじゃないよ。」
（「那間店好吃嗎？」「好吃個屁，根本不是人在吃的！」）

・雪の中を散歩するなんて、ロマンチックなもんか。寒いだけじゃないか。
（在雪中散步，浪漫個頭啦，冷得要死！）

・こんな難しい文章、読めるものですか。
（這麼難的文章，怎麼可能讀得懂啊！）

・嫌いな子に告白されて、うれしいものですか。困っているんですよ。
（被討厭的女生告白，怎麼會開心，很困擾的啊。）

排序練習：

01. あんな汚い店、____ ____ ____ ____ 。
　1. か　2. 行く　3. もん　4. 二度と

02. 元気な ____ ____ ____ ____ そうだよ。
　1. 死に　2. 疲れて　3. か　4. もん

解 01.（4 2 3 1） 02.（4 3 2 1）

80. ～ものの

接続：名詞修飾形＋ものの

翻訳：雖然…但是…。對是對啦，但是…。

説明：說話者認為「對啦，前面這句話是事實啦，只不過 ...(後面接著的，都是與前句推想出來的結論不同)」。如第一句。「對啦，我是買了新暖爐，只不過都沒機會用」。一般人會覺得買了新暖爐就會用，但是她卻與一般人「買了新暖爐就會用」的預測相反，沒用。此句型多用在書寫上，少用在口語。前方若接續動詞時，多使用「～た」「～ている」形，來表達過去的事或現在的狀態，若是狀態動詞「ある、いる」，亦可使用現在式。

・新しいヒーターを買ったものの、暖冬で殆ど使っていない。

（雖說買了新的暖爐，但是因為暖冬，幾乎都沒有用到。）

・熱は下がったものの、食欲がなくて元気が出ない。

（燒雖然退了，但沒有食慾，提不起勁。）

・今日は休みなのに、連日のハードな仕事で、疲れは残っているものの、体はちゃんと７時に起きてしまいました。

（今天明明就是假日，但因為連續好幾天吃重的工作，雖然疲勞還是殘留著， 但身體卻七點就自動醒了過來。）

・看護師免許はあるものの、看護師として働いていない人は実はたくさんいます。

（擁有護士執照，但沒在做照護的工作的人，其實有很多。）

・このキャンパスは、都内からだと最寄り駅からバスか自転車を利用する必要があり、通学は少々大変なものの、近くに公園があり、自然が多く、非常に気持ちのよい場所である。

（這個校園，從市中心來的話，離最近的車站要搭巴士或者騎腳踏車，雖然說上學通車有點辛苦，但附近有公園，自然環境也很多，是個非常舒服的地方。）

・このエリアは観光をするには少々立地は悪いものの、向かいにはデパートがあり、買い物は便利です。

（這個區域若要觀光，地點是有點差，但因為對面有百貨公司，買東西很方便。）

進階複合表現：

「いい」＋「そうだ（様態）」＋「ものの」

・7インチのタブレットは読書には良さそうなものの、正直大きいスマホという感じで画面が小さすぎる。
（雖然七吋的平板電腦看起來似乎用來閱讀很好，但說實話，感覺上就像是大一點的智慧型手機而已，畫面太小了。）

辨析：

這個句型的後句不會有要求、命令、建議等字眼。

× 一度ぐらい断られたものの、簡単にあきらめないでください。

排序練習：

01. 新しい服を ＿＿ ＿＿ ＿＿ ＿＿ 機会がなくて困っています。
　1．着る　2．ものの　3．なかなか　4．買った

02. 途中まで行った ＿＿ ＿＿ ＿＿ ＿＿ ので、引き返した。
　1．ものの　2．きた　3．降って　4．雨が

解01.（4 2 3 1）02.（1 4 3 2）

81. ～ものなら

接続：①②動詞可能形＋ものなら　③動詞意向形＋ものなら

翻訳：①如果能…的話，那你就試試看阿！②如果能…的話，我還真想試試看啊！
③如果你打算做…的話，你就給我試試看，到時後你就會…(不太好)。

説明：①前面接續動詞的可能形，用於表達「你以為你辦得到的話，你就做做看啊（言下之意說話者認為聽話者做不到）」，後接說話者的命令，多半與表示嘗試的「～てみる」併用，以「～ものなら～てみろ」的型態，來表達向對方嗆聲。
②前面接動詞的可能形，而且為難實現的事情，表達「那樣難的事情，如果辦得到的話（那真是太好了）」。後接說話者的希望，因此多半會與表達希望的「～たい」併用，以「～ものなら～たい」的型態，來表達自己的渴望。
③前面接續動詞的意向形，用來表達說話者帶有一點誇張的方式來敘述說，「如果做了什麼事，後面就會發生不太好的事情」。

①・やれるものなら、やってみろ。
（做得到你就做做看啊！）

・逃げられるものなら、逃げてみろ。必ずお前を探し出すから。
（你逃得掉的話就逃逃看啊！我一定把你找出來！）

・A：こんちきしょう（この畜生）、殴るぞ！
B：殴れるものならやってみろ！
（你這王八蛋，揍你喔！）（揍啊，你敢揍你就揍揍看啊！）

②・楽しかった子供のころに、戻れるものなら戻りたい。
（真想回到快樂的兒時時光。）

・病気で苦しんでいる我が子を見ていると、代われるものなら代わってやりたいと思ってしまう。
（看著我那為病所苦的兒子，就會想著如果能代替他，真想代他受苦。）

・別れの言葉は悲しいものだ。人生に別れはつきものだと分かっていても、それを言わずに済むものなら、このままお別れがしたい。
（離別的話語，總是特別悲傷。雖然了解人有悲歡離合，但如果可以不用道別的話，我真想就這樣離開。）

③・うちの女房に文句を言おうものなら、ご飯を作ってもらえなくなる。
（如果去跟我老婆抱怨的話，她就會不做飯給我吃了。）

・その先生は厳しいから、授業をサボろうものなら生徒指導室へ連れて行かれる。
（那個老師很嚴格，如果翹課的話，就會被帶去訓導處。）

・友達の話を聞くと、親の前で携帯を見ようものなら『携帯開くぐらいなら教科書を開け。』と言われるそうだ。
（聽我朋友說，如果在他父母前面看手機的話，就會被罵說「有時間去看手機，還不去看課本！」）

排序練習：

01. これは４０キロもあるよ。＿＿ ＿＿ ＿＿ ＿＿ みなさい。
　1．持って　2．持てる　3．もの　4．なら

02. ホームシック ＿＿ ＿＿ ＿＿ ＿＿ 帰りたい。
　1．今すぐ国へ　2．帰れる　3．になって　4．ものなら

解01.（２３４１）　02.（３１２４）

82. ～とはいうものの

接続：動詞普通形／イ形容詞／ナ形容詞／名詞（だ）＋とはいうものの
翻訳：雖說…。前面你這樣講是沒錯啦，但是…。說是這麼說啦，但是…。
説明：本句型為「という」配上「ものの」而來的句型，因此前面會接一個句子。用來表達「雖然世間上的社會大眾都這麼說、都這麼認為，但是…」。因為此句型表達轉折語氣，所以句型當中加上了個副助詞「は」。表示說話者雖然承認前面是一個事實，但 ...(後面提出說話者和社會大眾不同、對立的想法)。後面多為說話者的判斷或感情表現。另外，亦可把「とはいうものの」整個當作是一個接續詞來使用。

・コンテストは「参加することに意味がある」とはいうものの、やはり自分の子供には勝ってほしいと思う。
（雖然說比賽「志在參加不在得獎」，但總還是希望自己的兒子能獲勝。）

・世の中男女平等だとはいうものの、やはり家事は人間の性質から女性がした方がしっくりくる気がします。
（世間上雖然倡導著男女平等，但家事從人類的性質來看，總覺得還是女性來做比較合適。）

・18 歳までは子供とは言うものの、最近は中学生でも大人びている。
（雖然說 18 歲前都還是小孩子，但最近的國中生都很有大人味。）

其他型態：

◦ とは言うものの（接続詞）

・大学では四年間英語を勉強した。 とはいうものの、もうすっかり忘れてしまった。
（我在大學學了四年的英文。雖這麼說，但已經完全忘光光了。）

進階複合表現：

「～だろう」＋「～とはいうものの」

・インターネットの通信速度がテレビの受信に十分なものとなってきている。これにより、日本の放送業界は、恐らく衰退の一途をたどるだろうとはいうものの、日本からテレビ局がなくなることはないと思う。

（網路的通訊速度越變越快，逐漸變得足以接收電視的播放。也因此，日本的廣電業界恐怕會走向衰退一途，但我不認為日本的電視台會消失。）

排序練習：

01. 彼は 20 歳 ＿＿ ＿＿ ＿＿ ＿＿ ことはまだ子供だ。
    1. ものの　2. いう　3. やっている　4. とは

02. ＿＿ ＿＿ ＿＿ ＿＿ まだまだ続いています。
    1. 春とは　2. 寒い日は　3. ものの　4. いう

解 01.（4 2 1 3）　02.（1 4 3 2）

15 單元小測驗

1. 一人で見知らぬ人に会いに行くんだ（　　）、不安になるのは当然よ。
　1　べき　　2　はず　　3　もの　　4　こと

2. それは面白いゲームだと聞いたので、やってはみたものの、わたしには（　　）。
　1　面白かった　　2　楽しかった　　3　無理だった　　4　嬉しかった

3. 今すぐ国へ戻れる（　　）飛んで帰りたい。
　1　ものなら　　2　ものの　　3　ことなら　　4　ことと

4. 彼女に一度断られたくらいで、あきらめる（　　）。
　1　ものか　　2　ものを　　3　ものだ　　4　ものの

5. 前から欲しかった好きな芸能人のコンサート DVD がやっと手に入った（　　）、早速徹夜して終わりまで見てしまった。
　1　ものだから　　2　ものなら　　3　ものか　　4　ものの

6. 有名な先生に日本語を教わったとはいうものの、（　　）。
　1　すらすらに話せる
　2　勉強不足で試験に合格できなかった
　3　作文の試験でいい点を取れた
　4　生活に困らない会話力を身につけた

7. あんな ＿＿＿ ＿＿＿ ★＿＿＿ ＿＿＿ 会うもんか。
　1　もう　　2　二度と　　3　男　　4　最低な

8. 妹に何かを ＿＿＿ ＿＿＿ ★＿＿＿ ＿＿＿ 知られてしまう。
　1　ものなら　　2　話そう　　3　翌日は　　4　みんなに

9. 彼がこの本を ＿＿＿ ＿＿＿ ★＿＿＿ ＿＿＿ 買ってしまった。
　1　つい　　2　ものだから　　3　薦める　　4　あまりに

10. 自然の多い ＿＿＿ ★＿＿＿ ＿＿＿ ＿＿＿ 休みの日は寝てばかりだ。
　1　家を　　2　郊外に　　3　買った　　4　ものの

16

第 16 單元：「名詞だ。／名詞で～」

83. ～一方だ。／で、～
84. ～お陰だ。／で、～
85. ～せいだ。／で、～
86. ～通りだ。／通り、～
87. ～次第だ。／次第、～

本單元將介紹的 5 個句型，品詞上都是屬於名詞，因此前方的接續上也多半是名詞修飾形，唯獨第 86 項「通りだ」與第 87 項「次第だ」，需要特別留意其接續。而這五個句型，既可以放在句尾以「名詞だ。」的形式當作文末表現使用，也可以放在句中以「名詞で、～」的形式當作接續表現使用喔。

第 16 單元：「名詞だ。／名詞で～」

83. ～一方だ。／で、～

接続：動詞原形＋一方
翻訳：越來越…。一直…。
説明：此句型用於表達「事態的發展，一直朝單方面地發展下去」，而且大多不是什麼好事。前面也多接續變化表現。由於本用法在語意上為事態的發展，因此僅能使用於動詞。

・大学院が始まってから運動不足で、体力が衰える一方だ。
（自從研究所開始上課後就因為運動不足，體力越來越衰退。）

・大気中の二酸化炭素濃度の上昇と共に、地球の温暖化は進む一方だ。
（隨著大氣中的二氧化碳濃度的上升，地球暖化也越來越嚴重。）

・仕事は忙しくなる一方で、このままだと過労死してしまう。
（工作越來越忙，再這樣下去可能會過勞死。）

・腰の痛みは日に日に悪化する一方で、買い物や入浴さえも困難な状況になっている。
（腰痛日益惡化，現在就連買東西跟入浴都很困難。）

排序練習：

01. 情報化社会の中で、フェイスブック ＿＿ ＿＿ ＿＿ ＿＿ 一方だ。
1. SNS の　2. なる　3. 役割は大きく　4. などの

02. 覚えなければならない ＿＿ ＿＿ ＿＿ ＿＿ 時間があっても足りない 。
1. いくら　2. 一方で　3. 単語が　4. 増える

解 01.（4 1 3 2）　02.（3 4 2 1）

84. ～お陰だ。／で、～

接続：名詞修飾形＋お陰
翻訳：托…的福
説明：此句型用於表達「由於有了…的幫助，因此才會有好結果」。因此前面都是接續好事情。打招呼用語中的「おかげさまで」，就是源自於此字。另外，如使用「～お陰だ。」文末表現的形式，多半是使用於強調構句中「～のは～お陰だ」的形式。下面的四個例句，分別就是其原始句與強調構句的對調。

・先輩の助言のお陰で、私はこの大学に合格できました。
（托學長給的建議之福，我考上了這所大學。）

・私がこの大学に合格できたのは、先輩の助言のお陰だ。
（我之所以考得上這所大學，都是托學長給我建議之福。）

・友達が手伝ってくれたお陰で、引っ越しが楽にできた。
（托朋友幫忙之福，搬家很輕鬆就完成了。）

・引っ越しが楽にできたのは友達が手伝ってくれたお陰だ。
（搬家之所以搬得很輕鬆，全是托朋友幫忙之福。）

辨析：

「おかげさまで」只能放於句子前方，為慣用表現，不可與本文法互換。

○ **おかげさまで、元気です。**（托您的福，我很好。）

× **友達が手伝ってくれたお陰様で、引っ越しも楽にできた。**

排序練習：

01. 山本先生の ____ ____ ____ ____ できました。

　　1.卒業　2.お陰　3.無事　4.で

02. 父は、最近新しく ____ ____ ____ ____ なりました 。

　　1.元気に　2.新薬の　3.お陰で　4.発売された

解01.（2 4 3 1）　02.（4 2 3 1）

85. ～せいだ。／で、～

接続：名詞修飾形＋せい
翻訳：因為…的錯。
説明：與前項文法 84 項「お陰だ」正好相反，此句型都是接續不好的事情。另外，文法構造上與「お陰だ。」相同，若使用「～せいだ。」文末表現的形式，多半是使用於強調構句中「～のは～せいだ」的形式。前兩個例句，分別就是其原始句與強調構句的對調。

- 彼(かれ)が遅(おく)れてきたせいで、予定(よてい)の電車(でんしゃ)に乗(の)れなかった。
（因為他慢來，所以沒有搭上預定的電車。）

- 予定(よてい)の電車(でんしゃ)に乗(の)れなかったのは彼(かれ)が遅(おく)れてきたせいだ。
（沒有搭上預定的電車，全都是因為他慢來的緣故。）

- バスが遅(おく)れたせいで、約束(やくそく)の時間(じかん)に間(ま)に合(あ)わなかった。
（因為巴士遲到，所以沒有趕上約定的時間。）

- 私(わたし)がこうなったのは全部(ぜんぶ)お前(まえ)のせいだ。
（我會變成這樣，都是你害的。）

辨析：

此外，若使用「～せいか、～」的形式，則表達說話者「不知是否因為前述的原因，但猜測有可能是這個原因」。這裡的「か」，用於表達不確定，表示說話者自己也不確定到底是不是因為這樣，才得到後述的結果。因此使用「～せいか」時，就不僅侷限於壞事。

- **不況(ふきょう)のせいか、デパートに来(く)る人(ひと)が減(へ)っている。**
（不知道是不是因為不景氣，來百貨公司的人變少了。）

- **天気(てんき)がいいせいか、今日(きょう)は気分(きぶん)がいい。**
（不知道是不是因為天氣很好，今天心情很好。）

- **疲(つか)れたせいか、頭(あたま)が痛(いた)い。**
（不知道是不是累了，頭很痛。）

排序練習：

01. ＿＿ ＿＿ ＿＿ ＿＿ みたい。
    1.最近　2.痩せた　3.せいか　4.気の

02. 私があまり ＿＿ ＿＿ ＿＿ ＿＿ せいだ。
    1.彼の　2.同居している　3.のは　4.勉強ができない

解01.（4 3 1 2）　02.（4 3 2 1）

86. ～通りだ。／通り、～

接続：動詞普通形＋とおり／名詞＋どおり

翻訳：與…一模一樣，正如…

説明：此句型用於表達「與前述的描述一致無誤」。① 前方若接續名詞時，會有連濁的現象產生，且多半使用「予定、計画」等「情報語意」的名詞。② 若前方使用動詞時，則多半為「言う、思う」等發話、思考等「情報傳達語意」的動詞。

①・この建物は予定どおり、来週の週末には完成するでしょう。
（這個建築物會如期於下週週末完工。）

・新しくできたテーマパークのすばらしさは案内書どおりだった。
（新開幕的主題樂園就跟介紹書上寫的一樣很棒。）

②・友達が言ったとおり、東京の物価は高い。
（正如朋友所言，東京的物價很高。）

・この映画の結末は私が考えた通りだ。
（這電影的結局果然不出我所料。）

其他型態：

～通りの＋名詞

・人は自分が思ったとおりの人間になることができます。
（人，可以成為自己心中所想像的人。）

辨析：

若使用「動詞普通形／名詞の＋とおりに」的形式，且後方接續某「動態動作」，則翻譯為「按照」。此用法也常與「～てください」併用。

・説明書のとおりに、部品を組み立ててください。
（請按照說明書來組裝零件。）

・**さっき<u>言ったとおりに</u>やれば大丈夫です。**
（只要按照剛剛我講的去做，就沒問題了。）

排序練習：

01. 自分の思う ____ ____ ____ ____ 難しい。
　1. なかなか　2. 生きる　3. のは　4. とおりに

02. 私が ____ ____ ____ ____ 進めてください。
　1. これから　2. とおりに　3. 言う　4. 計画を

解 01.（4 2 3 1）　02.（1 3 2 4）

87. ～次第だ。／次第、～

接続：① 名詞＋次第だ　② 動詞ます＋次第

翻訳：① 取決於…。② …之後，就立刻…。馬上。

說明：「次第」的用法很多，它會隨著前面接續的品詞不同，會有不同的中文翻譯。① 前接名詞的用法，語意接近「～によって」，可有接續表現與文末表現兩種。作為接續表現時，「次第」可以加上「で」。② 前接動詞ます形，語意接近條件句「～たら」。此種用法僅有接續表現，且「次第」不可加上「で」。③ 另外，「次第に」則是其作為副詞的用法，意思為隨著時間推移而緩慢變化。

①・目的が達成できるかどうかは、本人の努力次第だ。

（究竟能不能達到目的，全看本人的努力。）

・検査の結果次第で、手術するかどうかが決まります。

（看檢查的結果，才來決定要不要動手術。）

②・落し物が見つかり次第、お知らせします。

（一找到遺失物後，就立刻通知您。）

・資料の準備ができ次第、会議室にお届けします。

（資料準備完成後，立刻送到會議室。）

③・皆で作った目標も、次第に忘れてしまう。

（大家一起訂下來的目標，也會隨著時間而逐漸忘去。）

・関東地方は熱帯低気圧の影響で次第に曇り、にわか雨や雷雨の所がある見込みです。

（關東地區受到熱帶低氣壓的影響，將會轉變為陰天，預測有些地方將會有驟雨或雷雨。）

排序練習：

01. スケジュールが ____ ____ ____ ____ ください。
 1. すぐ　2 決まり　3. 次第　4. 知らせて

02. 期末テストの ____ ____ ____ ____ 買ってやる予定です。
 1. スマホを　2. 次第で　3. 息子に　4. 結果

解 01.（2 3 1 4）　02.（4 2 3 1）

16 單元小測驗

1．家の近くに新しいスーパーができた（　　）、便利になってうれしい。
　1　次第で　　2　お陰で　　3　せいで　　4　どおりで

2．テストの結果がわかり（　　）ご連絡いたします。
　1　お陰　　2　次第　　3　一方　　4　恐れ

3．入学の面接試験は、先輩に教わった＿＿＿＿したら受かりました。
　1　お陰で　　2　とおりに　　3　一方に　　4　せいに

4．いくら一生懸命働いても、お金が減る（　　）。
　1　次第だ　　2　一方だ　　3　お陰だ　　4　気味だ

5．今日はお客様が少ないですね。きっと雨が降っている（　　）。
　1　せいだ　　2　お陰だ　　3　次第だ　　4　とおりだ

6．病気の＿＿＿＿何を食べても美味しくない。
　1　せいで　　2　お陰で　　3　うえで　　4　かけで

7．気分が　＿＿＿　＿★＿　＿＿＿　＿＿＿　美味しかった。
　1　今日は　　2　せいか　　3　何を食べても　　4いい

8．病気の　＿＿＿　＿★＿　＿＿＿　＿＿＿　かもしれません。
　1　担当の医者　　2　が変わる　　3　では　　4　症状次第

9．昨日ここで何が　＿＿＿　＿＿＿　＿★＿　＿＿＿　言いなさい。
　1　のか　　2　とおりに　　3　見た　　4　あった

10．自分の気持ちを　＿＿＿　＿＿＿　＿★＿　＿＿＿　難しい。
　1　簡単そうに　　2　思いどおりに　　3　見えて　　4　書くことは

17

第 17 單元：文末表現「名詞がある」

88. ～ことがある
89. ～ものがある
90. ～恐れがある
91. ～嫌いがある
92. ～かいがある

本單元將介紹的 5 個以「～がある」的形式表達的句型，放在句尾當作是文末表現。在接續上，由於「が」前方的品詞也都屬於名詞，因此前方使用名詞修飾形，但隨著各個文法項目本身語意上的限制，有些只能是現在式，有些則只能使用過去式，請務必留意。

第 17 單元：「名詞がある」

88. ～ことがある

接続：動詞原形／動詞ない形＋ことがある
翻訳：有時候…（會有這樣的情形）。
説明：此句型用於表達「偶爾發生，頻率不高的事情」。不會使用於發生頻率太高的事情上。也因為不是過去一次性的，而是偶發性的，將來也還是有可能會發生，因此前接動詞時，必須使用現在式。用於否定或對比時，格助詞「が」可以改成副助詞「は」，以「～ことはある」、「～ことはない」的形式呈現；依照語意，也可使用「も」。

・2時間おきに目が覚めてトイレに行くことがあるので、じっくり眠れないです。
（我有時候每隔兩小時就會醒過來上廁所，都沒法好好睡。）

・文部科学省の調査によると、小学6年生で9人に1人の割合で朝食を食べないことがあると分かりました。
（根據文部科學省的調查，小學六年級的學生，九人就有一人，有時會沒吃早點。）

・夜はたいてい家でゆっくりしているのですが、たまに友達と飲みに行くこともあります。
（我晚上大多在家裡休息，有時候也會和朋友去喝個酒。）

・友人とコンサートに一緒に行くことはあっても、カラオケに行くことはありませんでした。
（雖然我有時候也會和朋友去演唱會，但卻不曾和朋友去卡拉ＯＫ。）

辨析：

若前面使用過去式，以「～たことがある」的形式，則表示「曾經」發生過。

・アメリカへ留学に行ったことがあります。
（我曾經去過美國留學。）

排序練習：

01. うちは ____ ____ ____ ____ があります。
    1. 時々自転車で　2. 学校から　3. 行くこと　4. 近いので

02. 私は水曜日の夜は ____ ____ ____ ____ 電話をください。
    1. あるから　2. 来る前に　3. 家にいない　4. ことが

解01.（2 4 1 3）　02.（3 4 1 2）

89. ～ものがある

接続：動詞原形／イ形容詞／ナ形容詞な＋ものがある
翻訳：感到…。總覺得…。
説明：此句型用於表達說話者從某件事物上感覺到它「具有 ... 的特徵，性質」。因此前方多半是用來表示說話者感情的字眼。

・今後の高齢者介護について、さまざまな方面から取り組んでいる企業の動きは、いろいろと考えさせられるものがある。
（從各方面來致力於今後的高齡者照護的企業，引發我的省思。）

・受け継いできた伝統や文化への思いを形にしたこの作品は、人の心を揺さぶるものがある。
（把對於傳承而來的傳統或文化的心意，轉化成實際型態的這個作品，撼動人心。）

・毎日満員電車で通勤するのは辛いものがある。
（每天都要搭爆滿的電車上下班，實在很辛苦。）

・ほぼ完成しているのにあきらめてしまうなんて、残念なものがある。
（都已經幾乎完成了，到最後還放棄，實在感到可惜。）

排序練習：

01. 彼の音楽作品 ＿＿ ＿＿ ＿＿ ＿＿ ある。
　1. には　2. ものが　3. 打つ　4. 人の心を

02. この作家の ＿＿ ＿＿ ＿＿ ＿＿ と思います。
　1. 素晴らしい　2. 潜在能力　3. には　4. ものがある

解 01.（1 4 3 2）　02.（2 3 1 4）

90. ～恐れがある

接続：動詞原形／名詞の＋恐れがある

翻訳：恐怕有…。

説明：此句型用於表達「有可能會發生某種（不好的）事件」。也因為都是未來、尚未發生的事情，因此前方不會使用過去式。如果想要表達「不用擔心這種（不好的）事情發生，亦可使用「～恐れはない」（否定的形式必須將「が」改成「は」）。

・人民元の下落を阻止するため、米国に追随して同様のペースで利上げすれば中国の住宅バブルが崩壊する恐れがある。

（若為了阻止人民幣下跌，而跟隨美國升息的腳步，那恐怕會導致中國房價泡沫破裂。）

・今日から明日にかけて、低気圧の影響による大雨の恐れがあるので、不要な外出はお控えください。

（從今日起至明日，恐怕有因為低氣壓影響所帶來的大雨，請盡量減少不必要的外出。）

・地震が起きて津波の恐れがある時には、海岸からできるだけ遠く、できるだけ高い場所へ避難しましょう。

（地震發生而導致有海嘯的可能時，請盡可能遠離海岸，盡可能往高處避難。）

・この薬は、天然成分を配合しており、副作用の恐れはありませんので、安心して使うことができます。

（這個藥，由於是由天然成分調製的，因此不用擔心副作用，可以安心使用。）

進階複合表現：

「～恐れがある」＋「ため」

・この水は汚染されているお恐れがあるため、飲まない方がいい。

（因為這個水可能被污染了，建議不要飲用。）

「～のは～からだ」＋「恐れがある」

・妊娠中の投薬に制限があるのは、薬の成分が胎児に悪い影響を与える恐れがあるからです。
（之所以懷孕中的投藥會有限制，是因為藥物的成分可能會給胎兒帶來不好的影響。）

排序練習：

01. 地震の時、窓ガラスが ＿＿ ＿＿ ＿＿ ＿＿ がある。
　1. 倒れたり　2. 壁が　3. 割れたり　4. する恐れ

02. 台風１１号は今夜、四国に ＿＿ ＿＿ ＿＿ ＿＿ 注意してください。
　1. 厳重に　2. 恐れが　3. あるので　4. 上陸する

解 01.（3 2 1 4）　02.（4 2 3 1）

91. ～嫌いがある

接続：動詞原形／動詞ない形／名詞の＋嫌いがある
翻訳：有…之嫌。
説明：此句型一般不使用漢字，以「きらいがある」的型態，來表達「容易變成…的一個不好的傾向」。多半帶有批判之意。

・主婦は毎日の雑事に追われて、自分の体調管理がおろそかになるきらいがある。
（家庭主婦每天都被雜事追著跑，而容易忽略了自己的身體健康管理。）

・この薬は特効薬だと言われているが、その副作用に関しては十分に理解されていないきらいがある。
（雖然這個藥被稱作為特效藥，但它的副作用，似乎有不被充分理解之嫌。）

・一時間スマホをいじらないとそわそわすることがあったら、スマホ依存症のきらいがあるかもしれない。
（如果妳只要一小時不玩手機就會心神不寧，那可能有智慧型手機依存症的傾向。）

辨析：

第 90 項「～恐れがある」用來推測一個事件「未來」可能會發生、或對於未知的推測；而第 91 項「嫌いがある」則是用於表達目前「現在」的狀態，兩者不可替換。

排序練習：

01. 最近の選挙では、若い人の ＿＿ ＿＿ ＿＿ ＿＿ ある。
 1. 無関心で　2. きらいが　3. 投票率低下の　4. 政治への

02. 年を取ると、どうも ＿＿ ＿＿ ＿＿ ＿＿ ある。
 1. 興味を　2. きらいが　3. 持たなくなる　4. 新しいものに

解 01.（4 1 3 2）　02.（4 1 3 2）

92. ～かいがある

接続：動詞た形／名詞の＋かいがある

翻訳：有…效果。起…作用。有…的意義。

説明：此句型用來表達「為了某目的而去做的事，到最後有了好的回報」。如果使用其否定句形式「～かいがない」，則表示「沒有好的回報，之前做的都是白費工夫了」。前方動詞會使用過去式。此句型亦可放在句中，以「～かいがあって / ～かいもなく」的形式作為接續表現使用。亦有作為接辞「～がい」的用法，前方接續動詞ます型，此時「が」必須連濁。

・学校(がっこう)で習(なら)った知識(ちしき)や技術(ぎじゅつ)を職場(しょくば)で活(い)かせるので勉強(べんきょう)したかいがある。

（在學校學到的知識跟技術可以在職場上活用，因此覺得學得很有意義。）

・所得(しょとく)が高(たか)ければ高(たか)いほど税金(ぜいきん)が取(と)られてしまうので、頑張(がんば)ったかいがない。

（所得越高稅金被拿走得越多，讓人覺得一點都沒有努力的意義。）

・苦労(くろう)して高尾山(たかおさん)に登(のぼ)って来(き)たかいがあって、最高(さいこう)の紅葉(こうよう)が見(み)られました。

（辛苦爬上高尾山有了代價，看到了最漂亮的紅葉。）

・猛勉強(もうべんきょう)のかいもなく、本命(ほんめい)の大学受験(だいがくじゅけん)に失敗(しっぱい)しました。

（狂讀書一點效果也沒有，最想上的大學還是沒考上。）

其他型態：

動詞~~ます~~＋がい（接辞）

・この生徒(せいと)は教(おし)えたことはすぐ覚(おぼ)えるので、教(おし)えがいがある。

（這個學生教他的東西他會立刻記住，很值得教。）

排序練習：

01. ＿＿ ＿＿ ＿＿ ＿＿ やっと合格することができました。
   1. した　2. かいが　3. 努力　4. あって

02. 定年に ＿＿ ＿＿ ＿＿ ＿＿ 山田さんの姿勢に心を打たれた。
   1. なっても　2. 生きがいの　3. ある人生を　4. 求め続ける

解01.（3 1 2 4）　02.（1 2 3 4）

17 單元小測驗

1．彼の作品には人々を感動させる（　　）。
　1　恐れがある　　2　ものがある　　3　かいがある　　4　嫌いがある

2．食事制限ダイエットは抜け毛の（　　）ので要注意です。
　1　恐れがある　　2　ものがある　　3　かいがある　　4　嫌いがある

3．犬はわざとご飯を食べない（　　）そうです。
　1　ようがある　　2　ものがある　　3　かいがある　　4　ことがある

4．彼はすぐ感情を顔に出す（　　）。
　1　恐れがある　　2　ものがある　　3　かいがある　　4　嫌いがある

5．看護助手として働く時、（　　）を感じられないなら長く勤めることは難しいでしょう。
　1　やりがい　　2　やりかい　　3　やるがい　　4　やるかい

6．こんなつまらない作業を5時間も続けるのは辛い（　　）がある。
　1　せい　　2　はず　　3　もの　　4　よう

7．大学病院で5年間の ＿＿ ＿＿ ＿★＿ ＿＿ なりました。
　1　お亡くなりに　　2　本日午前0時過ぎに
　3　闘病生活をした　　4　かいもなく

8．休日に家族で外食する ＿＿ ＿＿ ＿★＿ ＿＿ 主に「夫」という人が46.6%、「妻」という人が45.3%と、ほぼ半々だった。
　1　人に誰が家族を　　2　外食に誘うか
　3　尋ねたら　　4　ことがある

9．しっかり準備をし、心を込めて ＿＿ ＿★＿ ＿＿ ＿＿ 案が取り上げられた。
　1　かいが　　2　あって　　3　私たちの　　4　説明した

10．不動産売買で、双方代理が禁じられているのは　代理人がどちらか ＿＿ ＿＿ ＿★＿ ＿＿ 恐れがあるからです。
　1　一方の当事者に　　2　といった
　3　結ぶなど　　4　有利な契約を

18

第 18 單元：接續表現「～○○に、～」

93. ～代わりに
94. ～ついでに
95. ～うえに
96. ～わりに
97. ～くせに
98. ～最中に

本單元將介紹 6 個以「～○○に」形式的表達的句型，由於○○部分，也是屬於名詞，因此前方也都是接續名詞修飾形，但隨著各個項目本身語意上的限制，有些只能是現在式，有些則只能使用ている形，請務必留意。

第 18 單元：「～〇〇に、～」

93. ～代わりに

接続：名詞修飾形＋代わりに
翻訳：① 作為…的替代，代替…、取而代之的是…② 另一方面…
説明：此句型用於表達 ①「替代某人去做某事」，以及「某事物取代了某事物」。第 ① 種用法，若前方使用名詞時，則可以與第 08 項文法「～に代わって」替換。② 用於描述一件事情「雖然有好的一面，但從另一個角度來看，其實是一種缺點（或反之）。有一好，沒兩好」。

①・本日は会長の代わりに挨拶させていただきます。
（今天就由我來替會長向大家打個招呼。）

・加入電話の代わりに、無料通話アプリが使われるようになった。
（取代室內電話，現在免費的通話 APP 廣泛被使用。）

・テロ攻撃があったため、新婚旅行はヨーロッパへ行く代わりにオーストラリアへ行った。
（由於有恐怖攻擊，因此蜜月旅行不去歐洲，取而代之去了澳洲。）

・コーヒー豆が切れそうだったので、今回は行きつけの店で買う代わりに、ネットショップで買ってみた。
（因為咖啡豆快要用完了，這次不去原本常去的店買，取而代之試著在網路上買買看。）

②・帰り道に細い道が多く、夜は人通りが少ない。さらにあまり明るい道ではないので、静かな代わりに女性は夜遅く帰る時に少し不安に思うかもしれない。
（回家的路有很多狹小的路，到了夜晚人煙稀少。而且都不是很明亮的道路，因此雖然安靜，但女性晚上夜歸時應該會感到有些不安。）

・ソーシャルネットワーキングサービス（SNS）の発達に伴って、人々は便利さを手に入れた代わりに、人間との繋がりを失ってしまった。
（伴隨著社群網路的發達，人們雖然得到了方便，但另一方面，也失去了人與人之間的交流。）

排序練習：

01. 低層住宅街は買い物 ____ ____ ____ ____ 豊かで気持ちがいい。
    1. 不便な　2. などに　3. 自然が　4. 代わりに

02. 業務連絡は ____ ____ ____ ____ ようになった。
    1.LINE が　2. 代わりに　3. メールの　4. 使われる

解01.（2 1 4 3）　02.（3 2 1 4）

94. ～ついでに

接続：動詞普通形／名詞の＋ついでに
翻訳：順便…。
説明：用於表達「利用做某事的機會，順便也做另一件事」。若前方接續名詞時，則只可使用動作性名詞（する名詞）。

・友人の結婚披露宴に出席するついでに、東京観光もしたい。
（出席朋友結婚典禮時，想要順便在東京觀光。）

・ブログを始めたついでに、デジタルカメラを購入した。
（開始寫部落格，順便買了一台新的數位相機。）

・先月、仕事の都合で帰国したついでに、健康診断をしました。
（上個月，利用工作回國的機會，順道做了健康檢查。）

其他型態：

～ついでに（接続詞）

・コンビニへ行くのなら、ついでに、今月号の雑誌を買ってきてくれないか。
（如果你要去便利商店的話，能不能順便幫我買本這個月的雜誌。）

～ついでだ（文末表現）

・飲みもの買ってきてやろうか？コーヒー買いに行くついでだ。
（要不要幫你買飲料回來？我去買咖啡順便。）

進階複合表現：

「～ついでだ」＋「～と思えば」

・図書館はうちから遠いのですが、買い物に行くついでだと思えば、それほど遠く感じませんよ。
（圖書館離我家很遠，但只要想說去買東西順道去的，就不會覺得太遠了。）

排序練習：

01. アメリカの ____ ____ ____ ____ 先生を訪ねました。
    1. ついでに、　2. 国際会議に　3. 出席する　4. 昔お世話になった

02. 図書館へ ____ ____ ____ ____ところへ行った。
    1. 近くに住んでいる　2. 本を返しに　3. 行ったついでに　4. 友達の

解01.（2 3 1 4）　02.（2 3 1 4）

18

95. ～うえに

接続：名詞修飾形＋うえに
翻訳：此外，又再加上…
説明：此句型用於表達「原本已經有事情發生，而後述又發生了一件比其程度更勝的事」。好上加好，或壞上加壞。這裡的「に」，則是表示累加的格助詞「に」。

・昨日は寒かったうえに、風も強かった。
（昨天很冷，加上風也很強。）

・この製品は値段が安いうえに品質もいいので、消費者に好評だ。
（這個產品價格很便宜外，品質也很好，因此很受到消費者的好評。）

・失業のうえに借金が重なり、やむなく自宅を売却しました。
（失業，又加上還有負債，沒辦法只好賣掉房子。）

・彼は無知であるうえに、傲慢でもある。
（他既無知，又傲慢。）

・今日は車で出かけたんですが、道が込んでいたうえに止める所もなくて大変でした。
（今天開車出去的，但除了路上很塞以外，又加上沒地方停，很慘。）

排序練習：

01. 彼の話は ＿＿ ＿＿ ＿＿ ＿＿ しない。
 1. 要点が　2. 長い　3. うえに　4. はっきり

02. 不安を煽る ＿＿ ＿＿ ＿＿ ＿＿ 無恥だ。
 1. メディアは　2. 政治家や　3. うえに　4. 無知な

解 01.（2 3 1 4）　02.（2 1 4 3）

96. ～わりに

接続：名詞修飾形＋わりに
翻訳：雖然…但卻。以…來看，卻…。
説明：此句型源自於「割」（比例）一詞，用於表達「用前述事實的基準來看，後述事項似乎不成比例地過高、過低、過好或過壞」。多半帶有說話者驚訝的語氣。

・国語教師のわりに、字が汚いですね。
（以他是個國語老師來看，字還真醜。）

・一生懸命頑張ったわりに、思うように収入を得ていない。
（雖然很努力工作，但收入卻沒有心想的這麼多。）

・この引越センターは値段が安いわりに作業がすばやく丁寧で、スタッフの方たちの感じもよかった。
（這個搬家公司很便宜，但作業卻很迅速又謹慎，工作人員的感覺也不錯。）

・このマンションは築年数が経っているわりに建物がしっかりしていて、他の住人の生活音が気になったことはほとんどありません。
（這個大廈雖然屋齡已經很老，但建築物還是很牢固，也幾乎不會受到其他住戶所發出來的生活噪音干擾。）

其他型態：

～わりには（＋副助詞）

・彼女はよく食べるわりにはやせている。
（以她很會吃這點來看，她卻很瘦。）

進階複合表現：

「～（よ）うとしている」＋「～わりには」

・起業しようとしているわりには、能力もビジネスマナーや言葉遣いも良くない。
（以他想要創業來看，他能力也不足，商業禮儀跟用字遣詞也很糟。）

排序練習：

01. この薬は ＿＿ ＿＿ ＿＿ ＿＿ します。
    1. 効果が　2. 値段が　3. ない気が　4. 高いわりに

02. 夜遅くまで ＿＿ ＿＿ ＿＿ ＿＿ 伸びませんでした。
    1. 勉強した　2. わりには　3. 頑張って　4. 成績が

解01.（2 4 1 3）　02.（3 1 2 4）

97. ～くせに

接続：名詞修飾形＋くせに
翻訳：明明就…還 / 卻…。
説明：此句型用來表達逆接、轉折。語氣中帶有「說話者不滿的心境」，以及「對於聽話者或文中提及的人的譴責」。前後句的主語必須是同一人。

・彼は真相を知っているくせに、みんなに話そうとしない。
（她明明就知道真相，卻不跟大家講。）

・彼女は彼が好きなくせに、彼に対してわざと冷たくする。
（她明明就喜歡他，但還故意對他很冷淡。）

・男のくせに泣くな。
（男孩子哭什麼哭！）

・遊んで暮らせるほどの大金持ちでもないくせに、仕事もせずに何ら生産的活動もしようとしない。
（明明就不是可以不工作天天玩樂的有錢人，還不工作，也不從事生產。）

辨析：

若將 96「わりに」的例句替換成本句型後，會帶有說話者不滿，失望的情緒在，因此 96「わりに」的第三、四句，則不適合替換。另外，由於「くせに」多半用來責備別人，因此 96「わりに」第二句敘述自己的努力時，也不適合替換。

・国語教師のくせに、字が汚いですね。
（明明就是個國語老師，字還這麼醜。）

排序練習：

01. ＿＿ ＿＿ ＿＿ ＿＿ ぞ！
 1. 偉そうで　2. 生意気だ　3. 新人の　4. くせに

02. 自分では ＿＿ ＿＿ ＿＿ ＿＿ 困るの。
 1. できない　2. くせに　3. やりたがって　4. 何でも一人で

解 01.（3 4 1 2） 02.（1 2 4 3）

98. ～最中に

接続：動詞ている／名詞の＋最中に
翻訳：正當…（做到一半）的時候…。
説明：此句型用於表達「某一個行為正在進行到一半的時候，發生了後述另一件（有可能妨礙前述事項的進行）的事情」。前方接續動詞時，只能使用「～ている」的型態。另外，亦可放在句尾，以「～ている最中だ」的型態作為文末表現使用，這時，可以與「～ているところだ」替換。

・お風呂に入っている最中に、何度も電話がかかってきた。
（我洗澡洗到一半時，電話打進來好幾通。）

・人が話している最中に、横から口を挟まないでください。
（人家在講話的時候，請不要插嘴。）

・我が家で飼っていた猫が、昨日動物病院での検査の最中に心臓発作を起きした。
（我家養的貓咪，昨天在動物醫院檢查到一半時，突然心臟病發。）

其他型態：

～最中だ（文末表現）

・私は今、博士論文を書いている最中です／書いているところです。
（我現在正在寫博士論文。）

進階複合表現：

「～最中だ」＋「のに」

・まだ説明をしている最中なのに、終業チャイムが鳴ったと同時に席を立ち、帰る準備を始めた学生がいて、ビックリしました。
（明明就還在說明，卻有些學生隨著下課鐘聲響起，就站了起來準備回家。這行為讓我嚇了一跳。）

排序練習：

01. 会議を ____ ____ ____ ____ 。
  1. 最中に　2. 携帯電話が　3. 鳴った　4. している

02. 今 ____ ____ ____ ____ かけないで。
  1. から　2. 食事の　3. 最中だ　4. 話し

解01.（4 1 2 3）　02.（2 3 1 4）

18 單元小測驗

1. この授業は試験を受ける（　　）レポートを出してもよいことになっている。
　1　くせに　　2　とおりに　　3　わりには　　4　代わりに

2. 母は駅まで客を送っていったついでに（　　）。
　1　父が帰ってきた　　2　バスで行ってきた
　3　夕食を買ってきた　　4　テレビを見た

3. 何も知らない（　　）、よく平気でそんなことが言えるわね。
　1　わりに　　2　うえに　　3　せいだ　　4　くせに

4. このレストランは値段の（　　）、あまり美味しくないねえ。
　1　わりには　　2　次第　　3　せいか　　4　くせに

5. 雨が降っている（　　）、風もあるせいか、寒く感じますね。
　1　ついでに　　2　うえに　　3　代わりに　　4　くせに

6. 仕事の（　　）に地震が起きて、慌てて外に走り出した。
　1　最中　　2　わり　　3　うえ　　4　代わり

7. 頑張って現金で設備を ＿＿＿ ＿＿＿ ＿★＿ ＿＿＿ 設備投資かわからなくなってきます。
　1　購入した代わりに　　2　資金が回らなくなった
　3　のでは　　4　何のための

8. ＿＿＿ ＿★＿ ＿＿＿ ＿＿＿ 新しいショッピングセンターへ行ってきました。
　1　散歩の　　2　隣駅の　　3　と思って　　4　ついでだ

9. 電話 ＿＿＿ ＿＿＿ ＿★＿ ＿＿＿ 来た。
　1　誰かが　　2　している　　3　玄関に　　4　最中に

10. ＿＿＿ ＿＿＿ ＿★＿ ＿＿＿ 簡単に約束をするな。
　1　ない　　2　気が　　3　くせに　　4　守る

19

第 19 單元：接續表現「～〇〇、～」

99、～以上
100、～一方
101、～反面
102、～あまり
103、～あげく

本單元將介紹 5 個以「～〇〇、」形式的表達的接續表現，由於〇〇部分，也是屬於名詞，因此前方也都是接續名詞修飾形，但隨著各個項目本身語意上的限制，有些只能是現在式，有些則只能使用た形。前接名詞時，有些則需要搭配「である」使用，請務必留意。

99. ～以上（いじょう）

接続：動詞普通形／名詞である＋以上
翻訳：① 既然…就要。② 只要還是…就得。
說明：① 前接動詞肯定句時，用於表達說話者「抱持著覺悟、負責任的態度或實行的決心」。② 若前接名詞、動詞ている、或動詞否定型，則表示「只要前述的狀態（或身份）還持續，則後述的狀態就不會改變」。後方多接續說話者的判斷，意志。亦可使用「以上は」的型態。

①・報酬（ほうしゅう）を受（う）ける以上（いじょう）、期待（きたい）された結果（けっか）を示（しめ）すことは当然（とうぜん）のことです。
（既然有收受報酬，理當就應該要提出對方期待的結果。）

・やると決（き）めた以上（いじょう）、自分（じぶん）が納得（なっとく）できるまで精一杯頑張（せいいっぱいがんば）っていきたい。
（既然決定要做了，就要努力做到讓自己覺得滿意。）

・浮気（うわき）がばれてしまった以上（いじょう）、関係（かんけい）を続（つづ）けるのは難（むずか）しいと思（おも）います。
（既然外遇被發現了，我想接下來關係應該難以持續。）

②・タバコを吸（す）い続（つづ）けている以上（いじょう）、口臭（こうしゅう）は改善（かいぜん）されない。
（只要還是持續在抽煙，口臭就不會改善。）

・在籍（ざいせき）さえしていれば卒業（そつぎょう）できる義務教育（ぎむきょういく）とは異（こと）なり、大学（だいがく）では所定（しょてい）の単位（たんい）を取（と）らない以上（いじょう）、卒業（そつぎょう）は望（のぞ）めません。
（與只要有學籍就可以畢業的義務教育不同，在大學只要沒有取得規定的學分，就別想畢業。）

・直接雇用（ちょくせつこよう）だからといって、契約社員（けいやくしゃいん）である以上（いじょう）、いつ契約（けいやく）が会社（かいしゃ）から解除（かいじょ）されてしまうかも分（わ）からない。
（雖然說是公司直接聘用的，但只要你還是僱傭契約的員工，就不知道什麼時候會被公司解約。）

辨析：

第①種用法可與第 43 項文法「からには」替換，但語感上不太一樣。「以上」多用於規則，或者是社會通念上的事情。「からには」多半包含說話者自身的感情以及幹勁所在。

排序練習：

01. もう二度と ＿＿ ＿＿ ＿＿ ＿＿ もらいたい。
  1. 実行して　2. 宣言した　3. 以上　4. 遅刻しないと

02. この ＿＿ ＿＿ ＿＿ ＿＿ 校則は守らなければならない。
  1. である　2. 学校の　3. 以上　4. 学生

解 01.（4 2 3 1）　02.（2 4 1 3）

100. ～一方

接続：名詞修飾形／名詞である＋一方
翻訳：① 另一方面。② 一邊…一邊…，同時…
說明：① 用來表示敘述的事情有兩個面相，用此句型來呈現其對比。② 用來表示同時進行兩個工作。亦可使用「一方で」的型態，意思並無不同。

①・炭酸飲料を好んで飲む一方で牛乳などを飲まなくなり、その結果カルシウムの摂取量が低下してしまう。
（喜歡喝碳酸飲料，但另一方面卻不喝牛奶了，結果導致鈣質的攝取量低下。）

・現代社会は、インターネットの普及や様々な作業の自動化により便利になった一方、運動不足による疾病増加や体力低下などの問題も深刻になった。
（現代社會，由於網路的普及以及各種作業的自動化變得越來越方便，但另一方面，由於運動不足所導致的疾病增加以及體能低落等問題也越來越嚴重。）

・寒い地域に共通したことですが、外はとても寒い一方で、室内は結構温かくなっているものです。
（寒冷的地區都這樣，外頭很冷，但室內卻還蠻溫暖的。）

②・日中目一杯働いている一方で、朝と夜は家事・育児に追われる。
（白天拼死拼活努力工作，晚上還要被家事以及育兒工作追著跑。）

・山田先生は日本語学校で外国人に日本語を教えている一方、大学でも英語を教えているそうです。
（聽說山田老師一邊在日本語言學校教外國人日語，一邊在大學教英文。）

・彼女は会社員である一方、ボランティアとしての活動も行っている。
（她是個上班族，同時也有從事志工活動。）

其他型態：

一方では（接続詞）

・出産・育児は人生の最高の喜びです。一方では、仕事と家庭の両立において、様々な悩みや困難に直面することも事実です。

（生產，育兒是人生至上的喜悅，但另一方面，要同時兼顧工作跟家庭，會面臨各式各樣的困難也是個事實。）

排序練習：

01. この ＿＿ ＿＿ ＿＿ ＿＿ 熱には弱いです。

　1. 水に　2. 強い　3. 一方　4. 材質は

02. 出生率低下を食い止めようと ＿＿ ＿＿ ＿＿ ＿＿ 悩む国もあるそうだ。

　1. 人口の激増に　2. している　3. 一方　4. 国がある

解01.（4 1 2 3）　02.（2 4 3 1）

101. ～反面

接続：名詞修飾形／名詞である＋反面

翻訳：相反地…，但另一方面卻…

說明：此句型用於呈現「對比」，用來敘述事情有兩個完全相反的面相。漢字亦可寫為「半面」。

・現代人は生活が便利になり、暮らしが豊かになった反面、昔の人より心が貧しくなった。
（現代人的生活變得很方便，過著豐衣足食的日子，但相反地，心靈上卻比起以前的人還要匱乏。）

・ここは気温が低いので、寒い反面、美しい雪景色や氷の世界を堪能できます。
（這裡氣溫很低，但很冷的另一方面，卻可以充分享受美麗的雪景以及冰天雪地的世界。）

・ここは公共交通のアクセスが不便な反面、隠れた観光地としての価値がある。
（這個地方，公共交通工具的往來非常不方便，但另一方面，作為一個鮮為人知的隱藏觀光地，是很有價值的。）

・スマホは便利な道具である反面、使い方によっては思わぬトラブルに巻き込まれることにもなる。
（智慧型手機是個方便的道具，但另一方面，若使用不當，則會被捲入意想不到的麻煩。）

辨析：

「反面」大部分的情況可以替換為「一方」，但「一方」的句子若前後兩方不是對立，或恰恰相反的語意，則不可替換為「反面」。

○ **私の家では息子が私の会社を手伝う一方、娘がうちで母の店を手伝ってる。**
（在我家，兒子幫忙我的公司，但另一方面，女兒幫忙媽媽的店。）

× **私の家では息子が私の会社を手伝う反面、娘がうちで母の店を手伝ってる。**

19

排序練習：

01. インターネットを ____ ____ ____ ____ トラブルも多い。

　1. 反面　2. 便利な　3. 通じての　4. 買い物は

02. 彼は優秀な ____ ____ ____ ____ 弱い人間でもある。

　1. 反面、　2. である　3. 精神的に　4. 学者

解01.（3 4 2 1）　02.（4 2 1 3）

102. ～あまり

接続：動詞原形／名詞の＋あまり
翻訳：過度…，過於。
說明：此句型源自於動詞「余る」（剩餘，多餘）一詞。因此這個句型主要用於表達「前述部分的程度過頭了，因而導致後方（不太好）的結果」。經常與表達感情狀態的動詞或形容詞使用。

・会社の利益を優先するあまり、社員のことを蔑ろにする会社もある。
（有些公司過分優先公司的利益，而輕忽了社員。）

・間違いを犯すことを恐れるあまり、新しいことになかなか挑戦できない。
（由於過度地害怕犯錯，導致一直無法挑戰新事物。）

・初めてのデートで緊張のあまり、ひどく手汗をかいた。
（第一次約會，由於過度緊張，流了許多手汗。）

・忙しさのあまり、朝食をとらずに出勤する社員も少なくないそうです。
（由於過於忙碌，而不吃早餐就去公司的社員，聽說不少。）

辨析：

若動詞本身的詞意不帶有「程度」或者是「感情」的語意，只是單純的動作，則必須要使用「～すぎたあまり」的型態。

・**飲み会で飲みすぎたあまり、駅のホームのベンチで動けなくなった。**
（聚餐的時候由於喝酒過頭了，因此癱坐在車站的月台的椅子上。）

・**仕事を頑張りすぎたあまり、恋愛の機会を逃してしまった人が少なくない。**
（因為工作拼過頭了，而錯失了戀愛機會的人還真不少。）

其他型態：

～あまりの（形容詞語幹＋さ）に

・彼女（かのじょ）はあまりのうれしさに（＝うれしさのあまり）、泣（な）き出（だ）した。
（她因為太高興了，喜極而泣。）

排序練習：

01. 熱心に指導しよう ____ ____ ____ ____ しまう教師がいる。
1. とする　2. 暴力を　3. あまり　4. 振るって

02. 父はパソコンの授業を受けに____ ____ ____ ____ ようだ。
1. 難しさに　2. 行ったが　3. あまりの　4. びっくりした

解01.（1 3 2 4）　02.（2 3 1 4）

103. ～あげく

接続：動詞た形／動作性名詞の＋あげく

翻訳：終究，到最後…結果…。

說明：此句型源自於「挙げ句」（連歌的最後一句）一詞，①用於表達「歷經千辛萬苦，或幾經波折後，做了各種努力與嘗試後，到最後做出了不得不的決定」。②或用於「不良的習慣越來越嚴重，不好的行為次數越來越頻繁，以至於招致不太好的下場」。前方多半會配合「何度も、さんざん、長い間」等表達多次性、長時期語意的副詞。亦可使用「あげくに」的形式。

①・それを買おうかさんざん迷ったあげく、何も買わずに店を出てきてしまった。

（東想西想，考慮著到底要不要買，結果什麼也沒買就走出店面了。）

・さんざん悩んだあげく、今の自宅を売却することに決めた。

（幾經思索後，結果決定賣掉現在的房子。）

・職場の同僚と大喧嘩のあげく、会社を辞めてしまった。

（和公司的同事大吵一架後，辭掉了工作。）

②・Ａ市に住む３０歳の女性が、若い男性タレントにストーカー行為を繰り返したあげく、警察に逮捕された。

（有名住在Ａ市的 30 歲女性，反覆地跟蹤男藝人，到最後被警察逮捕了。）

・彼は度重なる規則違反のあげく、懲戒解雇となった。

（他一而再，再而三地違反規則，到最後被革職處分。）

・ギャンブルにハマり、全財産を使い果たしたあげくに、奥さんに内緒で借金している友人がいます。

（我有一個朋友，他迷上了賭博、傾家蕩產後，還瞞著太太偷偷借錢。）

辨析：

前方所接的詞彙不會是一次性的，必須是長時間，好幾次的語意。

× あの日、彼と喧嘩したあげく、会社を辞めた。

後方多半為差強人意的結果，不可使用正面的語意。

× 彼は一生懸命頑張ったあげく、大学に合格しました。

其他型態：

挙げ句の果てに（慣用表現）

・兄弟同然の親友とささいなことで口論となり、挙げ句の果てに殴り合いになった。
（我和情同手足的好友，因為一點小事情而大吵一架，到最後變成了互毆的局面。）

進階複合表現：

「～使役受身」＋「～あげく」

・私は新人時代に、あまり飲めないにもかかわらず、社内の飲み会に参加させられ、お酒をさんざん飲まされたあげく、救急車で病院へ運ばれた苦い経験がある。
（我在剛進公司的時候。明明不太會喝酒，但卻被迫參加公司的飲酒會，被灌了一堆酒，到最後被救護車送去醫院，曾經有過這樣的慘痛經驗。）

排序練習：

01. 何度も ＿＿ ＿＿ ＿＿ ＿＿ 医者に言われた。
1. 治らないと　2. した　3. 手術を　4. あげく

02. マンション建て替えの問題について、住民同士が ＿＿ ＿＿ ＿＿ ＿＿ 先送りされた。
1. 議論の　2. 長きに　3. あげく　4. わたり

解 01.（3 2 4 1） 02.（2 4 1 3）

19 單元小測驗

1．面接の結果を気にする（　　）、最近は夜になってもなかなか眠れません。
　1　ついでに　　2　くせに　　3　あまり　　4　以上

2．この布は水に強い（　　）、熱には弱い。
　1　部分　　2　反面　　3　最中　　4　あまり

3．先生と約束をした（　　）最後までやり抜くつもりだ。
　1　あげく　　2　以上　　3　くせに　　4　一方

4．警察は事件の目撃者を捜す（　　）で、被害者の交友関係についても調べている。
　1　一方　　2　反面　　3　うえ　　4　あげく

5．社長はさんざん悩んだ（　　）、競合会社との合併を決断した。
　1　あげく　　2　反面　　3　以上　　4　一方

6．あなたのそういう考えを改めない（　　）、何をしても失敗し続けるでしょう。
　1　一方　　2　反面　　3　以上　　4　あげく

7．山道で ＿＿＿ ＿＿＿ ＿★＿ ＿＿＿ 迷って野宿した。
　1　結局　　2　あげく　　3　さんざん　　4　歩いた

8．予算が ＿＿＿ ＿＿＿ ＿★＿ ＿＿＿ 使われている。
　1　お金が無駄に　　2　ないと
　3　言われているが　　4　一方では

9．仕事を始めたばかりの頃は、わからないことや上手く ＿＿＿ ＿★＿ ＿＿＿ ＿＿＿ 涙を流した。
　1　あまりの　　2　できない　　3　ことが多く　　4　悔しさに

10．この薬は ＿＿＿ ＿＿＿ ＿★＿ ＿＿＿ 場合もある。
　1　副作用が　　2　出てくる　　3　反面　　4　良く効く

20

第 20 單元：「ながら」&「つつ」

本單元介紹接續助詞「ながら」與「つつ」的用法，除了第 107 項的「つつある」為「文末表現」外，其餘皆為放在句中的「接續表現」。另外，本單元學習的四個句型，前方接續動詞時皆使用ます形。

第 20 單元：「ながら」&「つつ」

104. ～ながら

接続：動詞~~ます~~／名詞（であり）／イ形容詞／ナ形容詞＋ながら
翻訳：明明就…卻…。雖…但卻…。
說明：這裡的「ながら」並不是初級學到的「動作同時進行，一邊…一邊…」， 而是「逆接」。用於表達「後句的結果，與前句的合理推測不同，實際上是…」。

・彼女は結婚していながら、他の男の人と関係を持ち、妊娠した。
（她明明就已經結婚，卻跟其他的男人發生關係而懷了孕。）

・友人の新居の近くまで行っていながら、挨拶に行くのが面倒で帰ってしまった。
（雖然都已經到了朋友新家附近，但是要去打招呼很麻煩，所以就回去了。）

・自宅にいながら働ける方法を教えてください。
（請告訴我能夠人在家，卻又能夠工作的方法。）

・この宿の露天風呂は少し狭いが、目の前に海が広がり、狭いながら開放感があります。
（這間旅館的露天浴池有點小，但因為眼前一片海洋，因此雖然狹小卻有開放感。）

・あの企業は規模が大きく、有名ながら上場していない。
（那間企業的規模很大，雖有名，但（股票）卻沒有上市。）

・このエリアは、古くから武家屋敷街として栄えてきたビジネス街区で、賑やかながら歴史と品格のある環境が形成されています。
（這個區域自古以來就是以武士宅邸區而發展出來的商業街區，因此有著雖然熱鬧，但卻又有歷史品格的環境。）

・学生（であり）ながら起業する人たちのことを、「学生起業家」と呼んでいる。
（同時是學生，但卻又創業的人們，就稱之為「學生創業家」。）

其他型態：

～ながらも（+副助詞）

・その女性は貧しいながらも、路上の動物に毎日食べ物を与えていました。
（那位女性雖然貧窮，但仍每天會施予路上的動物食物。）

～ながらの（名詞修飾）

・違法と知りながらのダウンロードは、私的利用であっても著作権違反になります。
（明知是違法卻又下載，即使僅供自己使用，也是違反著作權法。）

残念ながら（慣用表現）

・残念ながら貴殿は最終選考には合格されませんでした。
（很可惜，台端您最終審查並未及格。）

辨析：

動詞可以分為「狀態動詞（ある、いる）... 等」、「持續動詞（食べる、走る）... 等」、「瞬間動詞（結婚する、知る）... 等」。初級時所學到的「動作同時進行」的「ながら」，前後方的動詞僅可接續一般「持續動詞」，用來表達兩個動作同時進行。但本句型由於是表示逆接的用法，因此除了動詞外，亦接續名詞以及形容詞。若前方的動詞非「持續動詞」而是「狀態動詞」或「瞬間動詞＋ている」的型態，則就是本用法的逆接語意。

・ご飯を食べながら、テレビを見ます。（同時進行）
（一邊吃飯，一邊看電視。）

・盗品と知りながら／知っていながら、それを買う。（逆接表現）
（明知這是偷來的，還買。）

排序練習：

01. 彼は本当の ＿＿ ＿＿ ＿＿ ＿＿ 何も話してくれなかった。
　1. いながら　2. 私に　3. ことを　4. 知って

02. 10 年以上 ＿＿ ＿＿ ＿＿ ＿＿ たくさんいる 。
　1. 結婚してない　2. カップルが　3. 一緒に　4. 暮らしていながら

解 01.（3 4 1 2）　02.（3 4 1 2）

105. ～つつ

接続：動詞~~ます~~＋つつ

翻訳：一邊…一邊…

說明：前方接續「持續動詞」，表示兩個動作同時進行，語意與表示「動作同時進行」的「ながら」相同。唯此屬文章體的用法，而「ながら」屬於口語，因此「つつ」多半使用於文章上。「～つつ」後方的動作為主要動作。

・景気の動向を考えつつ、今後の経営方針を決定する。
（一邊考慮景氣的動向，一邊決定今後的經營方針。）

・部屋の窓から庭を眺めつつ、熱いカフェラテを飲むのは至福の時である。
（從房間的窗戶一邊眺望庭院，一邊喝著熱拿鐵，是最幸福的時光。）

・この町の人々は、お互いに助け合いつつ、平和に暮らしている。
（這個城鎮的人，互相幫助扶持，過著和平的日子。）

・おとり価格とは、２種以上の商品の総合的収益を考慮しつつ、特定商品の価格を安くして他の商品の宣伝に用いる方法のことである。
（所謂的誘餌價格，指的就是同時綜合考量兩種商品的收益性，另一方面再將特定商品的價格降低，用以宣傳其他商品的方法。）

排序練習：

01. お酒を ＿＿ ＿＿ ＿＿ ＿＿ は最高である。
　1. 読む時間　2. 飲みつつ　3. お気に入りの　4. 小説を

02. 列車に ＿＿ ＿＿ ＿＿ ＿＿ でうとうとと眠った。
　1. 揺られつつ　2. 一時間ほど　3. いい気持ち　4. のんびり

解01.（2 3 4 1）　02.（4 1 2 3）

106. ～つつ（も）

接続：動詞~~ます~~＋つつ（も）
翻訳：明明就…卻…。雖…但卻…。
說明：與第 104 項的「ながら」意思相同，用於表達「逆接」。不過此句型為文章體，且此句型只可用於動詞，且僅限數個慣用的動詞，如「思う、知る、言う、感じる」…等情報傳達以及感情表達含義的動詞。也就是說，第 106 項文法「つつ（も）」，可以替換為第 104 項「ながら」，但第 104 項「ながら」並不是全都可以替換為第 106 項「つつ（も）」。

・歩きスマホは危ないと思いつつ、ついやってしまう人も結構多いようです。
（心裡想著走路看手機很危險，但還是不知不覺就犯了的人似乎也蠻多的。）

・騙した男も悪いが、ウソと知りつつ騙された女の方はもっと悪いと思う。
（騙人的男人雖然壞，但明知道是說謊卻仍被騙的女人更糟糕。）

・メタボリックな体型を気にしつつも、会社の付き合いでお酒はやめられないという方も多いのではないでしょうか。
（雖然很在意自己肥胖的身材，但還是有很多人因為公司交際應酬，還是無法戒掉酒。）

・戦争で生き残った方々は、被爆の後遺症に苦しまれつつも、強く元気に暮らしていて、お会いする度に、胸が熱くなります。
（在戰爭中存活下來的人們雖然飽受核爆後遺症所苦、但仍堅強地、有元氣地活著，每當見到他們我就很感動。）

排序練習：

01. 今更 ＿＿ ＿＿ ＿＿ ＿＿ 教科書を開いている。
　1. 明日の　2. 試験のために　3. 遅いと　4. 知りつつも

02. 彼女はお金が ＿＿ ＿＿ ＿＿ ＿＿ 爆買いしている 。
　1. つつ　2. ブランド品を　3. ない　4. と言い

解 01.（3 4 1 2）　02.（3 4 1 2）

107. ～つつある

接続：動詞~~ます~~＋つつある
翻訳：逐漸…，越來越…。
說明：此句型用於表達「事情正朝著某個方向發展當中」。屬於文章體。活用方式比照動詞「ある」。可直接放在句尾作為「文末表現」，亦可放在名詞前方構成形容詞子句（名詞修飾），亦可使用敬體「つつあります」的形式。

・新しいエネルギーの発見により、石油の時代も終わりつつある。
（因為新能源的發現，石油的時代也逐漸劃下句點。）

・バラバラになりつつある国を再び一つにまとめるには、まず指導者と政権を刷新することが必要です。
（若要將逐漸分裂的國家再度統整，首先需要換上新的領導人與政權。）

・近年は治安が改善されつつあると言われているＡ市ですが、まだまだ危険な地域がいっぱいあるようです。
（雖然說Ａ市近年的治安逐漸改善，但還是有許多危險的地區。）

・Ｂ国では経済が安定しつつありますが、Ｃ国では経済情勢が急速に悪化しているようです。
（Ｂ國的經濟逐漸回穩，但Ｃ國的經濟情勢似乎急速惡化。）

辨析：

若前方接續的動詞為「持續動詞」時，則意思與表進行的「～ている」相同。若為「瞬間動詞」時，則不可以替換為「～ている」(因為瞬間動詞接上「～ている」是表示動作完成後的結果狀態。)

・**この国の経済は、現在急速に成長しつつある／成長している。**
（這個國家的經濟正在快速地成長。）

・**この星は死につつある／死んでいる。**（這顆星球正在逐漸死去 / 已經死亡。）

第一句，無論是「成長しつつある」或是「成長している」都意指這個國家的經濟正在成長當中。但第二句「この星は死につつある」意指這個星球正在逐漸死亡，現在正於毀滅的過程當中。但「この星は死んでいる」意指這個星球已經死亡了。

排序練習：

01. 近代化が進む一方で、 ＿＿ ＿＿ ＿＿ ＿＿ 。
 1. 文化は　2. 失われ　3. 古い伝統や　4. つつある

02. 考え方が多様化し、 ＿＿ ＿＿ ＿＿ ＿＿ 。
 1. つつある　2. 変わり　3. 人々の　4. 価値観も

解01.（3 1 2 4）　02.（3 4 2 1）

20 單元小測驗

1. もう起きなければと（　　）、なかなか起きられない。
　1　思っては　　2　思ってこそ　　3　思いつつも　　4　思うにつれ

2. リゾートホテル建設計画は、周囲の景観を考慮（　　）、推し進められている。
　1　に関し　　2　につき　　3　のあげく　　4　しつつ

3. 残念（　　）、今回の計画は失敗に終わった。
　1　ながら　　2　つつ　　3　つつも　　4　つつある

4. 今、世の中が変わり（　　）ことを感じています。
　1　ながら　　2　つつ　　3　つつも　　4　つつある

5. 山田さんは本当のことを知っていながら、（　　）。
　1　皆に詳しく説明した　　2　知らないふりをしている
　3　鈴木さんは知りませんでした　　4　教えてくれたのに

6. 早く返事しようと思いつつも、（　　）。
　1　手紙を出しました　　2　相手からの返事が来た
　3　忙しくて遅くなってしまった　　4　彼に電話をした

7. 仮想現実（VR）の ＿＿＿ ＿★＿ ＿＿＿ ＿＿＿ 旅行も可能になります。
　1　家にいながらの　　2　年配の人が
　3　実現によって　　4　外出が難しい

8. 今日の株主総会では、各部門の ＿＿＿ ＿★＿ ＿＿＿ ＿＿＿ と思います。
　1　今後の会社の　　2　探っていきたい
　3　発展方向を　　4　問題点を検討しつつ

9. いままで花粉症に ＿＿＿ ＿＿＿ ＿★＿ ＿＿＿ 是非この方法を使った花粉症対策を実践してみて下さい。
　1　こなかったという　　2　対策をして
　3　方はこの機会に　　4　悩まされつつも

10. 毎年、世界中で５～10万種の ＿＿＿ ＿＿＿ ＿★＿ ＿＿＿ 追い込まれました。
　1　動物が消え　　2　たくさんの動物達が
　3　つつあって　　4　絶滅に

21

第 21 單元：接辞

108. ～がち
109. ～ぎみ
110. ～げ
111. ～だらけ
112. ～まみれ
113. ～っぱなし

所謂的接辞，就是它不能單獨使用，一定要配合前面的動詞或形容詞一起使用的品詞。學習時請注意一下每個接辞後方的活用。本單元介紹的 6 個接辞，都是 N2 常見的表現，更多 N3 已學過的接辞，請參考姊妹書『穩紮穩打！新日本語能力試驗 N3 文法』（想閱文化）。

第 21 單元：接辞

108. ～がち

接続：動詞~~ます~~／名詞＋がち
活用：～がちだ／がちです。
　　　～がちな＋名詞
　　　～がちの＋名詞
　　　～がちに＋動詞／イ・ナ形容詞
翻訳：經常…。總是…。帶有…的傾向。
説明：漢字寫作「勝ち」，但不常使用漢字表記。用於表達「容易變成…的一個狀況」。前方多半會有一個條件，來表達「只要一…就會動不動發生某動作或產生某狀態之傾向」。另外，「がち」只能用於負面評價的動作或狀態，不可用於「褒めがち、尊敬しがち、試合に勝ちがち」等正面的詞彙。前面多接續動詞，少數慣用的講法會接續名詞，如「病気がち（容易生病）、遠慮がち（一副客氣樣，不好意思地）」等。後接名詞時，可使用「がちの名詞」或「がちな名詞」。

- 冬になると、野菜が不足しがちです。
（到了冬天，蔬菜就有容易不足的傾向。）

- 雨の日が続くと、家にこもりがちで、ストレスがたまりやすいです。
（只要持續下幾天雨，就會有待在家裡不出門的傾向，這樣很容易累積壓力。）

- 一人暮しの彼がいます。栄養が偏りがちだと思うので、魚料理や野菜スープなど、一緒にいる時はなるべくご飯を手作りするようにしています。
（我的男朋友獨居。因為我想說他可能會營養攝取不均衡，因此在一起的時候，我都盡量自己煮些魚料理或者蔬菜湯給他吃。）

- この時期はどうしても荷物の配達が遅れがちになるので、12 月や 1 月に急ぎのものを発送する際は注意が必要ですね。
（這個季節常常都會有配送延遲的情況，因此 12 月或 1 月，如果要寄急件，一定要留意。）

其他型態：

～がちの（名詞修飾）

・曇(くも)りがちの天気(てんき)が続(つづ)いている。
（動不動就變陰天的天氣一直持續著。）

～がちな（名詞修飾）

・病気(びょうき)がちな人(ひと)でも加入(かにゅう)しやすい保険(ほけん)ってありますか。
（有沒有那種保險是經常生病的人也容易加入的。）

排序練習：

01. あの子は一つ悪いことが ＿＿ ＿＿ ＿＿ ＿＿ だ。
    1. 何でも悪く　2. がち　3. 考え　4. あると

02. 女性が ＿＿ ＿＿ ＿＿ ＿＿ 「体内時計の設定」にあった。
    1. 男性よりも　2. になる　3. 理由は　4. 不眠がち

解 01.（4 1 3 2）　02.（1 4 2 3）

109. ～ぎみ

接続：動詞~~ます~~／名詞＋ぎみ

活用：～ぎみだ／ぎみです。
　　　～ぎみな＋名詞
　　　～ぎみの＋名詞
　　　～ぎみに＋動詞／イ・ナ形容詞

翻訳：稍微，有點…。有點…的感覺。

説明：此句型可以使用漢字「気味」來表示。意指「雖然程度不強，但已呈現某種徵候、跡象」。也都用於不好的場合。能使用的詞彙不多，多半侷限於幾個常見的慣用用法，如「疲れ気味、緊張気味、上がり気味、下がり気味、太り気味、遅れ気味、風邪気味、不足気味…」等。後方接續名詞時，可使用「ぎみの名詞」或「ぎみな名詞」。

・最近、母の血糖値が上がり気味だそうです。
（聽說最近媽媽的血糖值有點上升的感覺。）

・いつも忙しそうにバタバタしてるけど、なぜか仕事は遅れ気味です。
（一直都看似很忙地忙進忙出，但不知道為什麼工作還是有點拖遲到。）

・禁煙後には食事量が増えて、太り気味になる人が多いそうです。
（禁菸後食量變大而有點發福的人，聽說還蠻多的。）

・先生の優しい笑顔によって、緊張気味で硬くなっていた表情も、いつしか満面の笑顔に変わっていました。
（因為老師溫柔的笑容，使得有點緊張且僵硬的表情，也不知不覺中變成了滿面的笑容。）

其他型態：

～ぎみの（名詞修飾）

・貧血気味の人や疲れ気味の人、ストレスがたまっている人などは、ぜひ、このスペシャルスープを飲んで元気になってください。
（有點貧血感覺的人、或有疲勞感的人、或者壓力累積很多的人 ...，請務必要喝喝這個特製的飲品，變得更有元氣。）

～ぎみな（名詞修飾）

・風邪気味な時は運動は控えた方がいいです。
（有點感冒徵兆的時候，最好不要運動。）

辨析：

這個接尾辞不同於第 108 項的「～がち」。「がち」多用於「在某特定的條件下，容易有…的傾向」。但「ぎみ」則是指它目前「已經變成（呈現）…的一個狀態了」。

・あの子は褒めると、調子に乗って成績が下がりがちになる。
（解釋：現在雖然沒退步，但只要你誇他，他就會得意忘形導致退步。）

・あの子は最近、成績が下がり気味なので、心配だ。
（解釋：表示目前成績正在退步當中。）

排序練習：

01. この頃、ちょっと ＿＿ ＿＿ ＿＿ ＿＿ です。
　1. 会社を　2. 休みたい　3. 疲れ　4. 気味で

02. 微熱程度の ＿＿ ＿＿ ＿＿ ＿＿ が風邪対策としては効果的だと思います。
　1. お風呂に入って　2. 風邪気味の時　3. 体を温めること　4. には

解01.（3 4 1 2）02.（2 4 1 3）

110. ～げ

接続：イ形容詞~~い~~／ナ形容詞＋げ

活用：～げだ／げです。

～げな＋名詞

～げに＋動詞／イ・ナ形容詞

翻訳：…的樣子。

説明：語意相當於樣態助動詞「～そうだ」的意思。用來描述他人的樣態，因此只能使用於形容別人，不可用在自己身上。前面只能接續形容詞。「意味ありげ」則為慣用表現，意思為「似乎有什麼特別的含意，是沒有講出來的、暗中有話的。」

・10年ぶりに故郷に帰り、彼は以前住んでいた家を懐かしげに眺めた。
（他事隔十年回到了家鄉，一副很懷念地望著自己曾經住過的家。）

・彼は家族の話になると、寂しげな表情になる。
（他只要一談到了家人，就會顯得一副寂寞的表情。）

・はじめて教室に来た時には不安げだった顔が、今では素敵な笑顔になっています。
（剛來教室時的一副不安的表情，現在則是變成了很棒的笑容。）

・さっきから美由紀ちゃんは意味ありげなことばかり言っていて、まるで私の事情を知っているかのようだ。
（從剛剛美由紀就一直講一些很像有什麼特別含意的事情，她似乎很像知道些我私下的一些實情。）

進階複合表現：

「～たい」＋「～げ」

・うちの犬が何か言いたげに私を見つめている。
（我家的小狗狗盯著我看，一副想要講些什麼的樣子。）

排序練習：

01. 彼は待合室 ____ ____ ____ ____ ページをめくっていた。
  1. 雑誌の　2. で　3. げに　4. 退屈

02. 結婚式で会った ____ ____ ____ ____ 目をしていた。
  1. なんとなく　2. 父親は　3. 花嫁の　4. 寂しげな

解01.（2 4 3 1） 02.（3 2 1 4）

111. ～だらけ

接続：名詞＋だらけ
活用：～だらけだ／だらけです。
　　　～だらけの＋名詞
　　　～だらけに＋動詞／イ・ナ形容詞
翻訳：滿是…淨是…。
説明：用來表示「物體整體皆被同様性質的東西覆蓋住」。例如「泥だらけ」則是指全體都被泥巴噴得到處是（還看得到皮膚以及衣服）。「傷だらけ」則是指像是騎車跌倒、或者打架後，全身遍佈著傷痕的狀態。而像是「失敗だらけ（經常失敗）、間違いだらけ（錯誤百出）、借金だらけ（欠一屁股債）」等不是實質物體的情況，則是屬於慣用講法。另外，「だらけ」只能用於負面的東西，不能有正面的東西。所以不能有「庭は花だらけだった」這樣子的講法。

・雨の中、公園を走り回ったので、足が泥だらけになってしまった。
（因為在雨中的公園奔跑，所以整隻腳的沾滿了泥巴。）

・うちで飼っていた猫が、野良猫と喧嘩して傷だらけになって帰ってきました。
（我家養的貓咪跟野貓打架，搞到全身是傷跑了回來。）

・彼の袖から見える手はまるで老人のように皺だらけだ。
（從他的袖口看到的手，彷彿就像老人一般，滿是皺紋。）

・失敗だらけの人生でしたが、でも失敗があったからこそ学べた事もたくさんあります。
（雖然我的人生充滿了失敗，但就是因為有了失敗，也才從中學了許多事情。）

進階複合表現：

「～だらけ」＋「～もかまわず」

・心も体も疲れ果ててしまって、体が泥だらけなのもかまわず、ベッドに横になってしまった。
（身心俱疲，也不管全身髒兮兮的，就躺上了床。）

排序練習：

01. 彼は運転が乱暴だから、買ったばかりの ＿＿ ＿＿ ＿＿ ＿＿ だ。
　1. 傷　2. だらけ　3. もう　4. 車は

02. 借金 ＿＿ ＿＿ ＿＿ ＿＿、もうどうしようもありません。
　1. ウソをつき　2. だらけで　3. にも　4. 家族

解01.（4 3 1 2）　02.（2 4 3 1）

112. ～まみれ

接続：名詞＋まみれ
活用：～まみれだ／まみれです。
　　　～まみれの＋名詞
　　　～まみれに＋動詞／イ・ナ形容詞
翻訳：沾滿…。佈滿…。
説明：用於表示「表面上覆蓋、沾滿著汙垢，血液等讓人導致不舒服的液體類或者細小物質」。例如「泥まみれ」是指全身沾滿了泥巴（幾乎看不到皮膚以及衣服）。如果是傷痕、皺紋等，不是液體類或污垢類的東西，則較不會使用。「× 傷まみれ、× 皺まみれ」。此句型能夠使用的情況非常有限。

・この気温の中での畑仕事で、すっかり僕たちは汗まみれだ。
（在這樣的氣溫當中做著農耕，讓我們流得滿身大汗。）

・廃校になった学校の教室で血まみれのシャツが見つかり、大騒ぎになった。
（在廢棄的學校教室當中，發現了一件沾滿血跡的襯衫，引起了一陣騷動。）

・排水口に落ちた子犬が泥まみれになって救出された。
（掉進排水孔的小狗，被救出來時全身都沾滿了泥巴。）

・飲食店は清潔が大事です。いくら美味しい料理が出てきても、油だらけで埃まみれの店内ではお客様は逃げてしまいます。
（餐飲店清潔很重要。料理再怎麼好吃，只要店內到處沾滿油漬，佈滿灰塵， 客人還是會跑光光。）

進階複合表現：

「～まみれ」＋「～まま」

・昨日はハードな仕事で疲れていたので、歯だけ磨いて、汗まみれのまま寝てしまった。
（昨天因為吃重的工作，很疲勞，因此只有刷了牙，在還是滿身大汗的狀態下就睡著了。）

辨析：

不同於第 111 項文法「だらけ」，本項「まみれ」比較偏向「整片大面積都覆蓋著」的狀態。因此，房間如果散亂著很多垃圾，則不可使用。

〇 **ゴミだらけの部屋。**（滿是垃圾的房間。）

× **ゴミまみれの部屋。**

另外，「まみれ」一定要是實質的物體，因此沒有「失敗まみれ、間違いまみれ」的講法。但有「借金まみれ」的慣用用法，意思與「借金だらけ」相同。

排序練習：

01. 私は町工場を経営する両親が、深夜まで ____ ____ ____ ____ 育ちました。
    1. 働く姿を　2. 見て　3. 汗まみれ　4. になって

02. 猫がキッチンで遊んでいたら、冷めた油が入った鍋に落ちて ____ ____ ____ ____ しまいました。
    1. 油まみれに　2. 全身　3. なって　4. しまい

解 01.（3 4 1 2）　02.（4 2 1 3）

113. ～っぱなし

接続：動詞~~ます~~＋っぱなし
活用：～っぱなしだ／っぱなしです。
　　　～っぱなしの＋名詞
　　　～っぱなしで＋動詞
翻訳：①置之不理，放著不管。②一直，總是…。
説明：源自於動詞「放す」，因此亦可寫成漢字「っ放し」。①表示事情做了之後，沒有收拾殘局，就放任著這樣的結果狀態不管，而一直保持著…的狀態。多用於負面的評價。②表示一直持續、反覆地做著這個動作，或者是一直維持著這樣的狀態。多半會配合著「ずっと」等副詞使用。

①・風呂のお湯を出しっぱなしで、いつの間にか眠っていました。
（浴缸的洗澡水放著沒關，不知不覺就睡著了。）

・暑かったので、飼っている犬のために、エアコンを付けっぱなしで出かけた。
（因為很熱，所以為了小狗，我把冷氣開著不關就出門了。）

・八百屋さんが野菜を売りっぱなしのように 、あの住宅会社の営業マンも家を売りっぱなしです。売ったら終わりです。
（就像蔬果店蔬菜賣了之後就不管了一樣，那間房屋公司的業務人員也是， 房子賣了就不管了。成交就大家再見了。）

②・負けっぱなしの人生だったけど、今回だけは勝ちたい！
（雖然我的人生一直失敗，但這次我一定要贏！）

・客がいない店で店員さんを立ちっぱなしにさせるのは無意味だ。
（沒有客人的店裡，叫店員一直站著也是沒有意義。）

・座りっぱなしで体を動かさないことは、タバコを吸うのと同じくらいに体に良くないらしい。
（一直坐著，不讓身體動一動，聽說對身體不好的程度，就跟抽菸是同等級的。）

進階複合表現：

「～っぱなし」＋「～にする」

・子供が電気をつけっぱなしにするから、いつも消してまわっているの。
（因為小孩電燈開了都不關，所以我常常要去巡，然後關燈。）

排序練習：

01. ＿＿ ＿＿ ＿＿ ＿＿ 見事に風邪をひきました。
　1. っぱなしで　2. 窓を　3. 寝たら　4. 開け

02. 英語の ＿＿ ＿＿ ＿＿ ＿＿ 話しっぱなし、読みっぱなしです。
　1. 聞き　2. っぱなし　3. レッスン中は　4. 終始英語を

解 01.（2 4 1 3）　02.（3 4 1 2）

21 單元小測驗

1．都会に住んでいる人は運動不足になり（　　）です。
1　がち　　2　っぽい　　3　げ　　4　だらけ

2．外は雨だったから、試合を終えた選手の顔はみんな泥（　　）。
1　ばかりだ　　2　だらけだ　　3　ところだ　　4　ぎみだ

3．すみませんが、今日は早めに帰らせていただけないのでしょうか。
ちょっと風邪（　　）なんです。
1　だらけ　　2　げ　　3　がち　　4　ぎみ

4．あの学生は、自分の合格証明書を見ながら満足（　　）に笑っていた。
1　げ　　2　がち　　3　っぽく　　4　ぎみだ

5．吉田さんは工事現場で、毎日ほこり（　　）になって働いている。
1　っぱなし　　2　げ　　3　まみれ　　4　ばかり

6．道具が出し（　　）だよ。使ったら、ちゃんと片付けなさい。
1　っぱなし　　2　げ　　3　まみれ　　4　ばかり

7．彼は子供の頃から ＿＿ ＿＿ ＿★＿ ＿＿ 運動は駄目だと医者に
言われています。
1　激しい　　2　から　　3　がちだ　　4　病気

8．最近、＿＿ ＿＿ ＿★＿ ＿＿ しょうと思う。
1　少し太り　　2　気味だから　　3　ダイエット　　4　食べ過ぎて

9．運動会で ＿＿ ＿＿ ＿★＿ ＿＿ メダルをもらっていた。
1　得意げに　　2　一等に　　3　なった　　4　子供は

10．叔母は ＿＿ ＿＿ ＿★＿ ＿＿ くれと母に言った。
1　貸して　　2　遠慮　　3　金を　　4　がちに

22

第 22 單元：複合語

本單元的前五項句型，前方都必須接續動詞連用形（ます形），且後面的活用都是比照動詞。唯獨第 119 項「～向き／向け」，前方接續名詞。

第22單元：複合語

114. ～うる／えない

接続：動詞~~ます~~＋うる／えない

翻訳：① 做得到、做不到。② 有可能、不可能。

説明：此句型源自於動詞「得る」①用來表達「事情做到的可能性」。不可使用於「能力」的表達。如：「日本語が話せる」不可講成「日本語が話しうる」。另有一點需注意，它的原形有兩種念法：「～える／うる」。但ます形與否定形都只有一種念法：「～えます」「～えない」。②另外，「ありうる／ありえる」、「ありえない」為慣用表現，中文意思就是「有可能」、「不可能」。

①・被害を最小限にするため、我々は考えうる最上の方法をとった。
（為了將傷害降到最低，我們採取了想得到的最好的方法。）

・彼は、犯人でなければ絶対に知りえないことを知っている。
（他知道如果不是犯人就絕對不會知道的事。）

・今のうちに政策を変更しないと、将来重大な問題が起こりうる。
（如果不趁現在改變政策，將來會發生嚴重的問題。）

・今日成しえることは明日に延ばすな。
（今天就辦得到的事，不要拖到明天。）

②・家を売却しようと思ってもなかなか買い手が見つからないこともありえます。
（就算你想要賣房子，但也有可能一直都找不到買方。）

・太陽が西から昇るなんて、絶対にありえないことだ。
（太陽從西邊升起，這是絕對不可能的事。）

進階複合表現：

「～ありえない」＋「～だろう」＋「と思う」

・インドネシアでは普通の家庭でもお手伝いさんがいるそうです。日本ではよほどのお金持ちの人でなければ、ありえないことだろうと思います。

（在印尼，聽說連普通的家庭都有幫傭。在日本，如果不是很有錢的人家，應該是不可能的吧。）

排序練習：

01. この問題は彼 ＿＿ ＿＿ ＿＿ ＿＿ ことだ。

　1. 一人　2. うる　3. 解決し　4. でも

02. この企画は場合によっては中止 ＿＿ ＿＿ ＿＿ ＿＿ 。

　1. える　2. ことも　3. あり　4. という

解 01.（1 4 3 2）　02.（4 2 3 1）

115. ～かねる／かねない

接続：動詞~~ます~~＋かねる／かねない

翻訳：① 不能…，難以…。② 有可能

説明：①「かねる」看似肯定句，但是意思卻為否定的。為「即使試著努力想做，但也很困難」。較偏向於慎重的文書用語。「見るに見かねて」為慣用表現，意思為「看不下去」。②「かねない」看似否定句，但是意思卻是肯定的。為「這件事有可能發生」中文意思接近「恐怕；說不定；有可能」，與「かもしれない」意思接近，但「かねない」多半用於負面的語境上。建議同學記憶時，直接把「かねる」記成「難」，把「かねない」記成「不難」比較不容易搞混。

①・仕事(しごと)を３つも紹介(しょうかい)され、どれにしたらいいか決(き)めかねている。
（我被介紹了三個工作，難以決定要選擇哪一個。）

・申(もう)し訳(わけ)ございませんが、この件(けん)につきましては私(わたし)にはわかりかねますので、担当(たんとう)の者(もの)に聞(き)いてまいります。
（很抱歉，關於這件事我不太理解，容我詢問一下負責人員。）

・当(とう)ホテルの予約時(よやくじ)に、払(はら)い戻(もど)し不可(ふか)と指定(してい)されたご予約(よやく)に関(かん)しましては、いかなる事情(じじょう)においても、払(はら)い戻(もど)しには応(おう)じかねます。
（在預約本飯店時，關於選擇不可退款的預約，無論是怎樣的情況，都無法進行退款。）

・お腹(なか)をすかせた野良猫(のらねこ)を見(み)るに見(み)かねて、餌(えさ)をやる人(ひと)がたくさんいます。
（有很多人因為不忍看著野貓餓肚子，就私自餵食。）

②・この病気(びょうき)は早(はや)く治療(ちりょう)しないと、命取(いのちと)りになりかねませんよ。
（如果這個病不早點治療，有可能會危及生命。）

・あんな馬鹿(ばか)げたことは、松永(まつなが)さんならやりかねないね。
（那樣蠢的事情，如果是松永先生的話，很有可能會做。）

・大臣(だいじん)の説明(せつめい)は十分(じゅうぶん)ではないため、国民(こくみん)に誤解(ごかい)を与(あた)えかねない。
（因為大臣的說明不夠充分，所以有可能會導致國民的誤會。）

・この問題(もんだい)をこのまま放置(ほうち)すると取(と)り返(かえ)しのつかない事態(じたい)になりかねませんよ。
（如果這個問題就這樣置之不理，很可能會變成無法挽回的情況。）

排序練習：

01. 残念ですが、あなたのその ＿＿ ＿＿ ＿＿ ＿＿。
    1. 賛成し　2. 意見　3. かねます　4. には

02. あんなにスピードを ＿＿ ＿＿ ＿＿ ＿＿ 。
    1. かねない　2. 起こし　3. 出したら　4. 事故を

解 01.（2 4 1 3） 02.（3 4 2 1）

116. ～きる／きれる／きれない

接続：動詞~~ます~~＋きる／きれる／きれない

翻訳：① 全部 ... 完／盡。② 完全 ...。③ 完全可以、無法完全 ...。

説明：① 表示把一個動作，做到「完成，完整」。若是使用含有消耗語意的動詞，則意思為做到「消耗殆盡」。如「使いきる」（用到一滴不剩），「飲みきる」（喝到一滴不剩）。② 表示「極其徹底地…」、「充分地」做某動作。③ 使用「～きれる／きれない」的形態，表示「可以／無法徹底做某事」。另外，「売りきれる」為慣用表現，意指「全數售罄，賣得一個都不剩」。

①・この全集を全部読みきるのには、1年ぐらいかかるでしょう。
（要把這個全集全部讀完，也要花一年吧。）

・今回の試合はみんな力を出しきって戦った。
（這次的比賽，大家用盡了全力奮戰。）

・へそくりにとっておいたお金は、全部使いきってしまった。
（我藏起來做私房錢的錢，已經全部用光光了。）

・夏に作った梅酒はもう飲みきってしまった。
（我已經把夏天做的梅酒喝光光了。）

②・会社でも家庭でもいろいろと問題があり、疲れきってしまった。
（在公司跟家裡都有很多的問題，搞得我已經精疲力盡了。）

・赤ちゃんは安心しきった表情でゆりかごの中で眠っている。
（小嬰兒一副完全放心的表情，在搖籃當中睡著。）

・分かりきったことを、何度も言わせないでください。
（這已經是理所當然的事了，不要一直讓我叮嚀你。）

・彼を信じきっている彼女に、「君は騙されている」なんて僕にはとても言えません。
（要去跟那個徹底相信男朋友的她講說「妳被騙了」，我實在說不出口。）

③・このクリスマスケーキ、二人で食べきれるかなぁ？
（這個聖誕節蛋糕，兩個人吃得完嗎？）

・約 300 頁の文庫本だが、3 日もあれば読みきれると思う。
（文庫本大概 300 頁，應該三天就讀得完了吧。）

・遠い親戚から、一生かかっても使いきれない遺産が入ってきた。
（我從遠親那裡得到了一輩子都花不完的遺產。）

・あの医者のお陰で命が助かった人は数えきれないほどいる。
（托那個醫生的福，而因此得救的人，數之不盡。）

進階複合表現：

「～きれる」＋「～っこない」

・この全集は全部で 50 冊もある。平均 5 時間に一冊読むとしても、250 時間かかるわけで、一週間では読みきれっこないよ。
（這個全集總共有五十冊。平均五小時讀一冊，也要花費 250 小時，一個星期怎麼可能讀得完啊！）

排序練習：

01. 彼女は ＿＿ ＿＿ ＿＿ ＿＿ ようだ。
　1. 頼り　2. いる　3. きって　4. ご主人に

02. 持ち ＿＿ ＿＿ ＿＿ ＿＿ 仕方なくタクシーで帰りました。
　1. あったので　2. ほどの　3. 荷物が　4. きれない

解 01.（4 1 3 2）　02.（4 2 3 1）

117. ～かける／かけだ

接続：動詞~~ます~~＋かける／かけだ
翻訳：做一半，沒做完
説明：①使用意志動詞時，表示「動作開始做，正進行到一半，只做到一半就丟在那裏」。「かけだ」則為名詞形，多半使用「～かけの名詞」的型態來修飾後接的名詞。②使用無意志動詞時，表「狀態已經開始開始發生（但並未完結）」。

①・飲みかけの缶コーラは、すっかり気が抜けてまずくなっていた。
（喝到一半的罐裝可樂，氣都跑光光了，變得很難喝。）

・読みかけの本が何冊もあるのに、また本屋へ行くんですか。
（你有很多本書都只讀到一半，又要去書店了喔。）

・彼は何か言いかけてやめてしまった。いったい何を言おうとしたのだろう。
（他話說到一半又停了，究竟是想說什麼呢？）

・私は飽きっぽい性格で、やりかけても最後までやりきることは、あまりない。
（我的個性容易厭倦，事情做到一半，也很少徹底做完的。）

②・その犬は道端で倒れて、死にかけていた。
（那隻小狗倒在路邊，奄奄一息。）

・風邪が治りかけたが、またひどくなってしまった。
（感冒好到一半，但又再度復發變嚴重了。）

・壊れかけのオルゴールを母が大切にしていた。
（媽媽一直很寶貴那個快要壞掉的音樂盒。）

・ほとんど消えかけの記憶ですが、子どもの頃、よく廃墟となったトンネル内で友達と鬼ごっこしたような覚えがあります。
（記憶已經很模糊了，但我依稀記得好像我小時候，常常跟朋友在已經變成廢墟的隧道裡面玩捉迷藏。）

排序練習：

01. 彼の部屋のテーブル ＿＿ ＿＿ ＿＿ ＿＿ 残されていた。
 1. パンが　2. 食べ　3. かけの　4. には

02. 電車の ＿＿ ＿＿ ＿＿ ＿＿。
 1. 倒れ　2. かけた　3. 中で　4. 貧血で

解01.（4 2 3 1）　02.（3 4 1 2）

118. ～ぬく

接続：動詞~~ます~~＋ぬく
翻訳：堅持到最後。
説明：漢字寫成「抜く」，意思為「貫徹」一件事情，從頭做到尾。語意中含有「忍耐著途中的痛苦，努力達成」之意。意思不同於第 116 項文法的「きる (用盡，消耗至盡)」，兩者不可替換。另外，「考え抜く」則是慣用表現，意指「深思熟慮」。

・彼は、転んでもあきらめずにゴールまで走りぬいた。
（他即使跌到了，仍然堅持不放棄地跑完了全程直到終點。）

・物事をやり抜くには、それに対する情熱は不可欠だと思います。
（想要貫徹一件事，熱情是不可或缺的。）

・運動会で、声を出し合い、協力し、力を合わせ、頑張り抜いた子どもたちの真剣な姿がとても印象的でした。
（在運動會中，大家互相鼓舞、互助合作、努力到底的孩子們的認真的樣子，讓我印象深刻。）

・アメリカへの移住は家族で考えぬいた結論です。
（移居到美國，是我們全家深思熟慮的結果。）

進階複合表現：

「～ぬいた」＋「～末に」

・先人たちは厳しい修行に耐え抜いた末に、比類のない輝く成果を手に入れた。
（先人們忍住嚴苛的修行，到最後終於獲得無以倫比的光輝成果。）

排序練習：

01. 大変な仕事でも ＿＿ ＿＿ ＿＿ ＿＿ あります。
  1. 抜く　2. 自信が　3. あきらめずに　4. やり

02. ＿＿ ＿＿ ＿＿ ＿＿ 進出できます。
  1. チームが　2. 決勝戦に　3. 勝ち抜いた　4. 予選を

解01.（3 4 1 2）　02.（4 3 1 2）

119. ～向き／向け

接続：名詞＋向き／向け
翻訳：① 適合…。② 專為…所設計／製作的。
説明：①「向き」為自動詞「向く」來的，用於講述「物品本身的性質適合某人或某事」。「向き不向き」為慣用表現，意指「合不合適」之意。②「向け」則為他動詞「向ける」來的，用於講述物品是專為某特定人士或族群所量身打造、設計的」。

①・このゴルフコースは起伏が少なくて初心者向きだ。
（這個高爾夫球道的起伏很小，很適合初學者。）

・このレストランの料理は安くて量が多いので、若い男性向きです。
（這個餐廳的料理，很便宜，量又多，很適合年輕男性。）

・秘書は、女性向きの仕事だと言われていますが、実際には男性の秘書も少なくありません。
（秘書總是被認為是較女性取向的工作，但實際上男性的秘書也不少。）

・営業の仕事には向き不向きがありますから、本当に耐えられないなら、無理をせず、辞めればいいと思います。
（業務的工作本來就有些人適合，有些人不適合。如果你真的撐不下去的話，就別勉強做下去，辭掉就好了。）

其他型態：

～に向いている（動詞形）

・この適職診断によって、あなたに向いている職業が分かります。
（透過這個職業性向測驗，可以得知適合你的職業是什麼。）

～には不向きだ（否定形）

・一戸建ての家は、マンションに比べるとセキュリティーに関してすごく甘いので、安全重視の方には不向きだと思います。
（獨棟透天的房子比起大樓產品，保安措施鬆散許多，所以我認為不太適合重視安全的人。）

②・この新聞は日本に住んでいる外国人向けの新聞だ。
（這份報紙是專門寫給住在日本的外國人看的。）

・最近、少子化の為か、昔に比べて子供向けの番組が減った気がします。
（最近不知道是不是因為少子化，跟以前相比，專做給小孩看的節目感覺好像變少了。）

・新しくできたテーマパークは子供向けですが、大人が一緒に行っても楽しめると思います。
（新開幕的主題樂園，雖然是為小孩所設計的，但是大人一起去也可以玩得很開心。）

・この製品の生産は、国内向け、海外向けともに減少している。
（這個產品，無論是專為國內設計的，還是專門做來輸出海外的，都減少了。）

・法人向けの製品とありますが、個人でも購入できますか。
（您這標榜法人專用的產品，個人也可以購買嗎？）

其他型態：

「～向けに（副詞形）」

・これは独身者向けに建てられたマンションなので、50平米超えの部屋はありません。
（這是專為單身者所建造設計的大樓，因此沒有超過50平方米的房型。）

排序練習：

01. この車は二人乗りで、____ ____ ____ ____ ではない。
 1. 向き　2. 詰めないし　3. 大家族　4. 荷物も

02. ____ ____ ____ ____ んですが、いいのを知っていますか。
 1. 探している　2. 子供　3. 辞書を　4. 向けの

解01.（4 2 3 1）　02.（2 4 3 1）

22 單元小測驗

1．大騒ぎになり（　　）から、そのことは言わない方がいい。
1　きれない　　2　きれる　　3　かねない　　4　かねる

2．この映画は大人（　　）なので、子供は見てもおもしろくない。
1　向け　　2　だらけ　　3　かけ　　4　がち

3．彼のあの人に対する態度は、私には十分理解（　　）ものだった。
1　しがち　　2　しぬく　　3　しうる　　4　しきる

4．テーブルの上に置いた飲み（　　）のジュースを母が片づけてしまった。
1　抜き　　2　かけ　　3　むけ　　4　がち

5．水槽の水はすでに使い（　　）しまった。もう一滴も残っていない。
1　えて　　2　抜いて　　3　きって　　4　むいて

6．今の仕事を辞め、自分でビジネスを始めたいです。これは考え（　　）結果です。
1　抜いた　　2　かけだ　　3　かねた　　4　っぽかった

7．能力試験までには、＿＿＿ ＿＿＿ ＿★＿ ＿＿＿ 覚えなければならない。
1　単語を　　2　ほどの　　3　きれない　　4　数え

8．死んだ人が ＿＿＿ ＿＿＿ ＿★＿ ＿＿＿ だ。
1　なんて　　2　こと　　3　ありえない　　4　再び蘇る

9．このまま ＿＿＿ ＿＿＿ ＿★＿ ＿＿＿ ありえる。
1　我が社が　　2　続いたら　　3　潰れることも　　4　円高が

10．忙しい日々の中で ＿＿＿ ＿★＿ ＿＿＿ ＿＿＿ この島は思い出させてくれた。
1　美しさを　　2　かけていた　　3　星空の　　4　忘れ

23

第23單元：副助詞「だけ」、「どころ」、「ばかり」

120. ～だけあって
121. ～だけに
122. ～だけの
123. ～どころか
124. ～どころではない
125. ～ばかりに

本單元要學習「だけ」、「どころ（ところ）」與「ばかり」這三個副助詞的關聯用法。學習時，要注意一下句型本身是屬於正面的評價還是負面的評價，是以怎樣的口氣在敘述。另外，由於這三個的詞性是副助詞，因此前面不限定只能加名詞，它還可以接各種品詞，甚至是句子喔。

第 23 單元：副助詞「だけ」、「どころ」、「ばかり」

120. ～だけあって

接続：動詞普通形／名詞／イ形容詞／ナ形容詞な＋だけあって
翻訳：真不愧…
説明：此句型用於表達「與其才能、地位、名聲、價位、或者所經歷過的事情相稱，名不虛傳」，因此僅限使用於正面評價敘述。「だけあって」放在兩文中，作接續表現。而「だけのことはある」則是放在句尾，為文末表現。

・10 年もロンドンに住んでいただけあって、英語が上手ですね。
（真不愧是住了十年的倫敦，英文真棒。）

・さすが元アナウンサーだけあって、お話も上手で笑顔も素敵でした。
（她真不愧是前播音員，說話很有技巧，笑容又很棒。）

・あのメーカーのドライヤーは高いだけあって、機能が優れている。
（那間廠牌的吹風機真是貴得有道理，性能很優良。）

・先日、あの有名な超大作映画を見に行きました。やはり有名なだけあって、館内は満員の観客で埋まっていた。
（前幾天去看了那部有名的鉅作。真的不是浪得虛名，人多到館內被塞爆。）

其他型態：

～だけのことはある（文末表現）

・京都には古い寺や神社が多く、さすが日本文化の象徴、古都だけのことはあると感心しました。
（京都有很多古老的寺廟跟神社，是日本文化的象徵，讓我非常感動，真不愧為古都。）

排序練習：

01. あのホテルは ___ ___ ___ ___ 豪華で、快適でした。
    1.かなり　2.だけ　3.あって　4.一流ホテル

02. このレストランは結構美味しい。 ___ ___ ___ ___ ね。
    1.ことは　2.高い　3.だけの　4.ある

解01.（4 2 3 1）　02.（2 3 1 4）

121. ～だけに

接続：動詞普通形／名詞（である）／イ形容詞／ナ形容詞な＋だけに
翻訳：正因為⋯
説明：① 用於敘述因為有前句這樣的特殊理由，才會有後面的結果。 若使用於正面評價敘述，可與第 120 項文法「～だけあって」互換。② 若用於負面評價敘述的，則意思為「正因為有⋯的負面因素，因此更加⋯/ 反而（與預期中的相反）⋯」，這時就不可與第 120 項文法「～だけあって」互換。

①・彼女はアメリカに留学しただけに、英語がうまいです。
（正因為她留學美國，因此英文很棒。）

・このマンションは駅から近くて安いだけに、入りたい人が多い。
（正因爲這間大樓離車站很近，又很便宜，因此很多人想入住。）

・大型連休だけに、行楽スポットは大勢の観光客で賑わっています。
（正因為是連續假期，因此遊樂景點充滿了觀光客。）

②・今回の選挙で、当選確実と言われただけに、落選のショックは大きかった。
（正因為這次的選舉，大家都說一定當選，也因此落選時的失望打擊更大。）

・このマンションは場所が不便なだけに、割安で入居できた。
（正因為這個大樓位於很不方便的地方，因此才可以用便宜的價格入住。）

・友人が少ないだけに、彼に嫌われたら、もう他に話し相手もいなくなってしまう。
（就因為朋友很少，如果再被他討厭的話，就沒有人會跟我說話了。）

辨析：

前方接續表示人物的名詞時，為了避免與「だけ（副助詞）＋に（表對象格助詞）」的用法混同，有時會於名詞後方加上「である」

・卒業式の日に担任の先生だけに手紙を渡した。
（畢業典禮時，我只有給了級任老師信。）

・**著者が高校の先生であるだけに、さすがに読みやすい。**
（正因為作者是高中老師，因此這本書讀起來很順暢。）

排序練習：

01. 山本さんは ＿＿ ＿＿ ＿＿ ＿＿ だ。
1. 話が　2. 上手　3. だけに　4. セールスマン

02. 友人が ＿＿ ＿＿ ＿＿ ＿＿ 人が多いです。
1. 愛に　2. だけに　3. 飢えている　4. 少ない

解 01.（4 3 1 2）　02.（4 2 1 3）

122. ～だけの

接続：動詞普通形＋だけの＋名詞
翻訳：足以…，得以應付…。
説明：此句型用於表達「後接的名詞，其程度足夠應付前述的動作」。如第一句，表示其能力是否足以應付翻譯者這份工作。

・日本語がだいぶ上手になったが、まだ通訳をするだけの力はない。
（我日文雖然進步很多，但還不足以做翻譯。）

・女は男を頼らなくてもいいように、一人で生きていけるだけの経済的基盤を作らなければならない。
（女人必須要不用依靠男人，養成自己一個人也足以過活的經濟基盤。）

・しばらく生活に困らないだけの貯金があれば、仕事を辞めてからも、心に余裕を持って転職活動に専念できます。
（如果我有暫時足以不用為生活所苦的存款，辭掉工作後，心理上也比較寬裕可以專心致力於轉職活動。）

・現金で家を建てられるだけのお金があれば、住宅ローンのことで頭を悩ましたり、心配したりすることもないでしょう。
（如果我有足以用現金蓋房屋的錢，就不用受到貸款而苦，擔心東擔心西了。）

排序練習：

01. 英語で授業を ＿＿ ＿＿ ＿＿ ＿＿ この大学には入れません。
　1. 受けられる　2. 英語力が　3. だけの　4. ないと

02. イタリアに単身赴任する ＿＿ ＿＿ ＿＿ ＿＿ 身につけていこうと思っている。
　1. だけの　2. イタリア語を　3. 日常生活に困らない　4. ことになったので

解01.（1 3 2 4）　02.（4 3 1 2）

123. ～どころか

接続：動詞普通形／名詞／イ形容詞／ナ形容詞（な）＋どころか
翻訳：何止…啊，就連…。談什麼…啊，就連…。
説明：此句型用於表達「把預想中的事情全盤否定，並講述事實與預期中完全相反，或程度上比預想中更為極端」。

・雨は弱まるどころか、さらに強さを増している状態だ。
（雨勢哪裡有變小，現在反倒更大了。）

・忙しくて夏休みどころか、日曜日もろくに休めないよ。
（最近很忙，談什麼暑假啊，連星期天都沒辦法好好休息。）

・A：高級住宅街なんだから、この辺りは静かでしょう。
（A：這裡是高級住宅區，所以附近應該很安靜吧。）

B：静か（な）どころか、車の音でうるさくて、窓さえ開けられないよ。
（B：哪裡安靜，車子的聲音吵得要死，窗戶都不能開。）

・閑散期であれば、会社全体の仕事量が減るわけですから、忙しいどころか逆に暇になるということもありえることです。
（如果是淡季的話，公司整體的工作量都會減少，談何繁忙，反倒是有可能閒到沒事做。）

排序練習：

01. 日曜日に子どもを連れて ＿＿ ＿＿ ＿＿ ＿＿ 苦痛だ。
　1.楽しい　2、どころか　3、遊園地に　4、行くのは

02. 散らかっている家ではリラックス ＿＿ ＿＿ ＿＿ ＿＿ がたまってしまいます。
　1.どころか　2、できる　3、ストレス　4、余計に

解 01.（3 4 1 2）　02.（2 1 4 3）

124. ～どころではない

接続：動詞原形／名詞＋どころではない

翻訳：我現在實在是不能 (悠閒地去做)…。

説明：此句型用於表達說話者「目前沒有做…事情的閒暇餘力。」只能使用於動詞以及動作性名詞。「それどころではない」為慣用講法，表示「現在不是談這個的時候」。

・夏休みの宿題が山ほどあって、とても遊びに行くどころではないのです。
（暑假作業多得像座山，實在不能悠閒地去玩。）

・明日は大学の入学試験だから、今はのんびりテレビを見ているどころじゃない。
（明天是大學考試的日子，現在可不能在這裡悠閒看電視。）

・腰の病気で入院することになり、１カ月間注射やリハビリを続け、なんとか動けるようにはなったものの、まだまだ痛みは強く、仕事どころではない。
（因為腰的毛病住院了，持續了一個月的打針與復健，雖然能夠活動了，但是還是很痛，實在是沒法工作。）

・今話題の映画を見に行きたいが、仕事で忙しくてそれどころではない。
（我想去看現在蔚為話題的電影，但因為工作很忙實在沒法去。）

進階複合表現：

「～どころではない」＋「～なる」＋「～てしまう」

・図書館で、たまたま隣の席や近くの席にうるさい人が座ってしまったら、もう気になって勉強どころではなくなってしまう。
（在圖書館，如果碰巧旁邊或者附近坐了個很吵的人，我就會一直受到影響，想讀書也讀不下去。）

排序練習：

01. 今日中に終わらせなければならない ＿＿ ＿＿ ＿＿ ＿＿ ない。
1. どころでは　2. お酒を飲む　3. 残っていて　4. 仕事が

02. 母が病気だと聞いて、心配になって、＿＿ ＿＿ ＿＿ ＿＿ しまった。
1. 勉強　2. ではなく　3. どころ　4. なって

解01.（4 3 2 1）　02.（1 3 2 4）

125. ～ばかりに

接続：名詞修飾形＋ばかりに
翻訳：就只因為…
説明：此句型用於表達「就僅僅因為一個小原因，而導致不好的結果」，並且帶有說話者感到後悔、懊惱的語氣在。

・親友を信じたばかりに、借金返済の辛い毎日を送ることになった。
（就只因為相信了朋友，因此現在過著每日都要為還錢而苦的日子。）

・早く損切りすればよかったのに、躊躇ったばかりに売るタイミングを逃してしまい、株価が大暴落してしまった。
（早點停損就好了，就只因為遲疑了一下，導致了錯失時機，股價大暴跌。）

・ダイエットを成功させたいばかりに、無理な食事制限を行い、結果として栄養が不足してしまうケースが多く見られます。
（只因為想要成功減肥，而做了一些很苛刻的飲食控制，結果導致營養不良的案例，經常可見。）

・語学力が足りないばかりにサービス業に就き、最低時給でこき使われたあげく、旅行も語学の勉強も疎かになってしまったというワーキングホリデーで失敗した話をよく聞きます。
（就因為語言能力不足，只好從事服務業，只拿最低薪資而被使喚來使喚去，到最後旅行也沒玩到，語言也沒學好的打工度假的經驗談，經常聽到。）

進階複合表現：

「～使役受身」＋「～ばかりに」

・病気が治りかけていたが、友達に変な薬を飲まされたばかりに、余計に症状がひどくなってしまった。
（病本來快要好了，但因為被朋友灌了奇怪的藥，症狀反而變得更嚴重了。）

排序練習：

01. パソコンが ＿＿ ＿＿ ＿＿ ＿＿ なった。
　1.ばかりに　2.クビに　3.使えない　4.うまく

02. 数学の先生が ＿＿ ＿＿ ＿＿ ＿＿ なってしまった。
　1.嫌いに　2.嫌いな　3.数学も　4.ばかりに

解01.（4 3 1 2）　02.（2 4 3 1）

23 單元小測驗

1．山田さんの話し方は発音がきれいで聞きやすく、さすがに元アナウンサーだった（　　）。

1　うえのことである　　2　だけのことはある
3　はずのことである　　4　ばかりのことはある

2．私は仕事でしばしば出張するので、あちこち旅行できていいとみんなに言われるが、いつも忙しくて見物する（　　）ではない。

1　はず　　2　べき　　3　もの　　4　どころ

3．ジョギングを始める際は気をつけた方がいい。
やりすぎると、健康になる（　　）心臓を悪くする場合がある。

1　ばかりか　　2　どころか　　3　なんて　　4　だけに

4．みんなの前でパソコンが得意だなんて話すんじゃなかった。
余計なことを言った（　　）クラス会の案内状作りを頼まれてしまった。

1　ほどで　　2　限りに　　3　だけあって　　4　ばかりに

5．ここは狭くて、自動車を置く（　　）スペースもなさそうだ。

1　だけの　　2　どころの　　3　ばかりの　　4　のみの

6．この町は電車などの交通機関がない（　　）、人々にとっては車が大切なのだ。

1　だけに　　2　ばかりに　　3　だけあって　　4　どころか

7．パーティーの場所を ＿＿＿ ＿＿＿ ＿★＿ ＿＿＿ しまった。

1　ばかりに　　2　頼まれて　　3　手伝いを　　4　聞いた

8．あの学生は日常会話 ＿＿＿ ＿＿＿ ＿★＿ ＿＿＿ もできますよ。

1　すること　　2　大学の講義を　　3　どころか　　4　討論したり

9．あのガイドさん、＿＿＿ ＿＿＿ ＿★＿ ＿＿＿ あるよね。

1　だけ　　2　の　　3　ことは　　4　ベテラン

10、古い友達が訪ねて来たのに、仕事に ＿＿＿ ＿＿＿ ＿★＿ ＿＿＿ なかった。

1　どころでは　　2　酒を飲む　　3　一緒に　　4　追われて

24

第 24 單元：其他重要副助詞

126. ～こそ
127. ～のみ
128. ～きり
129. ～やら
130. ～ては

本單元介紹 5 個 N2 需要了解的重要副助詞。每一個項目，其前方的接續都不同，學習時需要特別留意喔。

126. ～こそ

接続：動詞て形／名詞＋こそ
翻訳：正…，才…。
説明：用於強調前接的名詞或動詞，表示「不是別的，正是此」。亦可接續於「に、で」等格助詞後方來強調整個補語。不可用於負面的語意。「こちらこそ」則為慣表現，用於打招呼寒暄時「彼此彼此」。

・今まで３回も入学試験に失敗した。今年こそ合格するぞ。
（到目前為止已經考了三次入學考都沒考上，今年一定要上！）

・「今日はありがとうございました。」
「こちらこそ貴重なお時間をいただき、ありがとうございました。」
（今天謝謝你。）（我才要謝謝你花費寶貴的時間陪我。）

・才能だけではうまくいかない。努力してこそ成功するのだ。
（如果光靠才能是無法順利的，要努力才會成功。）

・何でも人に聞くのは簡単ですが、聞いてばかりでは覚えません。自分で調べてこそ、身に付いてくるものだと自分は思っています。
（什麼事情都去問人雖很容易，但如果只是問的話是記不住的。我認為一定要自己親自查過，才會真正變成自己的東西。）

進階複合表現：

「～に（格助詞）～が　必要／必須だ。」＋「～こそ」

・社会の厳しさを知らない教師にこそ、現実社会を知る体験が必要だと思う。
（不知道這個社會嚴苛殘酷的教師，更是應該要去體驗現實社會。）

「～だから」＋「～こそ」

・不景気だからこそ、積極的な経営が必要だ。
（正因為不景氣，因此才需要積極的經營。）

排序練習：

01. 今日 ____ ____ ____ ____ のに、うちに帰ったら寝てしまった。
1.決めた　2.勉強するぞ　3.って　4.こそ

02. 社員を育てる ____ ____ ____ ____ 発揮できると私たちは考えています。
1.個々の　2.力が　3.こそ　4.会社で

解01.（4 2 3 1）　02.（4 3 1 2）

127. ～のみ

接続：動詞原形／名詞＋のみ

翻訳：① 只，僅，光靠…。② 萬事俱備，就剩…。只差…；只需要做…

説明：① 前接名詞時，表示「只有，僅限」之意，屬於生硬的用法，可以與口語的「だけ」互換。若與「に、で」等格助詞併用時，可以擺在格助詞的前方或後方皆可。②前接動詞時，若放在句尾作為文末表現，則用於表示「某一動作處於馬上就可以進行的狀態」「萬事皆具備，就差最後一個動作了」。若以接續表現「～のみで」的型態，則是表示「僅需要做此動作即可」。

①・一人暮らしとなると頼れるのは自分のみです。

（自己一個人生活的話，能夠依靠的，就只有自己了。）

・他の所得がなく、会社の給料のみの場合は、確定申告が不要です。

（如果沒有其他的所得，只有公司的薪水，那就不需要報稅。）

・知識のみに／にのみ頼っていては成功できないと思う。

（我認為如果只是靠知識，是不可能成功的。）

・自己資金のみで／でのみ開業するより、資金調達をした方が成功する可能性が高い。

（比起只靠自己的錢來創業，去募資來開公司，成功的可能性較高。）

②・準備は整った。後は電源を入れるのみだ。

（準備已經完善了，就差按下開關了。）

・車の準備もほぼ終わったので、後は出かけるのみ。

（車子也都準備好了，隨時可以出發了。）

・この機械は、ボタンを押すのみで自動でインターネットに繋がります。

（這個機器，只要按下按鈕，就會自動連線到網路上。）

・原料をパン製造器に入れるのみでふわふわのパンができあがる。

（只要將原料放入麵包製造機，就可做出柔軟蓬鬆的麵包。）

進階複合表現：

「～に対して」＋「～のみ」

・消費税は国内で行われる取引に対してのみ（のみに対して）課税されますので、国外取引に対しては課税されません。

（消費稅僅針對在國內的交易課稅，對於國外的交易並不課稅。）

「～のみ」＋「に従って」

・ナビゲーションによるルート案内のみに従って走行すると、実際の交通規制に反する可能性があり、交通事故の原因となります。

（如果光靠導航的路線引導，可能會違反到實際上的交通規則，而導致交通事故。）

排序練習：

01. そのことを ＿＿ ＿＿ ＿＿ ＿＿ だ。
    1. あなた　2. 知っている　3. のみ　4. のは

02. この製品は ＿＿ ＿＿ ＿＿ ＿＿ そうです。
    1. のみで　2. いる　3. 販売されて　4. 東京

解01.（2 4 1 3）　02.（4 1 3 2）

128. ～きり

接続：動詞た形＋きり
翻訳：自從…就一直（沒有）。
説明：經常使用「～たきり～ない」的型態，來表達「自從前述事項發生後，就再也沒有機會／再也沒有發生後述的事態」。亦可放在句尾作為文末表現。

・高校時代に一度海外へ行ったきり、20 年以上日本から出ていません。
（我自從高中時去過一次國外之後，這 20 多年來就再也沒有離開過日本了。）

・１週間ほど前に「体調が悪いので、病院へ行ってから出勤する。」と本人から職場へ電話連絡があったきり、行方がわからなくなりました。
（大約一個星期前他本人打電話來公司說「因為身體不舒服，所以先去醫院後再進公司。」之後，就再也沒有消息，人就失蹤了。）

・ドリアンは子供の時に一度食べたきりで、どんな味か思い出せない。
（榴槤就只有在我小時候吃過一次而已，想不起來它是什麼味道。）

・清水寺は学生時代の修学旅行で行ったきりですが、改めてこんなにも美しかったのかと驚きました。
（清水寺自從學生時代的學習之旅去過一次後就沒再去過了，再次來訪才對它的美，感到驚豔。）

其他型態：

～っきり（口語）

・昨日、旦那は飲みに行ったっきり帰ってこなかった。
（昨天我老公去喝酒之後就再也沒有回來了。）

～きりの（名詞修飾）

・一年前に合コンで一度会ったきりの女性から誘われたら、びっくりしますよね。
（如果在一年前的聯誼中只見過一次的女性突然來邀約，應該會嚇一跳吧。）

進階複合表現：

「～きり」＋「～という」

・夫は元カノの玲奈ちゃんとは３年前に会ったきりだと言っていたが、実はつい最近二人がこっそり会っているところを友人に目撃された。
（我老公說他跟他的前女友玲奈，三年前見過後就沒再見面了，但其實最近他們兩個偷偷見面的時候正巧被我朋友看到。）

排序練習：

01. 彼は、「じゃあ」と言って ＿＿ ＿＿ ＿＿ ＿＿ こなかった。
　1. きり　2. 戻って　3. 出て　4. 行った

02. 田村君には４年前、＿＿ ＿＿ ＿＿ ＿＿ 。
　1. だ　2. 同窓会で　3. 会った　4. きり

解 01.（３４１２） 02.（２３４１）

129. ～やら

接続：動詞原形／イ形容詞／ナ形容詞／名詞＋やら
翻訳：這個啦，那個啦…
説明：以「～やら～やら」的型態，來「列舉出一、兩個東西或一、兩件事情」，表示除這一兩樣之外還有許多。多半帶有東西或事情之多、整理不清的語氣。

・就活やら試験やらで、初めて１ヶ月ほどジムを休んだ。
（最近又是找工作，又是考試的，第一次一整個月都沒有去健身房。）

・犬やら猫やら、動物好きな両親の影響で小さい頃から動物に囲まれて育ってきました。
（他受到喜歡動物的雙親的影響，從小時候就在狗狗貓貓之類的動物的環境下成長。）

・３月から５月にかけての花粉の季節は、目がかゆいやら鼻水が出るやら、大変です。
（從三月到五月的花粉季節，又是眼睛癢、又是流鼻水，實在很辛苦。）

・昨日はお腹が痛くなるやら、電車に眼鏡を忘れるやら、大変な一日だった。
（昨天又是肚子痛，又是把眼鏡忘在電車上，真是很慘的一天。）

排序練習：

01. 机の上は本 ＿＿ ＿＿ ＿＿ ＿＿ だ。
　1．いっぱい　2．雑誌やら　3．で　4．やら

02. 先月の地震の時は、子供たちが泣くやら ＿＿ ＿＿ ＿＿ ＿＿ だった。
　1．パニック状態　2．教室は　3．騒ぐ　4．やら

解01.（４２３１）　02.（３４２１）

130. ～ては

接続：動詞１て形＋は　動詞２
翻訳：一次又一次，反覆地…
説明：前後使用兩個不同的動詞，用來強調「一直反覆地做這兩個動作」。亦可使用不同動詞「動詞ては動詞」兩組（例句２），或者重複兩次同一組「動詞ては動詞」（例句３），來強調一直在反覆做這幾個動作。

・お正月は、食べては寝ての繰り返しで胃の調子が悪くなります。
（新年的時候，一直反覆地吃了就睡，搞到胃很不舒服。）

・独身の頃は激務に追われる仕事をしていて、朝起きては会社に行き、帰っては寝るだけの毎日でした。
（單身的時候，我每天被繁忙的工作追著跑，每天就過著，早上起床後就去公司，回家之後就睡的生活。）

・書いては消し、書いては消ししているうちに、原稿用紙が破れてしまった。
（寫了之後又擦掉，擦掉後又寫，就這樣一直反覆，結果稿紙就破掉了。）

・転んでは立ち上がり、また転んでは立ち上がる。人生はまさに七転び八起きだ。
（跌倒了就爬起來，又跌倒後就再一次地爬起來。人生就是要這樣不屈不撓。）

其他型態：

～ちゃ（じゃ）（口語）

・パパが何で太っちゃうか分かったよ。食っちゃ寝、食っちゃ寝するからだよ。
（我知道爸爸你為什麼會變胖。因為你吃了又睡，睡了又吃啊。）

排序練習：

01. 最近は ＿＿ ＿＿ ＿＿ ＿＿ 人を多く見かける。
   1. スマホを　2. 立ち止まって　3. 見る　4. 歩いては

02. 今年は支出が多い年で、毎月毎月、家計簿を ＿＿ ＿＿ ＿＿ ＿＿。
   1. ため息　2. ばかり　3. ついている　4. 見ては

解 01.（4 2 1 3）　02.（4 1 2 3）

24 單元小測驗

1. 自分から積極的に興味や関心を持ち、やる気をだして勉強（　　）、大きな成果をあげることができるのです。
　1　するやら　　2　してこそ　　3　したきり　　4　しては

2. 餅つき機という物は、素材をマシンに投入してボタンを押す（　　）お餅がつけるというものです。
　1　のみで　　2　でのみ　　3　のみに　　4　にのみ

3. 森へ（　　）戻ってこない娘を探しに行く。
　1　行くやら　　2　行ってこそ　　3　行ったきり　　4　行くのみ

4. （　　）、最後にはナイフまで持ち出して、もう誰にもあの二人の喧嘩を止めることができない。
　1　蹴っては殴っては　　2　蹴るのみ殴るのみ
　3　蹴るこそ殴るこそ　　4　蹴るやら殴るやら

5. 今回の３連休は酒を（　　）寝ての繰り返しで、あっという間に終わっちゃった。
　1　飲んでは　　2　飲むなら　　3　飲んでこそ　　4　飲むやら

6. 好きな人をデートに誘って、今日（　　）告白しようと思っていたのに、今日も言えなかった。
　1　のみ　　2　こそ　　3　では　　4　だけ

7. 今回の不祥事は必ずしも ＿＿＿ ＿＿＿ ＿★＿ ＿＿＿ から、更に詳しい調査が必要だ。
　1　責任がある　　2　言えない　　3　とは　　4　彼のみに

8. 病気で ＿＿＿ ＿★＿ ＿＿＿ ＿＿＿ 連れて行ったら、奇跡的に回復した。
　1　愛犬のため　　2　寝たきりの　　3　台車を使って　　4　毎日散歩に

9. 週末は天気が不安定の ＿＿＿ ＿＿＿ ＿★＿ ＿＿＿ やら、出かける気になれなかった。
　1　体がだるい　　2　痛いやら　　3　せいか　　4　頭が

10. 一段落書いては ＿＿＿ ＿＿＿ ＿★＿ ＿＿＿ ので、なかなか書き進まない。
　1　考え込む　　2　休み　　3　書いては　　4　一段落

< 第五篇 > 其他重要品詞

25

第 25 單元：「よう」&「（よ）う／まい」

131. ～かのようだ
132. ～ようがない
133. ～ようでは
134. ～まい
135. ～(よ)うか～まいか
136. ～(よ)うではないか

雖然本單元裡所介紹的句型，都含有「よう」，但其實每個文法項目的詞性都不一樣 (例如第 131 項是助動詞、第 132 項是複合語、第 133 項則是名詞、第 135 與 136 項則是意向形)，因此前面的接續方式都不同，學習時要特別留意喔。

131. ～かのようだ

接続：動詞普通形＋かのようだ

翻訳：彷彿就像是…；有如是…一般。

説明：此句型用來表達比喻，表示「其實並非某事，但藉由這種比喻的方式來形容這件事」。經常使用「まるで～かのようだ」的型態來比喻事物。後面如果接續名詞、動詞，則比照「ようだ」活用，也就是比照「ナ形容詞」的活用來做變化：使用「かのようなＮ」「かのようにＶ」。

・表参道と言えば、おしゃれなカフェやブランド品の店が多く、外国人観光客も多く訪れるので、まるで外国にいるかのようだ。

（表參道上有許多時尚的咖啡館與精品店，且也有許多外國觀光客會來參訪，就有如置身在國外一般。）

・あそこは静まり返った小さな町で、まるで誰も住んでいないかのようだ。

（那裡是個安靜到鴉雀無聲的小鎮，彷彿是沒有任何人住在那裡一般。）

・ここはよく知っている場所なのに、何年もこの辺りを歩いていないから、まるで初めて来たかのようだ。

（這裡我明明就很熟，但因為好幾年沒在這附近走動了，因此感覺就像第一次來一樣。）

・この布団は柔らかくて、使い心地はまるで雲の上で寝ているかのようです。

（這個床墊被很柔軟，使用上的感覺就像是在雲端上睡覺一般。）

其他型態：

～かのような（名詞修飾）

・田中さんはお酒でも飲んだかのような赤い顔をしている。

（田中先生就彷彿是喝了酒一般，臉紅通通的。）

～かのように（副詞形）

・動物園のライオンたちはまるで死んだかのように熟睡している。
（動物園的獅子，彷彿就像死了一般熟睡著。）

辨析：

N3 學到的「ようだ」有三種用法，分別為「比喻」、「例示」、「推量」，但「かのようだ」僅有其「比喻」的用法。因此「かのようだ」可以替換成「ようだ」。但並不代表「ようだ」就可以替換為「かのようだ」，僅有表比喻的部分，且前方接續動詞者方可替換。

排序練習：

01. ４月なのに雪が降るなんて、まるで ＿＿ ＿＿ ＿＿ ＿＿ だね。
  1. のよう　2. 冬が　3. きたか　4. 戻って

02. 彼女は人から ＿＿ ＿＿ ＿＿ ＿＿ 話す。
  1. 見てきた　2. まるで自分で　3. かのように　4. 聞いた話を

解 01.（2 4 3 1）　02.（4 2 1 3）

132. ～ようがない

接続：動詞~~ます~~＋ようがない
翻訳：沒辦法…。
説明：漢字寫作「様」意指「即使想做，但是實在沒辦法／不知道方法…」。若是使用漢語的動作性名詞（する動詞），除了可以使用「漢語＋しようがない」以外，亦可使用「漢語＋の＋しようがない」的形式。

・この携帯はもう部品が生産されていないから、直しようがない。
（這款手機的零件已經停產了，所以無法修理了。）

・こうなった原因を理解できないと改善（の）しようがない。
（如果不能理解變成這樣的原因，那即使想改善也沒辦法。）

・災害は自然現象なので、人間の力では止めようがありません。
（因為災害是自然現象，人類的力量是沒辦法阻止的。）

・親友と喧嘩をして、SNSでもブロックされているので、謝りたくても連絡のとりようがない状態です。
（和好朋友吵架了，而在社群網站上也被封鎖了，因此就算想向他道歉，現在也是沒辦法跟他連絡上。）

辨析：

「しょうがない」為「しようがない」的口語講法，意思等同於「仕方がない」。另外，「どうしようもない／どうしょうもない」則為慣用表現，意指「沒有任何辦法，再掙扎也沒用」。若用來形容人，如「どうしょうもない人」則表示這個人非常糟糕透頂。

・もう決まったことはしょうがないから、考え方を変えてポジティブになろう。
（已經決定的事就沒辦法了，只好改變想法用正面的態度以對吧。）

・浮気性で借金もあるどうしようもない彼氏と別れました。
（我跟那個又花心又欠錢的沒用男友分手了。）

排序練習：

01. あの両国の関係は ＿＿ ＿＿ ＿＿ ＿＿ 。
    1.修復の　2.がない　3.もう　4.しよう

02. 彼を ＿＿ ＿＿ ＿＿ ＿＿ がない。
    1.理由を　2.聞かれても　3.好きになった　4.答えよう

解01.（3 1 4 2）　02.（3 1 2 4）

133. ～ようでは

接続：名詞修飾形＋ようでは

翻訳：就連…都這樣的話…。如果是這樣的話，那就 ...

説明：此句型用於表達「發生或出現了前句這樣的情況，那麼…肯定會出現不好的、或令人傷腦筋的結果」。後句多為負面表現。

・こんな初歩的な間違いを犯すようでは、先行きが不安ですね。

（會犯這麼基本的錯誤，對於其將來真是感到不安。）

・同業者に注目されないようでは、顧客からも注目されない。

（如果我們連同業都不受到注目，那肯定連顧客也不會注目我們。）

・勉強はできても、人間関係が苦手なようでは人として良い印象を持たれない。

（就算你會讀書，但如果人際關係不太擅長的話，也不會讓人家有什麼好印象。）

・いかにデザイン性に優れた家でも、夏暑く冬寒いようでは長く住むことはできないと思う。

（就算是設計卓越的房子，如果是像這樣夏天熱冬天冷，大概也不能長居久安吧。）

排序練習：

01. こんな ____ ____ ____ ____ まだまだ勉強が足りない証拠だ。

　1. する　2. 簡単な　3. ようでは　4. 質問を

02. いつも店が ____ ____ ____ ____ つぶれてしまうよ。

　1. 暇なよう　2. いずれは　3. では　4. こんなに

解01.（2 4 1 3）　02.（4 1 3 2）

134. ～まい

接続：Ⅰ類動詞原形＋まい
　　　Ⅱ類動詞原形 or 動詞~~ます~~＋まい
　　　Ⅲ類動詞する→すまい／するまい；くる→こまい／くるまい
翻訳：① 不會吧…，也許不…。② 不打算…，不想…。
説明：① 表達「否定推量」，為說話者對於某件事情「應該不是這樣吧」的推測，相當於口語的「～ないだろう」。② 表達「否定意志」，為說話者堅決不做某事的決心。

①・この空模様なら、明日は雨は降るまい。
（看這個天空的樣子，大概明天不會下雨吧。）

・人のいいところを見ようとしない人は、人を愛することはできまい。
（不去看別人優點的人，應該是無法愛任何人吧。）

・失われた 20 年と言われるほどの不況なんだから、量的緩和だけでは景気の回復は望めまい。
（這是被稱作為失落的二十年的經濟不景氣，光是靠量化寬鬆，應該是無法讓經濟有所起色吧。）

②・鈴木さんは無責任な人だ。もう二度とあんな人に仕事を頼むまい。
（鈴木先生是個不負責任的人，我再也不會拜託他做事了。）

・子供は何か悩みを抱えていても、親を心配させまいと笑顔を作ります。
（小孩子就算有什麼煩惱，也會為了不讓父母擔心而強顏歡笑。）

・二日酔いのたびに、もう二度と酒は飲むまいと思ったのに、また飲んでしまった。
（每次宿醉，都會想說絕對不再喝酒，但卻還是又喝了。）

進階複合表現：

「～しか」＋「～まい」

・家族を捨てて海外へ行った本当の理由は、彼本人しか知るまい。
（拋棄家族，逃到海外的真正理由，也許只有他本人才知道。）

排序練習：

01. かなり複雑な事件なので、 ＿＿ ＿＿ ＿＿ ＿＿ 。
1. 解決する　2. には　3. そう簡単　4. まい

02. あんな ＿＿ ＿＿ ＿＿ ＿＿ 思っています。
1. 行くまいと　2. もう二度と　3. ひどい　4. ところには

解01.（3 2 1 4）　02.（3 4 2 1）

135. ～（よ）うか～まいか

接続：動詞意向形＋（よ）うか　（まいか的接續請參考前項）

翻訳：① 到底應該怎麼做，我正在考慮 / 迷惑中

② 到底要做…還是不做，我正在考慮 / 迷惑中

説明：這個句型有兩種型態，① 配合著一個疑問詞使用「疑問詞～(よ)うか」。② 沒有疑問詞時，使用「～(よ)うか～まいか」。兩者皆是用來表達說話者迷惘的心境，因此後方多半會接續「考えている、迷っている、決めていない」等字彙。

① 疑問詞＋（よ）うか

・今回の連休をどうやって過ごそうか、今考えている。

（我還在想著這次的連休要怎麼過。）

・10 年付き合った彼女にいつプロポーズしようか、迷っている。

（我還在迷惘什麼時候要向交往十年的女友求婚。）

・私は携帯のアラームを設定しながら、明日何時に起きようかと悩んでいる。

（我一邊設定手機的鬧鐘，一邊煩惱著明天要幾點起床。）

② （よ）うか～まいか

・その国でテロの攻撃があったので、出張に行こうか行くまいか上司と話し合っているところです。

（因為那個國家發生了恐怖攻擊，因此現在正在和上司商量到底要不要去那裡出差。）

・ブラック企業であるという噂を聞いたので、あの会社の面接を受けようか受けまいか、なかなか決められない。

（因為有聽說那間公司是黑心企業的傳聞，因此我很難下決定到底要不要去那間公司面試。）

・梅雨真最中ですが微妙に晴れ間も見えたりして、傘を持って行こうか行くまいか悩ましい一日です。

（雖然現在正好是梅雨季節，但似乎有時候又可以看到晴空，這真是令人煩惱要不要帶傘出門的一天阿。）

辨析：

由於前方是使用意向形，因此只能用於說話者本身的迷惘。若要使用於第三人稱，必須加上「ようだ」或「らしい」等助動詞。

- **彼(かれ)は彼女(かのじょ)の作(つく)ったまずそうな料理(りょうり)を、食(た)べようか 食(た)べまいか迷(まよ)っているようだ。**
  （他似乎正在煩惱要不要吃女朋友做的，看起來很難吃的料理。）

排序練習：

01. ゴールデンウィークの連休は ____ ____ ____ ____ いない 。
    1. 行こうか　2. まだ　3. 決めて　4. どこへ

02. 彼女の肩に ____ ____ ____ ____ 僕は一瞬迷った。
    1. まいか　2. 手を　3. 置く　4. 置こうか

解01.（4 1 2 3）　02.（2 4 3 1）

136. ～（よ）うではないか

接続：動詞意向形＋（よ）うではないか
翻訳：讓我們…吧。
説明：此句型用於說話者「強烈邀請或呼籲對方一起來做某事」。多半是用於對大眾演講時的形式語言。另外，亦可依情境使用「～（よ）うじゃないか」「～（よ）うではありませんか」的形式。

・世界平和(せかいへいわ)のために、無駄(むだ)な争(あらそ)いはやめようではないか。
（為了世界和平，我們就不要做無謂的相爭了吧。）

・我々(われわれ)は子孫(しそん)のために、この美(うつく)しい地球(ちきゅう)を守(まも)ろうではないか。
（為了我們的子孫，一起來守護這個美麗的地球吧。）

・ここまで来(き)たんだから、最後(さいご)までみんなで頑張(がんば)ってみようじゃないか。
（都已經來到這邊了，我們大家一起努力到最後吧。）

・さあ、今(いま)こそ古(ふる)き良(よ)き時代(じだい)を取(と)り戻(もど)そうではありませんか。
（來吧，現在讓我們一起來找回往日的美好時光吧。）

排序練習：

01. 今日はお祝いだ。＿＿ ＿＿ ＿＿ ＿＿ か。
　1. 飲もう　2. みんなで　3. じゃない　4. さて

02. 共に革命 ＿＿ ＿＿ ＿＿ ＿＿ 。
　1. 同志よ　2. しよう　3. ないか　4. では

解 01.（4 2 1 3）　02.（2 4 3 1）

25 單元小測驗

1. 美しい彼女が微笑むと、美しい花が開いたかの（　　）だった。
   1　よう　　2　わけ　　3　そう　　4　まい

2. 見たか、彼のその時の顔。可笑しくて（　　）。
   1　たとえようがない　　3　たとえるわけがない
   3　たとえそうもない　　4　たとえる他はない

3. このことはものすごく複雑だから、そう簡単には解決（　　）まい。
   1　できない　　2　でき　　3　できた　　4　できて

4. あんな態度を取るようでは、（　　）。
   1　誰にも信用されない　　2　結構なことだ
   3　社長に信用してもらえるだろう　　4　分からない

5. 一緒に神秘あふれた国へ、すばらしい体験をして（　　）じゃないか。
   1　くる　　2　こない　　3　こよう　　4　きた

6. この会社に就職しよう（　　）、するまい（　　）迷っている。
   1　と／と　　2　か／か　　3　が／が　　4　に／に

7. 来週の久しぶりの ＿＿＿ ＿＿＿ ＿★＿ ＿＿＿ ところです。
   1　どうやって　　2　考えている　　3　過ごそうか　　4　連休を

8. この町を歩いていると、まるで ＿＿＿ ＿＿＿ ＿★＿ ＿＿＿ 気になる。
   1　かのような　　2　タイムスリップ　　3　した　　4　でも

9. この程度の練習で ＿＿＿ ＿＿＿ ＿★＿ ＿＿＿ 勝てないぞ。
   1　では　　2　次の試合に　　3　言うよう　　4　文句を

10. 本当の ＿＿＿ ＿＿＿ ＿★＿ ＿＿＿ 、結局全部話した。
   1　話そうか　　2　迷ったが　　3　ことを　　4　話すまいか

< 第六篇 > 其他重要表現

26

第 26 單元：接続表現「て形～、」「た形～、」

137. ～て以来
138. ～てはじめて
139. ～てからでないと
140. ～たとたん (に)
141. ～た上で

本單元介紹使用動詞「て形」與「た形」的接續表現，由於前方就只能固定使用「て形」或「た形」，因此接續上相對簡單很多。這當中，有些句型前方還可以接續名詞，需要稍微留意一下。

137. ～て以来

接続：動詞て形／名詞＋以来

翻訳：① 自從…之後，就一直（保持相同的狀態）② 自從…之後，這是第一次。

説明：① 用於表達「自某事件以來，狀態就不曾改變過」。因此後方多接續表示持續狀態的「～ている」或再也不曾發生過的「～ていない」。② 若使用「～のは～て以来だ」的方式，則用於表達「自從前述事項後，就再也沒有做過 / 發生過。（而今，這是久違的再度做 / 發生）」。

①・大学を卒業して以来、ずっと賃貸アパートで一人暮らしをしています。
（自從大學畢業以來，我就一直一個人住在出租的公寓當中。）

・日本に来て以来、自国の料理を食べていない。
（自從來了日本，我就沒有吃過母國的食物。）

・僕は退院して以来、とにかく体調を崩さないように、免疫力を落とさないように、気をつけて生活してきました。
（我自從出院以後，就努力過著生活，小心不要搞壞身體，不要讓免疫力變差。）

・私は入社以来ずっと営業として働いています。
（我自從進公司後，就一直做業務的工作。）

辨析：

由於此句型用於表達狀態的持續，因此後方不可以接續一次性動作。

× 日本に来て以来、ディズニーランドへ行きました。

○ 日本に来て以来、ずっと東京に住んでいます。
（自從來了日本之後，就一直待在東京。）

辨析：

「～て以来」是用來表示「此一狀態開始的時間起始點」，但第 128 項的「～たきり」則是用來表示「最後一次行為的施行」。例如第 1 句是表示「從何時開始，就一直維持著沒吃母親的料理的狀態。這個沒吃的狀態，起點是從到達日本開始起算」。而第 2 句則是表示「最後一次去海外這個行為的實施，是高中時代」，因此兩者意思不同，不可替換。

・日本に来て以来、母の料理を食べていない。

（自從來了日本之後，就再也沒吃過母親的料理。）

・高校時代に一度海外へ行ったきり、20 年以上日本から出ていない。

（高中時代曾經出過國一次，就 20 年以上都沒有離開日本過了。）

②・久しぶり。君と会うのは、卒業して以来だね。

（好久不見。上次跟你見面，應該是畢業時的事了。）

・京葉線に乗ったのは学生時代、ディズニーランドに行った時以来だな。

（自從學生時代去迪士尼時，就再也沒有搭過京葉線了。/ 上次搭京葉線，已經是學生時代去迪士尼時的事了。）

・海外へ行くのは、新婚旅行以来だ。

（自從結婚蜜月旅行以來，我就沒出過國。/ 上次出國，已經是新婚旅行的事了。）

・この英語学習の雑誌を買ったのは、たぶん学生時代以来のことだから、20 数年ぶりになる 。

（上次買這本英文雜誌，應該是學生時代時了。已經相隔 20 多年沒買過這本雜誌了。）

排序練習：

01. 大学を ＿＿ ＿＿ ＿＿ ＿＿ いないから、すっかり忘れてしまった。

1. 英語は　2. 以来　3. 全然勉強して　4. 卒業して

02. 山田さんに ＿＿ ＿＿ ＿＿ ＿＿ ですね 。

1. 以来　2. 去年のクリスマス　3. のは　4. 会う

解 01.（4 2 1 3） 02.（4 3 2 1）

138. ～てはじめて

接続：動詞て形＋はじめて

翻訳：① 直到…才（第一次）。② 要有 ... 才 (會) 有 ...。

説明：漢字寫作「初めて」，意思是 ①「原本都不知道這件事，直到前述事項發生 / 做了前述事項後，才首度體認到這件之前都沒有體認到的事」。後方經常使用「分かった」、「気づいた」等表示「體會到」、「了解」語意的動詞。② 若前面使用「ある」、「いる」等狀態性動詞，則表達「有前述事項，才有後述事項」。

①・日本に来てはじめて、桜の美しさが分かった。

（直到來了日本，才第一次體認到櫻花之美。）

・被災地における放射能の実情を、福島に来てはじめて知ることができた。

（來到福島後才了解到，於災區輻射的實情。）

・医師という職業がいかにやりがいがあるか、医師になってはじめて気がつくものだ。

（直到當上了醫生，才會體認到原來醫生是個多麼有意義的工作啊。）

・この問題を 1 週間考えて、父に聞いても理解できなくて、返ってきた答案の赤字を見てはじめて理解できました。

（我想了這個問題一個星期，就算問了爸爸我還是不懂，直到考卷發回來後，看到改過的紅字才理解＜問題出在哪裡＞。）

②・教育というのは、先生に対する信頼があってはじめて成り立つのだ。

（所謂的教育，就是首先要有對於老師的信賴，才會成立。／教育就是建立在對於老師的信任基礎之上。）

・あなたがいてはじめて、この会社ができたんです。

（有你，才有這間公司啊！）

排序練習：

01. 病気で ____ ____ ____ ____ が分かった。
    1.健康の　2.ありがたさ　3.はじめて　4.入院して

02. 友達に言われて ____ ____ ____ ____ 気付きました。
    1.ことに　2.初めて　3.間違っている　4.自分が

解01.（4 3 1 2）　02.（2 4 3 1）

139. ～てからでないと

接續：動詞て形＋からでないと
翻訳：① 如果不先，就無法… ② 如果不先，就會（發生不好的事）
說明：① 後句使用動詞可能形的否定（或できない），以「～てからでないと～（ら）れない」的形式來表達，如果不先做完前述事項，就無法做後述的事項。②後句使用「帶有負面語意的動詞」，則表達「如果不先做完前述事項，就會發生後述不太好的事情」。無論是上述哪種用法，皆可以替換為「～てからでなければ」。

①・この件については社長の意向を聞いてからでないと、決められません。
（關於這件事，如果沒有先過問社長的意願，就無法決定。）

・すべての仕事が終わってからでなければ、うちには帰れません。
（如果不把所有的工作做完，就不能回家。）

・携帯電話のロックを解除してからでなければ、写真をパソコンに読み込むことはできません。
（如果不先把手機解鎖，就無法將照片讀進電腦裡。）

・新人スタッフは全員この研修を受けてからでないと、現場で仕事をすることができません。
（所有的新進員工都必須要接受這個研修，不然就無法在現場工作。）

②・こういうことは親と相談してからでないと怒られるから、後で返事するよ。
（這種事情如果不先跟家人商量的話我會被罵，之後再回答你。）

・家具を買う時は、事前に部屋の広さを測ってからでないと、失敗する場合があります。
（買傢俱的時候，如果沒有事先量好房間的大小，有可能會失敗喔。）

排序練習：

01. 手続きをして ____ ____ ____ ____ できません。
   1. 図書館の　2. から　3. 利用は　4. でないと

02. ログイン____ ____ ____ ____ 各種サービスは受けられません。
   1. 閲覧など　2. してから　3. ファイルの　4. でなければ

解01.（2 4 1 3）　02.（2 4 3 1）

140. ～たとたん（に）

接続：動詞た形＋とたん（に）
翻訳：一…就…。就在做…之後的下個瞬間，就發生了…。
説明：漢字寫作「途端」，表示「做了前述事項 (或者前述事項發生) 後，就立即發生 (或發現到) 了後述的事項」。因此後述事項必須要使用過去式，以「～たとたん、～た」的型態出現。 語感中帶有說話者表示意外的韻味 。 與 N3 句型「～たら～た」的意思接近。「～たとたん（に）」有無助詞「に」，意思不變。

・仕事を終え、会社を出たとたん、急に雨が降ってきた。
（工作結束後，一出了公司，就突然下起了雨。）

・ほんの数分前まで何ともなかったお腹が、電車に乗ったとたんに痛くなり、トイレのために途中下車してしまった。
（前幾分鐘我的肚子都還好好的，但搭上電車後就突然痛了起來，只好坐到一半就下車去上廁所。）

・海外旅行から日本に帰ってきて、成田空港で携帯の電源を入れたとたん、友達からどうでもいいメッセージが 10 通も入ってきた。
（我從國外旅行回到了日本，在成田機場一打開手機的電源，就收到十通朋友傳來的垃圾簡訊。）

・掃除の際は必ず窓を開けて空気の入れ替えをしていますが、この花粉の季節には窓を開けたとたんに、目がかゆくなって、数分後にはズーンと頭が重くなるような症状が出てくるので大変です。
（我掃地的時候一定會開窗換氣，但在這個花粉的季節，只要一開窗戶眼睛就會癢，過幾分鐘後頭就開始暈了起來，實在很慘。）

辨析：

由於後述事項都是說話者無法預期的，因此必須是無意志表現，不可以帶有說話者的命令，打算等。

× **私は大学を卒業したとたん、結婚するつもりだ。**

○ **彼は大学を卒業したとたん、結婚した。**（他大學一畢業就結了婚。）

排序練習：

01. 会社に届いた ____ ____ ____ ____ 爆発したんです。
    1. とたんに　2. 同僚が　3. 開けた　4. 小包を

02. エレベーターの____ ____ ____ ____ ゴキブリが飛び出してきた。
    1. ドアが　2. とたん　3. 中から　4. 開いた

解01.（4 2 3 1）　02.（1 4 2 3）

141. ～た上(うえ)で

接続：動詞た形／名詞の＋うえで
翻訳：做了…之後，再…。
説明：漢字寫作「上で」，用於表達「先做前述事項，在這基礎之上再做後述的事項」。

・その件(けん)につきましては、上司(じょうし)と相談(そうだん)した上(うえ)でご返事(へんじ)いたします。
（關於這件事，我和上司商量之後再給您回覆。）

・進学(しんがく)のことは今後(こんご)の人生(じんせい)を左右(さゆう)する決断(けつだん)になるため、両親(りょうしん)と話(はな)し合(あ)った上(うえ)で決(き)めたいと思(おも)っています。
（升學一事會是左右我今後人生的決定，因此想跟雙親商量之後再決定。）

・この医療機器(いりょうきき)は、必(かなら)ず医師(いし)や看護師(かんごし)などの専門員(せんもんいん)とご相談(そうだん)の上(うえ)でご使用(しよう)ください。
（這個醫療機器，請務必和醫生或是護理人員等專家商量之後再使用。）

・当店(とうてん)では取(と)り扱(あつか)い商品(しょうひん)の性質上(せいしつじょう)、原則(げんそく)として返品(へんぴん)はできかねますのでご了承(りょうしょう)の上(うえ)でご購入(こうにゅう)ください。
（本店所販賣的商品，由於其商品的屬性，原則上無法退換貨，請了解後再購買。）

其他型態：

～たうえでの（名詞修飾）

・これまで、音楽製作(おんがくせいさく)やライブなど、全(すべ)ての音楽活動(おんがくかつどう)を常(つね)に前向(まえむ)きに突(つ)っ走(ぱし)ってきた自分達(じぶんたち)ですが、今回(こんかい)の活動休止(かつどうきゅうし)も前向(まえむ)きに考(かんが)えた上(うえ)での決断(けつだん)です。

（至目前為止的音樂製作以及演奏會等，所有的音樂活動我們都是很積極地勇往直前，這次的活動休止也是經過積極正面思考過後的決定。）

排序練習：

01. 必ず全ての注意項目を ＿＿ ＿＿ ＿＿ ＿＿ ください。
　1. ご署名　2. ご確認　3. 上で　4. いただいた

02. 詳しい ＿＿ ＿＿ ＿＿ ＿＿ いただきます。
　1. ご説明させて　2. 上で　3. お会いした　4. ことは

解01.（2 4 3 1）　02.（4 3 2 1）

26 單元小測驗

1. 病気になって（　　）、毎日生きるのが精一杯で、学校へは行っていない。
   1　からでないと　2　以来　3　はじめて　4　以上

2. 結婚して（　　）夫が何千万円もの借金を抱えていることが分かった。
   1　はじめて　2　以来　3　からでないと　4　からこそ

3. 競合商品の特徴を調べて（　　）、新商品の計画はできない。
   1　以来　2　からでないと　3　うえ　4　はじめて

4. エアコンを（　　）、カビ臭い匂いが出てきた。
   1　つけてはじめて　2　つけた途端　3　つけて以来　4　つけた上で

5. お問い合わせは、ご連絡先をご記入の（　　）メールにてお送りください。
   1　以来　2　途端　3　上に　4　上で

6. 日本に来て以来、（　　）。
   1　友達と旅行に行った　2　日本語が上手になった
   3　ずっと英語を教えています　4　お寿司を食べるつもりはない

7. 電車に乗って公園まで ＿＿ ＿★＿ ＿＿ ＿＿ 途端に雨が降り始めた。
   1　降りた　2　電車を　3　向かっていた　4　のですが

8. ＿＿ ＿＿ ＿★＿ ＿＿ 社会人の先輩として皆さんに伝えたいと思います。
   1　ことを　2　分かった　3　はじめて　4　働いて

9. 日本の ＿＿ ＿＿ ＿★＿ ＿＿ できない。
   1　日本に来てから　2　契約することが
   3　でなければ　4　賃貸アパートは

10. 家を買う前に、先に ＿＿ ＿＿ ＿★＿ ＿＿ 地域を探した方が効率的です。
    1　どの程度組めるのか　2　予算に合った
    3　調べた上で　4　住宅ローンが

27

第 27 單元：文末表現「～ない。」

142. ～てしょうがない
143. ～てたまらない
144. ～てならない
145. ～ざるを得ない
146. ～ないではいられない
147.（より）ほか (は) ない

本單元 6 個文末表現，全部都是以「～ない」結尾的。前三個句型「～てしょうがない」、「～てたまらない」以及「～てならない」的語意與用法非常接近，但檢定考不會考出這三個字的異同，因此只要了解其接續、意思跟用法即可，不需死記三者的異同。

第 27 單元：文末表現「ない。」

142. ～てしょうがない

接続：動詞て形／イ形容詞~~い~~くて／ナ形容詞語幹で＋しょうがない
翻訳：非常。…得不得了。
説明：此句型的「しょうがない」源自於第 132 項文法「しようがない」（沒辦法）。若前面接續動詞或形容詞，則用來表達「前述的感情或感覺非常強烈，強烈得不得了」。因此，前面僅可接續表達感情或者是感覺的動詞或形容詞。「～てしょうがない」較為口語，亦可替換為「～てしかたがない」，較為正式。

・タブレットばかり使っているせいか、この頃目が疲れてしょうがない。
（不知道是不是因為一直都在用平板電腦，這一陣子眼睛累得不得了。）

・そのことを思い出す度に、悲しくてしょうがない、でもどうしようもない。
（每次只要回想起那件事，我就會很難過，但卻無能為力。）

・今日は何もすることがなくて、暇でしょうがないから、おすすめの映画を教えてください。
（今天沒什麼事可做，閒得發慌，推薦我一部你覺得不錯的電影吧。）

・いじめに遭った我が子がどんな思いで学校生活を送っていたのか、考えただけで胸が痛くてしょうがない。
（我兒子遭受霸凌，不知道他是以怎樣的心情渡過學校生活的，光是想，我的心就痛得不得了。）

其他型態：

～てしょうがなくて（接続表現）

・入院生活は、暇でしょうがなくて、病院の本棚の本をすべて読破した。
（住院的生活有夠無聊，所以把醫院書架上的書都讀完了。）

辨析：

由於此句型是在表達說話者本身的感情與感覺，因此不可用於第三人稱上。若要敘述第三人稱強烈的感覺感情，則必須配合「ようだ、らしい」等助動詞使用。

・**父(ちち)は結婚(けっこん)した私(わたし)のことが、心配(しんぱい)でしょうがないようだ。**
（爸爸很像對於結了婚的我，很擔心的樣子。）

排序練習：

01. この頃 ____ ____ ____ ____ 。
　1. お腹がすいて　2. しているので　3. ダイエットを　4. しょうがない

02. ____ ____ ____ ____ しょうがない。
　1. 国に帰る　2. 3 年ぶりに　3. 嬉しくて　4. ことになり

解 01.（3 2 1 4）　02.（2 1 4 3）

143. ～てたまらない

接続：動詞て形／イ形容詞~~い~~くて／ナ形容詞語幹で＋たまらない
翻訳：非常。…得受不了。
説明：此句型源自於「堪る」（忍受）一詞。使用「～てたまらない」的形式，前面接續表達感情或感覺的動詞或形容詞，用來表達「前述的感情或感覺非常強烈，強烈到受不了」。接續及用法與第 142 項「てしょうがない」大致上相同，也可以互相替換。

・仕事部屋にエアコンがないので、暑くてたまらない。
（因為我的工作房裡沒有空調，所以熱得不得了。）

・眠くてたまらない原因は、睡眠不足だけではありません。いくら寝ても眠くてたまらない場合は、過眠症の可能性があります。
（非常想睡的原因，不是只有睡眠不足而已。如果怎麼睡都還是很睏的話， 有可能是患了嗜睡症。）

・あの日、友達と出かけなかったら、こんな悲惨な事故にならなかったのではないかと残念でたまりません。
（心裡難過地想著，如果那天，不跟朋友出門的話，或許就不會發生這麼悲慘的事故了。）

其他型態：

～てたまらず（接続表現）

・彼氏の浮気が心配でたまらず、毎日 LINE でやり取りしないと不安になります。
（我擔心男朋友到處拈花惹草，如果沒有每天 LINE 他我就不會安心。）

進階複合表現：

「～てたまらない」＋「～からと言って」

・暑くてたまらないからといって、クーラーを強くしすぎるのもよくありません。
（雖然說熱得受不了，但是冷氣開太強也不好。）

排序練習：

01. 一生懸命練習したのに ＿＿ ＿＿ ＿＿ ＿＿ 。
1. 悔しくて　2. 負けて　3. しまって　4. たまらない

02. 一人で外国へ ＿＿ ＿＿ ＿＿ ＿＿ たまらない。
1. 子供のことが　2. 行った　3. 心配で　4. 留学に

解01.（2 3 1 4）　02.（4 2 1 3）

144. ～てならない

接続：動詞て形／イ形容詞~~い~~くて／ナ形容詞語幹で＋ならない
翻訳：非常。壓抑不住…。
説明：前面接續表達感情或感覺的動詞或形容詞，用來表達「說話者情不自禁油然而生的感情或感覺，而這種感覺非常強烈而無法克制」。與第 142 項「～てしょうがない」和第 143 項「てたまらない」語意上大致相同。唯此用法屬於書面上的用語。

・昨日の面接の結果が気になってならない。
（我非常在意昨天的面試結果，坐立難安。）

・就職してから５年ほど経つのですが、最近自分の仕事がマンネリ化して退屈でなりません。
（任職也超過了五年了，最近覺得自己的工作漸漸僵化，感到非常無聊。）

・もっと資金があれば、一人でも多くの子ども達に勉強の機会を提供することができたのに、力及ばぬ私たちの現状が悔しくてならない。
（如果有更多的資金，就可以讓更多的小孩們有學習的機會了。對於力量不足的我們感到很悔恨。）

排序練習：

01. 幼なじみの結婚式に ＿＿ ＿＿ ＿＿ ＿＿ 。
1. 残念で　2. のが　3. 出席できない　4. ならない

02. 年を取った ＿＿ ＿＿ ＿＿ ＿＿ ならない。
1. 懐かしくて　2. ことが　3. せいか　4. 学生時代の

解 01.（3 2 1 4）　02.（3 4 2 1）

145. ～ざるを得ない

接続：動詞ない形＋ざるをえない
翻訳：不得不…。
説明：「～ざる」為文言的否定助動詞，「えない」源自於第 114 項文法所學習到的「得る」，故漢字可以寫為「～ざるを得ない」。意指「不做前述的動作不行」。言下之意有「說話者可能不想做，但就現實考量上，或迫於某種壓力下，而不得不做…」的意思。前方若接續動詞「する」，則必須使用「～せざるを得ない」的形式。

・今回の事件は、単に責任者だけでなく、会社にも責任があると言わざるを得ない。
（我不得不說這次的事件不單單只是負責人要負責，公司也有責任。）

・帳簿という証拠がなければ、本来より多くの税金を納めざるを得ないケースもあるから、気をつけた方がいい。
（如果沒有帳簿當作證據的話，有可能必須繳納比原本應該要繳納的稅金更多的錢，最好注意一下。）

・慰謝料とは、浮気や暴力などを受けたことによって、離婚せざるを得ない状況になったために受けた、精神的苦痛を填補する損害賠償です。
（所謂的贍養費，指的就是因為受到外遇或者是暴力等對待，而陷入不得不離婚的狀況時，用來補償另一半精神痛苦的受害賠償金。）

辨析：

「～ざるをえない」意思接近第 59 項文法，前接否定句時的「～ないわけにはいかない」。不過「～ないわけにはいかない」的語感上較偏向於社會道義上、倫理上，有義務要去這麼做。但「～ざるをえない」，則是考量到其他現實上的壓力，而不得不做，話語中帶著一股無奈的心情。如下面例句第一句則是表示「雖然我身體不舒服，但由於我是整個案件的核心人物負責人，不出席的話，在道義上說不過去。」。而第二句則是表示「雖然我身體不舒服，卻不得不（或許迫於上司命令或職務考量）以負責人的身份出席。」

・体の具合は悪いが、責任者なんだから、出席しないわけにはいかない。
（我身體狀況不好，但因為我是負責人，所以不出席不行。）

・体の具合は悪いが、責任者として会合に出席せざるを得ない。
（我身體狀況不好，但作為負責人，我不得不出席。）

進階複合表現：

「～ざるを得ない」＋「～わけだ」

・暖かくなったので、仕事に集中しやすくなった。寒さを言い訳にできなかったが、今は、仕事をちゃんとやらざるをえないわけだ。

（因為變溫暖了，工作較容易集中了。也就是現在已經不能以天氣冷當作藉口，不得不好好工作了。）

「～ざるを得ない」＋「かな」＋「と思う」

・うちの会社は育児休暇どころか、産前・産後休暇もとれないようで、このような場合なら、辞めざるを得ないかなと思います。

（我的公司，哪談得上請什麼育嬰假，連產前產後休假似乎都無法請假。像這樣的情況，我想，我大概也不得不辭去工作了吧。）

排序練習：

01. 自分は反対でも、＿＿ ＿＿ ＿＿ ＿＿ 得ない。
  1. ことには　2. 従わざるを　3. 決めた　4. 皆で

02. 今の仕事だけでも ＿＿ ＿＿ ＿＿ ＿＿ 。
  1. 彼の依頼は　2. なんだから　3. 大変　4. 断らざるを得ない

解 01.（4 3 1 2）　02.（3 2 1 4）

146. ～ないではいられない

接続：動詞ない形＋ないではいられない

翻訳：忍不住不去做…。情不自禁地…。

説明：此句型用於表達「說話者光靠自己的意志力，無法克制自己不去做某事」。也由於這是在講說話者本身的衝動，屬於感情上的表達，因此只可用於第一人稱。若要使用於第三人稱上，必須搭配「ようだ、らしい」等助動詞使用。「～ずにはいられない」為文語上的表達，前方若接續動詞「する」，則必須使用「～せずにはいられない」。

・このドラマは面白くて、各話のラストを見ると「これからどうなるの？」と続きを見ないではいられない。
（這部連續劇很有趣，每集在看到最後都會讓人家想知道「接下來故事會怎樣發展？」，而情不自禁地一直看下去。）

・大変失礼だとは思いますが、彼が驚いた顔があまりにもおかしくて、笑わないではいられませんでした。
（我知道這樣很失禮，但看到他那驚訝的表情實在是太好笑了，忍不住笑了出來。）

・借金依存症は、強迫的に借金しないではいられない気持ちになって、借金に依存してしまう怖い病気です。
（借款上癮症是一種強迫性地一直借錢停不下來，到最後成癮的一種恐怖疾病。）

其他型態：

～ずにはいられない（文語）

・お酒自体はそんなに好きではないけど、仕事や人間関係のストレスを紛らわすために、酒を飲まずにはいられない。
（對於酒本身我是不怎麼喜歡，但是為了排遣工作以及人際關係上的壓力，還是情不自禁地會去喝。）

辨析：

第 143 項的「～てたまらない」前方動詞如果搭配希望助動詞「～たい」使用，以「～たくてたまらない」的形式，則意思有點接近本文法項目「～ないではいられない」。若例句一改為「～続きを見たくてたまらない」亦可，不過意思有些不同。

「続きを見ないではいられない」意指說話者克制不住自己，「情不自禁」地想做看下去的動作。這比較像是手邊已經擁有全套的影音 DVD，看完一集後，克制不住自己想看的慾望，持續看下去。焦點放在「情不自禁去做某動作」。

但「続きを見たくてたまらない」只是單純敘述說話者非常想看下一集的心境，並沒有「情不自禁地去做播放動作」的含意，因此這比較像是電視還在播映這一季的影集，看完這一集後，心裡非常期待，想要看下週播出的下一集。焦點放在「非常想看的心境」。

也因此，上述的第二句以及第三句例句，就不適合改為「～たくてたまらない」，因為你並不會看到人家驚訝的表情，而有「非常想去做笑這個動作」，你是因為「情不自禁地」笑了出來。第三句，也不是你刻意「非常想去做借錢這個動作」，而是「情不自禁地」一直去借。

排序練習：

01. 戦争法案反対のデモが ＿＿ ＿＿ ＿＿ ＿＿ いられなかった。
    1. ふさがない　2. うるさくて　3. では　4. 耳を

02. この本を読んだら、 ＿＿ ＿＿ ＿＿ ＿＿ だろう。
    1. 感動せず　2. 誰でも　3. いられない　4. には

解01.（2 4 1 3）　02.（2 1 4 3）

147.（より）ほか（は）ない

接続：動詞原形＋（より）ほかない
翻訳：只好…。除此以外，別無他法。
説明：用來表達「除了前述方法以外，沒有其他辦法了，因此只好採取此方法」。意思接近「しかない」，但此句型帶有說話者無奈的心情。「より」可以省略，亦有「～（より）ほかしかたがない」的表達方式，意思相同。

・人身事故で電車が止まっているから、会社まで歩いて行くほかない。
（因為發生人身事故，導致電車停駛，所以只好用走的去公司。）

・あまりいい仕事ではないが、まとまったお金が必要なので、ここで働くよりほかないです。
（雖然這份工作不是很好，但因為我需要一筆錢，因此除了在這裡工作以外，也沒有別的辦法了。）

・庭には瓦礫、材木など散乱していて通れないから、屋根に登って外へ出るよりほかはない。
（庭院散亂著瓦礫與木材，過不去，所以只好爬上屋頂從上面出去。）

其他型態：

～（より）ほかしかたがない

・こんなに調べても答えが見つからないのだから、あきらめるほか仕方がない。
（查了這麼多，還是找不到答案，只好放棄了。）

排序練習：

01. どこにも就職できなかったら、派遣の仕事を ＿＿ ＿＿ ＿＿ ＿＿ 。
　1. ほか　2. より　3. 探す　4. ない

02. 終電に ＿＿ ＿＿ ＿＿ ＿＿ ない。
　1. タクシーで　2. 帰るほか　3. しまったので　4. 乗り遅れて

解 01.（3 2 1 4）　02.（4 3 1 2）

27 單元小測驗

1. あなたがいないと、（　　）しょうがない。
   1　寂しく　2　寂しいで　3　寂しくて　4　寂しいくて

2. 昨日の試験の結果が気になって（　　）。
   1　ざるをえない　2　しょうがない　3　ほかない　4　いられない

3. 外国での生活は、（　　）ならない。
   1　不安で　2　不安に　3　不安には　4　不安より

4. 仕事なんだから、嫌でも（　　）ざるをえない。
   1　さ　2　し　3　す　4　せ

5. 家を買うお金がないから、こんなぼろアパートに（　　）。
   1　住み続けざるを得ない　2　住み続けてしょうがない
   3　住み続けないではいられない　4　住み続けてたまらない

6. 彼の顔がおかしくて、（　　）いられない。
   1　笑わなくては　2　笑わずでは　3　笑わないには　4　笑わずには

7. もう他に方法はないから、神様を頼って ＿＿＿ ＿＿＿ ＿★＿ ＿＿＿ ない。
   1　より　2　仕方が　3　ほか　4　祈る

8. 妊娠した時には ＿＿＿ ＿＿＿ ＿★＿ ＿＿＿ 思うように出掛けることもできない。
   1　暇でたまらず　2　かと言って　3　家にいて　4　妊娠中なので

9. お正月にスキーに行きたかったのですが、上司から自宅待機命令が ＿＿＿ ＿★＿ ＿＿＿ ＿＿＿ ならないのです。
   1　下されたので　2　結局行けず　3　悔しくて　4　じまいなのが

10. 優しい彼女のことだから、 ＿＿＿ ＿＿＿ ＿★＿ ＿＿＿ のだろう。
    1　助けないでは　2　友達を見て　3　困っている　4　いられなかった

28

第 28 單元：「限り」&「限る」I

148. ～に限り
149. ～に限らず
150. ～に限って
151. ～に限って～ない
152. ～に限る

「限り」、「限る」的相關用法很多，隨著前面所接的語意種類不同，就會有不同的用法，因此特別使用兩個單元來做總整理。第 28 單元主要集中介紹「～に限り／限る／限って」等前方是格助詞的用法。除了 152「～に限る」前方可接動詞與形容詞外，148~151 前方都是接續名詞。

第 28 單元：「限り」&「限る」I

148. ～に限り

接続：名詞＋に限り
翻訳：僅限…
説明：前方多接續「人」，或者是「場合」語意的詞彙，表示僅限於這樣「特別的人」或「特別的場合」才可以有後面的特別待遇或義務。

・割引券をご持参の方に限り、50％割引させていただきます。
（僅限有折價卷的貴賓，給予半價的優惠。）

・準備のため、早めに入室することは、借りる会場が空いている場合に限ります。
（若想為了準備提前入室，則僅限租借的會場沒人的情況才可以。）

排序練習：

01. 成績優秀の ＿＿ ＿＿ ＿＿ ＿＿ されます。
 1. 限り　2. 全額免除　3. 学生に　4. 学費が

02. 会員は ＿＿ ＿＿ ＿＿ ＿＿ となります。
 1. 利用料金が　2. 無料　3. に限り　4. 初回利用時

解 01.（3 1 4 2）02.（4 3 1 2）

149. ～に限らず

接続：名詞＋に限らず

翻訳：不僅 A 可以，B 亦可。

説明：表示不僅限於前述的特定項目、族群或團體的人可以，別的不同項目、族群團體的人亦可。因此，後句多半會伴隨著「も」使用。

・最近は、女性に限らず、男性もアロマテラピーを受けるようになった。
（最近不僅是女性，連男性也逐漸會接受芳香精油療法了。）

・手足が一度冷えるとなかなか温まらない。冬に限らず、夏のクーラーの効いた部屋でも手足が冷えてしまう。
（手腳一旦冰冷，就不容易暖活起來。不只是冬天，就算是在夏天的冷氣房裡也會手腳冰冷。）

排序練習：

01. この講座は当校の ＿＿ ＿＿ ＿＿ ＿＿ 聴講できる。
　1. 一般の方　2. 学生　3. も　4. に限らず

02. 弊社は日曜日に ＿＿ ＿＿ ＿＿ ＿＿ ご依頼に対応させていただいております。
　1. いつでも　2. 限らず　3. 運送の　4.365 日

解 01.（2 4 1 3）　02.（2 4 1 3）

150. ～に限って

接続：名詞＋に限って

翻訳：就偏偏…

説明：前面接續一個「狀況」或「某個人」，表示「別的情況 / 別人都不會，就偏偏…」「什麼時候不發生，就偏偏…的時候要給我發生」。多半都帶有說話者不滿的語氣在。

・急いでいるときに限って、電車が遅れてくる。
（就偏偏是很趕的時候，電車就誤點。）

・健康に気をつけている人に限って、病気になったりするものだ。
（就偏偏是很重視健康的人，會生病啊。）

排序練習：

01. ＿＿ ＿＿ ＿＿ ＿＿ 来る。
1. に限って　2. 時　3. 留守の　4. 宅配便が

02. 雨が降っている ＿＿ ＿＿ ＿＿ ＿＿ 。
1. 傘を　2. に限って　3. 日　4. 忘れる

解 01.（3 2 1 4）　02.（3 2 1 4）

151. ～に限(かぎ)って～ない

接続：名詞＋に限って
翻訳：就…絕不
説明：前接「人」或「物」。表示「就這個人除外」。隱含著說話者認為「其他的我就不知道了，但是就～來講的話，絕對不會有（這種不好的事）」。前面接的一定是個特定名詞而不是總稱性的名詞，後面多接續不好的事。

・うちの子(こ)に限(かぎ)って、そんな悪事(あくじ)をするはずがない。
（別人我不知道，我家小孩這麼乖，絕對不會做那種壞事！）

・他社(たしゃ)の製品(せいひん)ならともかく、我(わ)が社(しゃ)の製品(せいひん)に限(かぎ)って、そんなに簡単(かんたん)に壊(こわ)れたりはしない。
（別間廠商做的還有可能，但我們公司做的產品絕對不會那麼輕易就壞掉。）

排序練習：

01. あの学生 ＿＿ ＿＿ ＿＿ ＿＿ 行為をするはずがない。
　1. に限って　2. 先生を　3. ような　4. 騙す

02. うちの社長に ＿＿ ＿＿ ＿＿ ＿＿ がありません。
　1. ことを　2. 間違った　3. するはず　4. 限って

解01.（1 2 4 3）　02.（4 2 1 3）

28

152. ～に限る

接続：動詞原形／名詞／イ形容詞の／ナ形容詞なの＋に限る
翻訳：…是最好的。當然就是要…啊。
説明：此為文末表現，用於表達說話者認為「在某種特定的狀況之下，前述的物品或者是做前述的事情，是最好的」，因此時常與表條件的「～なら」、「～たら」、「～時」共用。語氣中帶有說話者的主觀意識。

・天ぷらを食べるならこの店に限る。
（要吃天婦羅，一定要來這家店。）

・こんな暑い日は、アイスを食べながら家でのんびりテレビを見るに限る。
（這麼熱的天氣，就是要在家一邊吃冰，一邊悠閒地看電視啊。）

・長距離移動は大変だから、スーツケースを買うなら軽いのに限るね。
（長途跋涉很累，要買行李箱的話，當然要買輕一點的啊。）

・ワイシャツはシンプルなのに限るというお客様にはピッタリの一着です。
（這件非常推薦給喜歡襯衫就是要簡單樣式的客人。）

排序練習：

01. 疲れた時は ＿＿ ＿＿ ＿＿ ＿＿ ね。
　1. に　2. マッサージに　3. 限る　4. 行く

02. 車だとぼーっとは ＿＿ ＿＿ ＿＿ ＿＿ に限る。
　1. 電車　2. やはり旅行は　3. ので　4. できない

解01.（2 4 1 3）　02.（4 3 2 1）

28 單元小測驗

1. 雨の日は映画（　　）ね。
　1　に限る　　2　に限り　　3　に限らず　　4　に限って

2. 参加者の皆様の中から５０名様（　　）、すてきな商品をプレゼントいたします。
　1　わりに　　2　にとって　　3　に限り　　4　によって

3. うちの商品（ ）、そんなに簡単に壊れたりはしません。
　1　限りで　　2　に限って　　3　に限らず　　4　に限りでは

4. ストレスの解消は美味しいものを（　　）限る。
　1　食べる　　2　食べて　　3　食べに　　4　食べるに

5. 年を取ると忘れがちになると言われているが、最近は年配の方（　　）子供も記憶力が弱くなっているらしい。
　1　に限って　　2　に限らず　　3　を限りに　　4　に限り

6. この子はテストの日（　　）熱を出すんだから…。
　1　に限って　　2　限りでは　　3　を限りに　　4　限りで

7. 中国 ＿＿＿ ＿＿＿ ＿★＿ ＿＿＿ 起こっている。
　1　でも　　2　改革の動きが　　3　アジア諸国　　4　に限らず

8. 新入社員に ＿＿＿ ＿＿＿ ＿★＿ ＿＿＿ あります。
　1　入社後には　　2　年計３回の　　3　限り　　4　追加研修が

9. うちの社員 ＿＿＿ ＿★＿ ＿＿＿ ＿＿＿ 、内部統制など必要ない。
　1　不正など　　2　するわけ　　3　ないので　　4　に限って

10. うちの子は ＿＿＿ ＿★＿ ＿＿＿ ＿＿＿ なったりするの。
　1　病院が　　2　病気に　　3　に限って　　4　休みの日

29

第 29 單元：「限り」&「限る」Ⅱ

153. ～限りで／～を限りに
154. ～限りでは
155. ～限り
156. ～とは限らない
157. ～ないとも限らない

此單元延續上一單元，介紹使用「限り」與「限る」的用法，本單元所介紹的「限り」與「限る」型態較多元，因此須特別留意前方的接續。

153. ～限りで／～を限りに

接続：期間名詞＋限りで／を限りに
翻訳：以…為限。只到…。
説明：前方接續表示期限的名詞，可以使用「期限＋限りで」或「期限＋を限りに」兩種方式來表達「在這個期間範圍內，這是最後了 (之後不再…)」。

・家庭の事情で、今月限りで退職することになりました。
（因為家庭因素，我只做到這個月就退休了。）

・毎年開催される定例の花火大会も、今年限りで開催を取りやめることになった。
（每年都會舉辦的慣例的煙火大會只到今年，之後將取消舉辦。）

・明日の大晦日を限りに、当テーマパークを閉鎖いたします。
（以明日的除夕夜為最後的期限，本主題樂園將會關閉。）

・考えたんだけど、やっぱり私たちは合わないから、今日を限りに別れよう。
（我想了想覺得我們兩個還是不適合，我們就交往到今天，分手吧。）

排序練習：

01. 今日を ＿＿ ＿＿ ＿＿ ＿＿ 流しましょう。
 1. ことは　2. 今までの　3. 限りに　4. 水に

02. 特売 ＿＿ ＿＿ ＿＿ ＿＿ いただきます。
 1. 今週　2. 終わらせて　3. サービスは　4. 限りで

解 01.（3 2 1 4）　02.（3 1 4 2）

154. ～限りでは

接続：動詞普通形＋限りでは
翻訳：就我所知，就…所見。
説明：前面可接續的動詞種類很少，僅限「見る、聞く、調べる…」等情報表達動詞。而這裡的「で」則是表示限定範圍。意思為「（其他的我不確定，但）就我所知 / 所見…的範圍內…」。

・私の知る限りでは、彼はまじめな青年だ。
（就我所知，他是一個認真的青年。）

・グラフで見た限りでは、我が社の売り上げは少しながら伸びている。
（就圖表上所見，我們公司的營業額有在緩慢地進展。）

・ネットで調べた限りでは、ペットの避妊手術代は 30 万円が相場だそうです。
（就網路上所搜尋到的資訊，寵物的節育手術大概三十萬日圓是行情價。）

・電話で話した限りでは、彼はとても元気そうだったので、会社を辞めた理由を聞いてみました。
（就電話上跟他講話的感覺，他還蠻有元氣的，所以我也問了他辭職的理由。）

排序練習：

01. 私が ＿＿ ＿＿ ＿＿ ＿＿ アメリカで幸せに暮らしています。
　1. では　2. 知る　3. 限り　4. 彼女は

02. 私の調べた ＿＿ ＿＿ ＿＿ ＿＿ 商品は日本では発売されていない。
　1. ながら　2. この　3. 限りでは　4. 残念

解 01.（2 3 1 4）　02.（3 4 1 2）

155. ～限り

接続：名詞修飾形／名詞である＋限り
翻訳：只要（保持…的狀態），就…。
説明：此句型用於表達「只要前述狀態持續維持，後述的狀態就不會改變」。

・生きている限り、永遠に世界と無関係でいることはできない。
（只要活著，就永遠無法跟這個世界保持著互無關係的狀態。）

・元気な限り、この仕事をずっと続けていきたいと思っております。
（只要我還有一口氣在，就打算一直持續做這個工作。）

・薬を服用しても今の悪い生活習慣を改めない限り、病気の進行は容易には止まりません。
（即使吃了藥，但只要你不改變現在不好的生活習慣，病情就不會輕易改善。）

・この学校の学生である限り、校則は守っていただきたいね。
（只要你還是這所學校的學生，就希望你能好好遵守校規。）

・応援してくださる読者が一人でもいる限り、小説を書き続けます。
（只要還有讀者願意支持，哪怕只是一位，我就會持續寫小說。）

排序練習：

01. こんな不規則な ＿＿ ＿＿ ＿＿ ＿＿ 良くならない。
　1. している　2. 限り　3. 体は　4. 生活を

02. 外は ＿＿ ＿＿ ＿＿ ＿＿ だ。
　1. 安全　2. 教室の中に　3. いる限り　4. 嵐でも

解 01.（4 1 2 3） 02.（4 2 3 1）

156. ～とは限らない

接続：普通形＋とは限らない

翻訳：不見得…

説明：此句型中的「と」用來表示內容。「～とは限らない」則是用來表達「前面敘述的內容，不見得永遠都是對的，也會有例外的狀況」。因此也多半搭配副詞「いつも、全部、みんな」等表示「全部」的副詞。也經常以「だからと言って～とは限らない」、「かならずしも～とは限らない」的型態出現。

・世の中は何でもお金で解決できるとは限らない。
（這世界上不見得所有的事情都能用錢來解決。）

・外国人だからといって、英語が話せるとは限らない。
（並非只要是外國人都會講英文。）

・お金がある人が常に幸せであるとは限らないよ。
（不見得有錢的人就很幸福。）

・クレジットカードのゴールドカードは利用可能枠が必ずしも高いとは限らない。限度額は個人の信用状態にもよります。
（信用卡的金卡不見得可以刷的額度就很高。信用額度還是依據每個人的信用狀況而定。）

・同じ１年なら交換留学の方が語学学校などに行くよりも結果としていいかもしれません。いずれにしても本人次第ですから、交換留学でも成果が出るとは限りません。
（一樣是花一年的時間，去交換留學或許會比起去語言補習班還要有效果。不管怎樣，還是要看本人努不努力，也不見得去留學就一定會有成果。）

辨析：

此用法與第 57 項「～わけではない」很像，但「～わけではない」可以用來講述說話者自身的事情，而「～とは限らない」只能用於社會上的一般論點。因此下列的例句，只能使用 「わけではない」。

講述自身事情：

○ 料理が嫌いなわけではないが、片付けは苦手なので、あまりしない。
（並不是討厭做料理，只是因為我很不會收拾，所以不怎麼做。）

× 料理が嫌いだとは限らないが、片付けは苦手なので、あまりしない。

社會一般論點：

○ 世の中は何でもお金で解決できるわけではない。
（並不是世界上所有的事都可以用金錢解決。）

○ 世の中は何でもお金で解決できるとは限らない。
（這世界上不見得所有的事情都能用錢來解決。）

排序練習：

01. 日本人はまじめだと言われるが、全員が ____ ____ ____ ____ 。
1. 働いている　2. とは　3. まじめに　4. 限らない

02. 仕事が ____ ____ ____ ____ 限らない。
1. と言って　2. とは　3. できるから　4. 出世できる

解 01.（3 1 2 4）　02.（3 1 4 2）

157. ～ないとも限らない

接続：ない形＋とも限らない

翻訳：不見得不會 (沒有)…。也許會。說不定。

說明：此句為第 156 項「～とは限らない」前面接續否定句時的用法。就語法上，前方若接續否定句，會將副助詞「は」改為「も」，使用「～ないとも限らない」的型態。語意上，多半用於「說話者擔心有可能會發生什麼事，因此要先採取些對策因應」，也因此多半以「～ないとも限らないから、～」。的型態，後面接續說話者要做的對策。

・交通事故に遭わないとも限らないから、保険に入っておこう。
（不見得不會發生車禍，還是加入保險吧。）

・電車が遅れないとも限らないので、余裕を持って少し早めに家を出ましょう。
（不見得電車就不會誤點，我們還是提早出門吧，時間寬裕些。）

・野外での作業ですので、危険に遭わないとも限りませんから、十分な注意が必要です。
（因為是在戶外作業，因此有可能會有危險，請務必小心注意。）

・世界中でテロが頻発し、自分がいつどこで巻き込まれないとも限らない時代になってしまった。
（全世界頻繁地發生恐怖攻擊，現在已經變成一個自己不知道何時何地會被捲入的時代了。）

排序練習：

01. 地震の後は津波の可能性が ____ ____ ____ ____ 、注意が必要だ。
1. ない　2. から　3. とも　4. 限らない

02. 人間関係が嫌で転職しても、新たな職場で ____ ____ ____ ____ 。
1. 問題が起こらない　2. 同じような　3. 限らない　4. とも

解 01. (1 3 4 2)　02. (2 1 4 3)

29 單元小測驗

1. 私の知る（　　）、彼はそんなことをする人じゃない。
   1 に限る　　2 に限って　　3 限りでは　　4 限りに

2. 人間は、生きている（　　）、煩悩から離れられないのです。
   1 限りで　　2 限り　　3 に限って　　4 に限る

3. 値段が高いものが、必ずしもいい物（　　）限らない。
   1 とは　　2 には　　3 では　　4 もは

4. この地方は人口がだんだん減っていて、何か対策を考えない限り、今後も増えることは（　　）。
   1 ないだろう　　2 あるだろう
   3 あるかもしれない　　4 ならないだろう

5. 今日（　　）退職させていただきます。
   1 限りで　　2 に限って　　3 に限らず　　4 に限り

6. このまま放置しておくと、最悪の事態にならない（　　）。
   1 に限る　　2 に限らない　　3 とも限らない　　4 とは限る

7. 病院は慎重に選んだ方がいい。下手な ＿＿＿ ＿＿＿ ★＿＿＿ ＿＿＿ から。
   1 落とさない　　2 とも限らない　　3 医者だったら　　4 命を

8. 教師の言うことが正しい ＿＿＿ ＿＿＿ ★＿＿＿ ＿＿＿も、正しいとは限らない。
   1 限らないし　　2 本に書いて　　3 とは　　4 あること

9. 仕事をする気がないなら、 ＿＿＿ ＿＿＿ ★＿＿＿ ＿＿＿ 。
   1 いただきたい　　2 会社を辞めて　　3 と思います　　4 今日限りで

10. この結果を見た ＿＿＿ ★＿＿＿ ＿＿＿ ＿＿＿ と思う。
    1 やらざるを　　2 もう一度　　3 限りでは　　4 得ない

30

第 30 單元：特殊助動詞「べき」

158. ～べきだ
159. ～べきではない
160. ～べきだった／ではなかった
161. ～べき・連体形

「べき」屬於特殊助動詞，除了前面接續「する」動詞時會有兩種不同的形態外，後面接續名詞與接續形式名詞「の」時，也是使用不同的形態。本單元就來學習「べき」使用於肯定句、否定句、以及過去式，和後面接續名詞時的用法。

158. ～べきだ

接続：動詞原形＋べきだ
翻訳：應該…。
説明：① 用於講述一般論而非針對特定對象時，意思是「說話者對於一件事情，發表自己的意見」。認為一般社會上，「遇到這種情況／這樣的身份，就應該要這樣做」。② 如果是針對特定聽話者的發話，則是「給予這位聽話者的建議或是忠告」。使用「する」動詞時，則可有「するべき」與「すべき」兩種型態。

①・どんな理由（りゆう）があっても、約束（やくそく）は守（まも）るべきだと思（おも）います。
（不管有怎樣的理由，我認為都應該要遵守約定。）

・これからの時代（じだい）は、誰（だれ）でも投資（とうし）の知識（ちしき）を身（み）につけておくべきだ。
（今後的時代，無論是誰都應該要具備些投資的知識。）

②・君（きみ）はプロの歌手（かしゅ）を目指（めざ）すべきだよ。歌（うた）がうまいんだから。
（你應該要去當專業的歌手啊。你歌唱得很棒。）

・今（いま）のあなたのそのパソコンは、いつ壊（こわ）れるか分（わ）からないから、特売（とくばい）をやっているうちに買（か）い換（か）えるべきだ。
（你現在那台電腦不知道什麼時候會壞掉，所以應該要趁現在特價的時候換台新的。）

辨析：

如果是要用於敘述有關法律或者是規定時，則不可使用「べきだ」，必須使用「なければならない」。

× **留学（りゅうがく）ビザが必要（ひつよう）な方（かた）は、定（さだ）められた申請期間（しんせいきかん）に申（もう）し込（こ）むべきだ。**

○ **留学（りゅうがく）ビザが必要（ひつよう）な方（かた）は、定（さだ）められた申請期間（しんせいきかん）に申（もう）し込（こ）まなければなりません。**
（需要留學簽證的人，一定要在規定的期間內申請。）

「べきだ」與第 70 項「ものだ」語意不同，「べきだ」主要用於闡述「說話者自己的意見，認為應該這麼做」，但「ものだ」則用於闡述「事物的本質，原本應該要有的樣子」，因此下列兩句皆合文法，僅是語意上有些微的差異。

〇 学生は勉強するべきだ。
（學生應該要好好讀書。）

〇 学生は勉強するものだ。
（學生的本分就是讀書。）

另外，「ものだ」只可以用於總稱性名詞，但「べきだ」可以用於特定的對象。

× 山田君は勉強するものだ。/ 〇 学生は勉強するものだ。

〇 山田君は勉強するべきだ。
（山田應該要好好讀書。）

排序練習：

01. 人に迷惑をかけたの ＿＿ ＿＿ ＿＿ ＿＿ だ。
1. きちんと　2. べき　3. なら　4. 謝る

02. せっかくの ＿＿ ＿＿ ＿＿ ＿＿ べきだよ。
1. 留学に　2. 行く　3. なんだから　4. チャンス

解 01.（3 1 4 2）　02.（4 3 1 2）

159. ～べきではない

接続：動詞原形＋べきではない

翻訳：不應該…。

説明：此為第 158 項「べきだ」的否定形，① 用於講述一般論而非針對特定對象時，意思是「說話者認為這樣的行為並不妥當」。② 如果是針對特定聽話者的發話，則是「禁止這位聽話者做此行為」。另外，「べきだ」前方不可以使用否定句，因此不會有「～ないべきだ」的型態。

①・学歴や職業で、他人のことを判断す（る）べきではない。

（不應該以他人的學歷或職業來判斷一個人。）

・いかなる国も、自らの社会制度と発展の道を選ぶ権利があるので、他国の内政問題に干渉すべきではないと思う。

（任何的國家都有自己選擇社會制度與發展方向的權利，所以我認為不應該干涉他國的內政問題。）

②・会社のパソコンで、私用のメールをするべきではない。

（不應該使用公司的電腦來傳私人的電郵信件。）

・レストランでは、携帯電話で大声で話をするべきではない。

（在餐廳不可以用手機大聲講話。）

辨析：

第 73 項的「ものではない」用於「訓誡」他人不應該做某事。大部分都是被訓誡者已經做了這件事，而長輩給予訓誡時使用。而「べきではない」則是說話者「禁止」聽話者做某事，有可能聽話者還沒做此事之前，長輩或上司先行給予禁止的命令。

○ 若者は優先席に座るべきではないよ。

（年輕人不應該坐在博愛座上喔。）

○ さあ、立った立った！若者は優先席に座るものではない。

（起來起來！年輕人坐什麼博愛座啊。）

排序練習：

01. 困っている ＿＿ ＿＿ ＿＿ ＿＿ ない。
    1. 見捨てる　2. では　3. べき　4. 人を

02. 警察は国民の ＿＿ ＿＿ ＿＿ ＿＿ と思う。
    1. すべき　2. プライバシーを　3. 侵害　4. ではない

解01.（4 1 3 2）　02.（2 3 1 4）

160. ～べきだった／ではなかった

接続：動詞原形＋べきだった／ではなかった

翻訳：① 當時應該 ...。② 當時不應該 ...。

説明：① 若使用過去肯定的形式，則是用於表達「說話者當初認為做某事是妥當的，應該的，但卻沒有去做，以致於現在感到後悔或反省」。② 若使用過去否定的形式，則是用於表達「說話者當初認為不應該做某事，但卻做了，以致於現在感到後悔或反省」。

①・足が痛い。もっと歩きやすい靴を履いてくるべきだった。
（腳好痛，早知道就穿好走一點的鞋子來。）

・多少高くても、有名なデベロッパーが建てたマンションを買うべきだった。
（雖然貴了一些，但當初應該要買有名建商蓋的大樓的。）

②・こんな最低な男と結婚するべきじゃなかった。
（當初不應該跟這麼差勁的男人結婚的。）

・会社を辞める理由を正直に言うべきではなかったのかもしれません。
（或許我當時不應該講出離職真正的理由吧。）

排序練習：

01. こんな高い服、＿＿ ＿＿ ＿＿ ＿＿。
1. なかった　2. じゃ　3. べき　4. 買う

02. 親が元気な ＿＿ ＿＿ ＿＿ ＿＿ している。
1. べきだったと　2. いつも後悔　3. 親孝行する　4. うちに

解 01.（4 3 2 1）　02.（4 3 1 2）

161. ～べき・連体形

接続：① 動詞原形＋べき＋名詞
　　　② 動詞原形＋べきな＋のに／ので／のは／のを
翻訳：① 應該做…。值得做…。可以…。② 應該…。
説明：「べき」這個助動詞在活用上，算是特殊的助動詞。① 後面接續名詞時，直接使用語幹「べき」連接名詞即可，表示前述動詞是「應該」做的事、「值得」做的事、或者是「可以」做到的事。「愛すべき」與「恐るべき」為常見的慣用表現，可翻譯為「心愛的…」「令人驚恐的…」。② 若後面接續「のに、ので、のは、のを」…等，則必須使用「べきな」，語意請參考第 158 項。

①・やるべきことは、すべてやったので、後悔（こうかい）はありません。
（應該做的事我都做了，沒有任何悔恨。）

・この公園（こうえん）は観光客（かんこうきゃく）にとっては特（とく）に見（み）るべきものはないと思（おも）いますよ。
（我覺得這個公園對於觀光客而言，沒有什麼特別值得看的地方。）

・僕（ぼく）には帰（かえ）るべき場所（ばしょ）がない。でも君（きみ）と一緒（いっしょ）なら、それで満足（まんぞく）さ。
（我沒有可以回去的地方。但如果是跟你在一起的話，我就滿足了。）

・この本（ほん）が出版（しゅっぱん）できたのは愛（あい）すべき妻（つま）とかわいい息子（むすこ）のお陰（かげ）だ。
（這本書能夠出版，都托我那愛妻以及可愛兒子的福。）

進階複合表現：

「～べきだ」＋「～ものがある」

・彼（かれ）は性格（せいかく）は別（べつ）として、スポーツの才能（さいのう）には見（み）るべきものがある。
（先不管他個性如何，他在運動方面的才能的確有值得一看的一面。）

②・中古車購入時に重視すべきなのは年式ですか、それとも走行距離ですか。
（買中古車時，應該要重視的是年式<年份款式>，還是里程數呢？）

・あなたがやるべきなのに、全然やらないから私がやったんです。
（這是你應該做的事，但你都不做所以我做了。）

・みんなから預かった大事な義援金は、必要としている人のために使われるべきなので、適当にお金を使ってなくすことはできない。
（這是從大家那裡收來的捐款，應該要用在有需要的人身上，不能隨便花光。）

・本来なら、一週間くらいじっくり時間をかけてやるべきなのを、一日でやろうとするから失敗するのだ。
（原本應該要花一星期花時間慢慢做的，但你卻試著要在一天內做完，所以才會失敗啊。）

排序練習：

01. 病院に行く ＿＿ ＿＿ ＿＿ ＿＿ 医者が怖いです。
　1.分かって　2.いますが　3.べき　4.なのは

02. 山のようなゴミの中から ＿＿ ＿＿ ＿＿ ＿＿ 困難なことだ。
　1.信頼すべき　2.かなり　3.情報を拾いあげる　4.のは

解01.（3 4 1 2）　02.（1 3 4 2）

30 單元小測驗

1．今すぐできることは後伸ばしにしないで今すぐやる（　　）だ。
1　はず　　2　べき　　3　きり　　4　こそ

2．今は４月ですから、桜はもうそろそろ咲く（　　）だ。
1　わけ　　2　べき　　3　もの　　4　はず

3．お前はなあ、遊んでいないでもっと真面目に勉強する（　　）だ。
1　わけ　　2　はず　　3　べき　　4　もの

4．最近は円高だから、輸入品も安くなった（　　）だ。
1　わけ　　2　べき　　3　もの　　4　はず

5．すごい！よくこんな難しい問題が解けた（　　）だ。
1　こと　　2　もの　　3　べき　　4　わけ

6．子供に触らせたくないなら、最初から手の届くところに置かない（　　）だ。
1　こと　　2　べき　　3　はず　　4　わけ

7．外国から来た女性とバーで知り合ったのだが、その後連絡先も聞かないまま
お別れして、連絡先を聞いておく（　　）と後悔している。
1　べきではない　　2　べきだった
3　べきではなかった　　4　べきなので

8．次世代の企業のある ＿＿＿ ＿＿＿ ＿★＿ ＿＿＿ 考えてみましょう。
1　何か　　2　べき　　3　について　　4　姿とは

9．遺跡を ＿＿＿ ＿＿＿ ＿★＿ ＿＿＿ 踏み入れたりしないようにご注意ください。
1　入るべき　　2　場所に足を　　3　歩き回ったり　　4　ではない

10．お化粧は、 ＿＿＿ ＿★＿ ＿＿＿ ＿＿＿ ずぼらでルーズだから、電車の
中でしているわけだね。
1　きちんとした格好で　　2　なのに
3　家でして　　4　出勤すべき

單元小測驗解答

01 單元

①1 ②4 ③3 ④3 ⑤3
⑥2 ⑦2 (4231)
⑧1(4312) ⑨2 (4213)
⑩2 (4321)

02 單元

①4 ②4 ③1 ④2 ⑤3
⑥2 ⑦2 (4321)
⑧1(2413) ⑨4 (3142)
⑩2 (4213)

03 單元

①4 ②1 ③4 ④3 ⑤1
⑥2 ⑦4 ⑧4 (3241)
⑨3 (2134) ⑩1 (4312)

04 單元

①4 ②2 ③1 ④4 ⑤3
⑥2 ⑦3(4132)
⑧2(3421) ⑨3(1432)
⑩1(4213)

05 單元

①3 ②4 ③3 ④3 ⑤4
⑥1 ⑦1(4213)
⑧2(4321) ⑨1(2413)
⑩3(4231)

06 單元

①1 ②2 ③4 ④1 ⑤3
⑥2 ⑦3(2431)
⑧4(2143) ⑨4(1243)
⑩2(4213)

07 單元

①1 ②3 ③2 ④4 ⑤1
⑥1 ⑦2 (4321)
⑧3(4321) ⑨3 (4132)
⑩1(3142)

08 單元

①1 ②4 ③2 ④4
⑤4 ⑥3 ⑦1 (4213)
⑧1(2143) ⑨4 (1342)
⑩4(1423)

09 單元

①2 ②2 ③2 ④1 ⑤3
⑥1 ⑦2(3124)
⑧4(2431) ⑨3(4321)
⑩4(2341)

10 單元

①1 ②3 ③3 ④2 ⑤1
⑥2 ⑦2(4123)
⑧1(4213) ⑨1(4132)
⑩2(4321)

11 單元

①2 ②4 ③2 ④4 ⑤4
⑥1 ⑦3 (4132)
⑧1(4213) ⑨3 (2134)
⑩4(2341)

12 單元

①2 ②3 ③2 ④3 ⑤1
⑥1(3214) ⑦3(4132)
⑧3(4132) ⑨2(4321)
⑩3(1234)

單元小測驗解答

13 單元

①1 ②1 ③1 ④1 ⑤1

⑥2 ⑦4 (2143)

⑧4(3241) ⑨3 (4231)

⑩2 (1423)

14 單元

①3 ②1 ③3 ④1 ⑤4

⑥1 ⑦4 (3241)

⑧2(4123) ⑨1 (2413)

⑩3 (4132)

15 單元

①3 ②3 ③1 ④1 ⑤1

⑥2 ⑦1(4312)

⑧3 (2134) ⑨2 (4321)

⑩1 (2134)

16 單元

①2 ②2 ③2 ④2 ⑤1

⑥1 ⑦2(4213)

⑧3(4312) ⑨3(4132)

⑩1(2413)

17 單元

①2 ②1 ③4 ④4 ⑤1

⑥3 ⑦2(3421)

⑧2(4123) ⑨1(4123)

⑩3(1432)

18 單元

①4 ②3 ③4 ④1 ⑤2

⑥1 ⑦3(1234)

⑧4(1432) ⑨1(2413)

⑩1(4213)

19 單元

①3 ②2 ③2 ④1 ⑤1

⑥3 ⑦2 (3421)

⑧4(2341) ⑨3 (2314)

⑩1(4312)

20 單元

①3 ②4 ③1 ④4

⑤2 ⑥3 ⑦4 (3421)

⑧1(4132) ⑨1 (4213)

⑩2(1324)

21 單元

①1 ②2 ③4 ④1 ⑤3

⑥1 ⑦2(4321)

⑧2(4123) ⑨4(2341)

⑩3(2431)

22 單元

①3 ②1 ③3 ④2 ⑤3

⑥1 ⑦2(4321)

⑧3(4132) ⑨1(4213)

⑩2(4231)

23 單元

①2 ②4 ③2 ④4 ⑤1

⑥1 ⑦3 (4132)

⑧4(3241) ⑨2 (4123)

⑩2(4321)

24 單元

①2 ②1 ③3 ④4 ⑤1

⑥2 ⑦3(4132)

⑧1(2134) ⑨2(3421)

⑩3(2431)

單元小測驗解答

25 單元

①1 ②1 ③2 ④1 ⑤3
⑥2 ⑦3 (4132)
⑧3(2431) ⑨1 (4312)
⑩4 (3142)

26 單元

①2 ②1 ③2 ④2 ⑤4
⑥3 ⑦4 (3421)
⑧2(4321) ⑨3 (4132)
⑩3 (4132)

27 單元

①3 ②2 ③1 ④4 ⑤1
⑥4 ⑦3(4132)
⑧2 (3124) ⑨2 (1243)
⑩1 (3214)

28 單元

①1 ②3 ③2 ④4 ⑤2
⑥1 ⑦1(4312)
⑧2(3124) ⑨1(4123)
⑩4(1432)

29 單元

①3 ②2 ③1 ④1 ⑤1
⑥3 ⑦1 (3412)
⑧2(3124) ⑨1 (4213)
⑩2 (3214)

30 單元

①2 ②4 ③3 ④1 ⑤2
⑥1 ⑦2 ⑧1(2413)
⑨4 (3142) ⑩1 (3142)

索引

N2 系列 - 文法

穩紮穩打！新日本語能力試驗 N 2 文法（修訂版）

編　　著　目白 JFL 教育研究会
代　　表　TiN
封面設計　陳郁屏
排版設計　想閱文化有限公司
總 編 輯　田嶋 恵里花
校稿協力　謝宗勳、楊奇瑋
發 行 人　陳郁屏
出　　版　想閱文化有限公司
發　　行　想閱文化有限公司
屏東市 900 復興路 1 號 3 樓
電話：(08)732 9090
Email： cravingread@gmail.com
總 經 銷　大和書報圖書股份有限公司
新北市 242 新莊區五工五路 2 號
電話：(02)8990 2588
傳真：(02)2299 7900
修訂一版　2023 年 10 月 二刷
定　　價　420 元
I S B N　978-626-95661-3-6

國家圖書館出版品預行編目 (CIP) 資料

穩紮穩打！新日本語能力試驗 N2 文法 = Japanese-language proficiency test/ 目白 JFL 教育研究会編著 . -- 修訂一版 . -- 屏東市 : 想閱文化有限公司 , 2022.05
面；　公分 . -- (N2 系列 . 文法)
ISBN 978-626-95661-3-6(平裝)
1.CST: 日語 2.CST: 語法 3.CST: 能力測驗

803.189　　111005260